Armentafel

Heinrich Peuckmann

Armentafel

Kriminalroman

Aschendorff Münster

Gesamtherstellung: Aschendorff Druck und Dienstleistungen GmbH & Co. KG,
Druckhaus Münster

Gedruckt auf säurefreiem, alterungsbeständigem Papier ♾

ISBN 978-3-402-12826-8

1.

Der Mann musste sein Fahrrad schieben, während er durch den Wald lief. Er blickte dabei immer wieder nach unten, um nicht in eines der Schlammlöcher zu treten, denn die Spuren im Weg waren tief nach dem Regen vor ein paar Stunden. Die beiden Satteltaschen lasteten schwer am Gepäckträger, so dass er nur langsam vorankam, aber das machte dem Mann nichts aus. Es gab niemanden, der ihn drängte, schnell zu sein, auch nicht sein Freund, den er gleich an einer der Bänke am Wegrand treffen würde. Auch sein Freund hatte Zeit genug, solange zu warten, bis er da war.

Manchmal gaben die Bäume den Blick frei auf das angrenzende Feld und die Vorstadtsiedlung in der Ferne. Der Mann wollte aber gar nicht dorthin schauen, weil er wusste, dass ihn sofort Wut überkam, wenn er die Siedlung sah. Aber es gelang ihm nicht, wie magisch zog sie seinen Blick an.

Viele der Häuser lagen versteckt hinter hohen Hecken, so dass nur die Dächer hervorschauten. Von den Bewohnern war niemand zu sehen. Wie eine verschlossene Welt lag die Siedlung vor ihm, und doch, das wusste er, täuschte der Eindruck. Zur Genüge wusste er das, denn die Bewohner sahen alles, was um sie herum vorging, jede noch so kleine Belanglosigkeit. Aber nicht nur das, sie wollten auch über alles entscheiden, was um sie herum geschah. Vor allem, wer sich in ihrer Nähe aufhalten durfte und wer nicht, das besonders wollten sie bestimmen. Leute wie er und sein Freund sollten auf keinen Fall dazu gehören. Die sollten von hier verschwinden, so schnell wie möglich. Besser noch hätten sie in den Augen dieser Leute gar nicht erst hier auftauchen dürfen.

Was glaubten die eigentlich, wer sie sind? Vor allem, was glaubten sie, wohin Leute wie er und sein Freund gehen sollten? Sollten sie sich in Luft auflösen? Bloß, weil diese Leute sich für was Besseres hielten und meinten, Menschen wie er und sein Freund hätten keine Rechte und wären Freiwild, einzig deshalb, weil sie keine Wohnung hatten? Aber da hatten sie sich getäuscht. Da hatten sie sich vor allem in ihm getäuscht, denn er würde sich nicht mehr rumstoßen lassen. Viel zu lange hatte er das mit sich machen lassen, viel zu oft hatte er geduldet, dass man ihn hin und her schob, bis man ihn gar nicht mehr brauchte und wegjagte. Klaglos hatte er das alles über sich ergehen lassen und es ihnen damit leicht gemacht. Ein Fehler, wie er längst wusste. Von niemandem würde er sich mehr vertreiben lassen, da konnten sie sicher sein. Jetzt spürte er doch wieder die Wut, die er vermeiden wollte. Aber sie war ja nicht falsch, dachte er dann. Sie hatte ihm längst geholfen, diese Wut, die ihm früher fremd gewesen war. Sie war es, die ihn stark gemacht hatte für seinen Widerstand.

Ein Eichelhäher erhob sich aus dem Geäst und flog kreischend davon. Der Mann blieb stehen und schaute sich um. Wollte der Vogel vor etwas warnen? War hier noch jemand außer ihm? Nein, es war alles still. Etwas anderes musste den Vogel erschreckt haben. Er stützte sich einen Moment auf das Fahrrad, weil seine Arme vom Schieben durch den Schlamm ermüdet waren.

Nach dem Regen war es wieder warm geworden, stellte er fest, obwohl es schon spät im Jahr war. Wenn die Blätter nicht begonnen hätten, sich zu verfärben, könnte man meinen, dass es Sommer wäre, dachte er.

Ja, die Wut hatte ihm geholfen. Denn als er gemerkt hatte, wie seine Freunde in ihrer Not genauso ausgenutzt werden sollten, wie es früher mit ihm geschehen war, hatte sie ihn mit einer solchen Wucht gepackt, wie er sie noch nie gespürt hatte. Da war er tatsächlich zu jenem hingelaufen, den er zu seinem Erstaunen unter den Schmarotzern entdeckt hatte und hatte ihn fertig gemacht. Mein Gott, was hat der Typ für Augen gemacht, als er plötzlich vor seiner Haustür stand und ihm mitteilte, dass er das Spiel, das er und seine Hintermänner betrieben, durchschaut hatte. Dass der Typ mitmache bei den üblen Tricksereien und sich keine Mühe zu geben brauche, es zu bestreiten. Er hätte ihn eindeutig erkannt.

Der Mann musste schmunzeln, wenn er an diese Szene dachte. Ja, er hatte es genossen, in die vor Schreck weit aufgerissenen Augen seines Gegenübers zu blicken. Er hätte sie schon viel früher sehen müssen, diese erschrockenen Augen, ein einziges Mal nur, und es hätte gereicht, um ihm viel Ärger im Leben zu ersparen. Aber damals war er noch nicht so weit gewesen, damals hatte er alles hingenommen.

Natürlich hatte der andere alles abgestritten, aber das Zittern in seiner Stimme hatte ihn verraten. Der Typ war dabei gewesen, natürlich war er das. Und irgendwie passte es auch zu ihm, miese Tricks zu drehen mit Leuten, die sich nicht wehren konnten.

Er hatte ihm gedroht, alles auffliegen zu lassen, wenn sie nicht sofort aufhören würden damit. Vielleicht hätte er sich das ersparen sollen, hatte er danach ein paar Mal gedacht. Jemanden zu bedrohen war gefährlich, vor allem bei solchen Leuten. Aber er hatte es einfach nicht unterdrücken können, zu sehr hatte er seinen Triumph genießen wollen.

Er schob sein Fahrrad weiter. Ganz so lange wollte er seinen Freund doch nicht warten lassen, sonst würde der womöglich alleine zum Essen gehen. Er freute sich auf das warme Essen, das es in der Nordstadt gab, in der ehemaligen Kneipe an der Mallinckrodtstraße, die nun von der Diakonie betrieben wurde. Am besten schmeckte es ihm, wenn sein Freund dabei war, deshalb gingen sie immer zusammen dorthin. Es gab ihnen beiden das Gefühl, so etwas wie eine Familie zu sein, die sich zum Essen traf.

Wieder erhob sich ein Vogel kreischend von einem Ast und diesmal hörte er irgendwo neben sich auch das Knacken eines Zweiges. Also war doch jemand in seiner Nähe. Vielleicht sein Freund, der schon im Wald zu ihm stoßen wollte? Verdammt, warum zeigte er sich dann nicht? Was sollte das blöde Versteckspiel?

Der Mann blickte sich um. Nein, auch diesmal war nichts zu sehen. Jetzt wurde es ihm mulmig zumute. Die beiden Vögel, dazu das knackende Geräusch, irgendwas stimmte da nicht. Es war ein flaues Gefühl im Magen, das ihn plötzlich überkam. Er wusste selbst nicht, warum das so war.

Ach was, versuchte er sich einzureden, das Knacken konnte nichts mit ihm zu tun haben. Wer sollte sich für ihn interessieren? Die Typen in der Siedlung etwa? Die würden, wenn sie etwas von ihm wollten, ihre Leute dorthin schicken, sie selbst würden niemals kommen. Aber wenn sie gerade das getan hatten, fiel ihm plötzlich ein. Wenn sie wirklich ihre Leute geschickt hatten, nur für ihn, für ihn ganz allein … Er drehte sich wieder um. Nein, es war ruhig im Wald, niemand war zu sehen. Er blickte nach vorn. Noch gut hundert Meter, dann würde freies Feld vor ihm liegen und irgendwo dort vorn würde der Freund auf ihn warten. Er beeilte sich, um ihn schnell zu erreichen, denn das flaue Gefühl im Magen ließ nicht nach. Erst wenn er seinen Freund erreicht hatte, würde es verfliegen, so viel war ihm jetzt klar.

Dann hörte er erneut ein Knacken, rechts von ihm und viel näher als vorhin. Er schaute gar nicht auf, um keine Zeit zu verlieren, sondern versuchte zu laufen so schnell es ging. Aber der Boden war tief und die Räder schienen festzukleben im Schlamm. Je mehr er sich anstrengte, desto langsamer schien er voranzukommen.

War das nicht ein Atem, den er jetzt hinter sich hörte? Wenn es wirklich sein Freund war, dem würde er etwas erzählen! Was fiel ihm ein, ihn so zu erschrecken? Gleichzeitig hoffte er, dass seine Vermutung stimmte. Dass es wirklich sein Freund war und niemand anders, denn jetzt war er sich sicher. Jemand verfolgte ihn, jemand war ihm dicht auf den Fersen. Deutlich hörte er den keuchenden Atem, und als er ihn neben sich spürte, versuchte er sich umzuwenden, um den anderen zu erkennen. Genau in dem Moment traf ihn ein Schlag am Hinterkopf. Er spürte, wie er taumelte und es ihm schwer fiel, sich am Fahrrad festzuhalten, um nicht das Gleichgewicht zu verlieren. Für zwei, drei Sekunden gelang ihm das, dann wurde der Schwindel stärker, und er musste das Rad los lassen. Die Klingel ertönte leise, als das Rad in den Schlamm fiel. Dann fasste er sich an den Kopf und spürte eine warme Feuchtigkeit an den Fingern. Ungläubig führte er die Hand vor Augen und sah, wie sein Blut zu Boden tropfte. Erst jetzt spürte er einen stechenden Schmerz. Dann drehte er sich um und sah hinter sich ein Gesicht, das ihn zusammenzucken ließ. Erstarrt war es, entschlossen, aber nicht eiskalt, sondern gleichgültig. Einfach nur gleichgültig.

Mein Gott, was macht der, dachte er, was will der Typ von mir? Aber er konnte nichts ablesen in dem Gesicht vor ihm außer dieser unglaublichen Gleichgültigkeit, die ihn nicht nur erschreckte, sondern auch lähmte. Er musste weg von hier, das wusste er, so schnell wie möglich, aber seine Beine waren wie angewachsen. Dann sah er, dass der andere ausholte und noch einmal zuschlagen wollte mit dem dicken Ast, den er in Händen hielt. Verzweifelt wollte er sich zu Boden werfen, um dem Schlag auszuweichen, aber es war zu spät. Mit voller Wucht wurde er an der Schläfe getroffen. Es war ein kurzer, heftiger Schmerz, den er spürte und der im selben Moment nachließ, in dem ihm schwarz vor Augen wurde. Er konnte nur noch fühlen, wie er endgültig das

Gleichgewicht verlor und zur Seite kippte, hinein in den feuchten Matsch des Waldweges. Noch einmal machte er den verzweifelten Versuch aufzustehen, aber seine Hände fanden keinen Halt im Schlamm, um sich abzustützen. Dann hörte er von fern nur noch den Gesang eines Vogels, immer leiser werdend, bis er endgültig verstummte. Dann trat Stille ein, eine Stille, wie er sie noch nie erlebt hatte.

2.

Als Anselm Becker aufwachte, war es schon kurz vor zehn. Ungläubig schaute er auf das Zifferblatt seines Weckers, er konnte sich nicht erinnern, wann er zum letzten Mal so lange geschlafen hatte. Mühsam erhob er sich, ging zum Schlafzimmerfenster und blickte hinunter auf die Schulstraße. Es war ein sonniger Spätsommertag, anders als gestern Nachmittag, wo es zwischendurch heftig geregnet hatte. Die Schüler der Grundschule gegenüber hatten gerade große Pause, vielleicht war es ihr Lärm gewesen, der ihn aufgeweckt hatte. Anselm empfand keinen Ärger darüber, es war wirklich Zeit zum Aufstehen.

Schon am gestrigen Sonntag hatte er viel geschlafen, er hatte sich erschöpft gefühlt von den Anstrengungen der letzten Wochen und sich einfach treiben lassen. Vom Bett aus hatte er ferngesehen, zwischendurch in einer Illustrierten geblättert und war dabei eingeschlafen. Seine Müdigkeit hatte schon am Samstag begonnen, als er Tanja in Münster besucht hatte, aber zu allem, was sie vorschlug, einfach keine Lust gehabt hatte. Egal was es gewesen war. Sie hatte ihm schließlich geraten, das restliche Wochenende zum Ausschlafen zu nutzen, am besten in seiner eigenen Wohnung in Werne, wo ihn niemand störte. Er hätte es dringend nötig, hatte sie hinzugefügt.

Anselm hatte zuerst geglaubt, dass sie ihren Vorschlag ironisch gemeint hatte, aber sie hatte ganz ernsthaft dazu genickt.

„Fahr ruhig“, hatte sie gesagt, „du musst auch mal auf deinen Körper hören, sonst wirst du noch krank.“

Dieser Satz hatte ihn noch misstrauischer gemacht. Wollte sie vielleicht andeuten, dass sie ihn für einen alten Sack hielt, der es nicht mehr bringe? Aber auch in dem Moment hatte er kein spöttisches Lächeln in ihrem Gesicht entdecken können, sie hatte wirklich gemeint, was sie sagte.

Der Pausengong ertönte und die Schüler strömten zurück ins Schulgebäude. In Sekundenschnelle wurde die Schulstraße wieder zur ruhigen Seitenstraße. Anselm ging zur Toilette, wusch sich, zog sich an, dann begann er, sein Frühstück zu bereiten. Erst als er am Küchentisch vor seinem dampfenden Kaffee saß, griff er zum Hörer, um Tanja anzurufen. Gestern hatte er es nicht getan, sie selber hatte das so vorgeschlagen, aber jetzt wollte er ihr mitteilen, dass es genau der richtige Tipp gewesen war. Er fühle sich viel frischer, wollte er ihr sagen, fast wie nach einem Kurzurlaub.

Er musste lange durchläuten lassen, bis endlich jemand abnahm.

„Hallo", hörte er eine tiefe männliche Stimme.

Anselm war im ersten Moment verdutzt und glaubte, sich verwählt zu haben. Er blickte auf das Display, aber tatsächlich, es war Tanjas Nummer.

„Hallo", rief die Stimme wieder, „wer ist denn da?"

Thomas konnte es auf keinen Fall sein, dessen helle Stimme, die ein wenig der von Tanja glich, hätte Anselm sofort erkannt.

„Ja, hier ist … hier ist …" stotterte er. Verdammt, wer war der Kerl und vor allem, was machte er in Tanjas Wohnung?

„Kann ich mal Tanja sprechen?", rief er barsch in den Hörer. Er wusste, dass sie noch da sein musste. Montags begann sie ihren Dienst in der Unibibliothek immer erst gegen 12 Uhr. Es war der einzige Tag, an dem Thomas nach Hause kam, ohne dass seine Mutter da war. Tanja war nicht glücklich darüber, konnte es aber nicht ändern.

Kurz danach hörte er ihre Stimme.

„Ja, hallo", sagte sie.

„Was ist los?“, rief Anselm. „Wer ist dieser Mann?“

„Ach, du bist es, Anselm. Es tut mir Leid, ich kann dir das jetzt nicht erklären.“

„Dann komme ich heute Abend nach dem Dienst vorbei“, rief er, „vielleicht kannst du es dann!“ Er merkte selbst, wie ärgerlich seine Stimme klang.

„Das geht nicht, Anselm. Du kannst nicht vorbeikommen.“

„Wie? Was soll das heißen, ich kann nicht vorbeikommen?“

„Weil es im Moment nicht geht.“

„Was heißt das, im Moment? Meinst du damit heute?“

„Heute und morgen und ... Ich weiß nicht, wie lange. Ich melde mich, sobald es wieder möglich ist. Ruh dich inzwischen weiter aus. Bis dann.“

Sie drückte das Gespräch weg.

Verdammt, was war plötzlich in Tanja gefahren? Anselm starrte mit offenem Mund auf den Hörer, als könnte der ihm eine Antwort geben. So eine Reaktion war er nicht gewohnt von ihr, er konnte gar nicht glauben, was sich da gerade zwischen ihnen abgespielt hatte. Wenn in ihrer Beziehung jemand etwas abgesagt hatte, dann war es immer er gewesen, niemals Tanja. Mit der Möglichkeit, dass sie es auch mal tun könnte, hatte er nicht gerechnet, er musste erst mal schlucken.

Am liebsten wäre er sofort nach Münster gefahren, um der Sache auf den Grund zu gehen. Aber wer konnte wissen, was Tanja dann sagen würde. Und außerdem musste er dringend ins Präsidium. Rautert, sein Chef, würde zwar nicht meckern, wenn Anselm erst am späten Vormittag eintrudelte, schließlich hatte er noch jede Menge Überstunden abzufeiern, aber einen ganzen Tag lang nicht aufzutauchen konnte er sich keinen Fall erlauben.

Die Lokalzeitung lag vor ihm auf dem Tisch, aber er wusste, dass er sich jetzt nicht mal auf den lokalen Klatsch konzentrieren konnte, der ihn sonst immer amüsierte. Gedankenverloren biss er in sein Käsebrötchen und trank einen Schluck Kaffee.

Wie musste sich eigentlich Tanja in jenen Momenten gefühlt haben, an denen er es gewesen war, der die Treffen mit ihr abgesagt hatte, ging es ihm plötzlich durch den Kopf. Komisch, dass er erst jetzt daran dachte, als er selbst eine Absage erhalten hatte. Oder nein, nicht komisch. Irgendwie kann man sich immer nur in das hineinfühlen, was man selbst erlebt hat, dachte er. Tanja hatte es ihm aber auch leicht gemacht. Sie hatte seine Absagen immer akzeptiert und er hatte geglaubt, sich über ihre Gefühle keine Gedanken machen zu müssen. Aber was wäre, wenn sie ihm das alles nur vorgespielt hatte? Wenn sie unter seinen Absagen, zu ihr zu kommen, genauso gelitten hatte wie er jetzt? Besser, er stellte sich das gar nicht vor, denn er merkte, wie ihm mulmig zu werden begann.

Er biss wieder in das Brötchen, aber es schmeckte ihm nicht. Es hatte ihm schon, seit er die männliche Stimme am Telefon gehört hatte, nicht mehr geschmeckt. Genau in dem Moment, als er den Teller von sich schob und sich vom Küchentisch erhob, klingelte das Telefon. Tanja, dachte er. Jetzt wird sie ihm doch noch erklären, was los ist. Hastig griff er nach dem Hörer, aber es war Rautert, der sich meldete.

„Meckere jetzt bloß nicht, dass ich dich anrufe!“, sagte Rautert, „ich habe dich ja wohl lange genug schlafen lassen.“

„Lange genug ist es nie“, antwortete Anselm und seufzte, denn es war klar, dass Rauterts Anruf nichts anderes als Arbeit bedeutete. „Also sag schon, was ist los?“

„Was los ist? Was soll schon los sein? Einer ist tot. Da liegt einer erschlagen in einem Wäldchen im Dortmunder Süden. Du sollst sofort hinkommen. Wermann ist schon da.“

Verdammt. Anselm war wütend. Jetzt nicht auch das

noch, er war schon genug beschäftigt mit Tanja. Das war es, was er zuerst klären wollte, was los war mit Tanja, mit diesem Mann in ihrer Wohnung und nichts anderes. Man hat ja auch seine Rechte, zum Beispiel auf sein Privatleben. Nicht nur diese Leichen haben Rechte. Er seufzte noch einmal laut auf.

„Was ist“, rief Rautert, „hast du was?“

„Nein, was sollte ich schon haben? Ist alles in Ordnung. Dann sag schon, wie ich zu dem Wald komme.“

3.

Fast gleichzeitig mit Sibel Dogan, seiner Mitarbeiterin, kam Anselm Becker am Tatort an. Wermann sicherte gerade die Spuren im matschigen Waldweg, dann hatte er die Leiche bestimmt schon so weit untersucht, wie es am Tatort möglich war, dachte Anselm. An den Falten in seiner Stirn sah er, dass Wermann schlechter Laune war.

„Verdammter Mist!", rief er, als er Anselm entdeckte. „Jetzt auch noch so was!"

„Nimm dir den Toten nicht zu sehr zu Herzen", entgegnete Anselm, „daran müsstest du doch längst gewöhnt sein."

„Den Toten soll ich mir nicht zu Herzen nehmen." Wermann lachte verächtlich. „Der interessiert mich überhaupt nicht. Mich interessiert die Einbruchserie, die ich endlich aufklären muss. Da klauen welche wie die Raben, deshalb kann ich jetzt keinen Toten gebrauchen, der mir die Zeit stiehlt."

Fast hätte Anselm lachen müssen über diesen Satz, aber ihm war nicht nach Lachen zumute. Der Tote passte ihm ja auch nicht in seinen Zeitplan. Außerdem wusste er von dem Fall, an dem Wermann arbeitete. Da tauchte eine Bande nachts an unbewachten Lagerhallen oder Baustellen auf, schlug blitzschnell zu und war sofort wieder verschwunden, mit fetter Beute jedes Mal. Teure Werkstoffe, elektronische Geräte, Baumaschinen, Werkzeuge. Sie hatten gar nicht gewusst, wie viel wertvolles Material an Baustellen und in Lagerhallen aufbewahrt wurde. Schon seit Monaten ging das so, Wermann kam ihnen einfach nicht auf die Spur. Eine ärgerliche Sache.

„Mord ist wichtiger", versuchte er ihn zu trösten, „das hat jetzt erst mal Vorrang."

Es war ein Satz, der genauso gut für ihn selber galt, aber an Wermanns bösem Blick merkte er, dass es für ihn der völlig falsche gewesen war.

„Ein Toter ist tot, egal, ob er ermordet wurde oder nicht!", rief Wermann. „Aber diese Bande klaut weiter, ganz lebendig und richtet einen Riesenschaden an."

„Ich verstehe dich ja", versuchte Anselm ihn zu beruhigen, „reg dich nicht weiter auf. Wenn zwischendurch mal Zeit ist, helfen wir dir alle."

Sibel nickte, aber Wermann sah Anselm nur skeptisch an.

„Du auch?"

„Ja, ich auch." Jetzt hatte Anselm Mühe, sich nicht aufzuregen. Was sollte das denn heißen, du auch? War er etwa ein Faulpelz oder jemand, der seine Kollegen im Stich lässt? Aber er unterdrückte seinen Ärger und zwang sich, sachlich zu reagieren.

„Wer hat ihn gefunden?", fragte er und zeigte auf den Toten.

„Ein Jogger", antwortete Wermann, „vor knapp zwei Stunden. Wir haben Namen und Adresse. Der konnte nicht warten, weil er Schichtarbeit hat. Wenn er zu spät kommt, kann es Ärger geben. In diesen Zeiten ist schnell jemand entlassen."

„Hat er sonst irgendwas bemerkt?", fragte Sibel.

„Als er ihn gefunden hat, war der Mann schon lange tot. Was soll er da bemerkt haben? Tatzeit vermutlich gestern Abend. Genaueres wird die Obduktion ergeben. Der Mann wird uns nicht weiterhelfen."

Die Obduktion, dachte Anselm. Stimmte, wo war eigentlich der Dok? Wermann schien seine Gedanken zu erraten.

„Der Dok kommt gleich. Er steckt noch in der Endphase irgendeiner Arbeit, die er nicht abbrechen konnte. Er müsste aber jeden Moment hier sein."

Anselm wäre nicht böse, wenn er dem Dok überhaupt

nicht begegnete. Vermutlich würde der sofort damit anfangen, dass seine geliebten Schalker beim Unentschieden in Dortmund betrogen worden seien. Das letzte Tor von Borussia wäre abseits gewesen, würde er bestimmt herausposaunen, was vermutlich sogar stimmte. Auch Anselm müsste das zugeben. Aber einer der Schalker Spieler hätte schon nach 30 Minuten wegen Foulspiels vom Platz gestellt werden müssen, das übersahen diese Fanatiker von Schalke. Gut, dass er sich nicht damit auseinandersetzen musste.

Vorsichtig, um keine Spuren zu zertreten, ging er zu dem Toten hinüber. Der Mann trug eine dick wattierte Jacke, die sich inzwischen mit Feuchtigkeit voll gesogen hatte. Aber schon vorher musste sie Wasserflecken vom Tragen im Regen gehabt haben, wie Anselm an hellen Rändern am Rücken feststellte, die trocken waren. Auf dem rechten Ärmel entdeckte er pechschwarze Stellen, die wie Ölflecken aussahen. Besonders sauber war der Mann also nicht gewesen. Sein Hinterkopf wies eine klaffende Wunde auf, das Blut war hinter dem Ohr hergelaufen und von dort auf den Boden getropft.

Erschlagen also, dachte Anselm, einfach von hinten niedergeknüppelt. Er hatte längst aufgehört, sich über so viel Brutalität zu wundern. Sie gehörte inzwischen zu seinem Berufsalltag, obwohl ihn der Anblick eines Mordopfers immer noch betroffen machte.

Das verkrustete Blut hatte eine bräunliche Färbung angenommen, also stimmte Wermanns Annahme, dass der Mann schon länger tot war. Am Wegrand neben ihm lag ein Fahrrad, an dessen Gepäckträger zwei prall gefüllte Satteltaschen hingen. Anselm beugte sich hinüber und merkte an den geöffneten Schnallen, dass Wermann sie schon kontrolliert hatte. Er warf ebenfalls einen Blick hinein. Feuchte Hemden und Socken, zwei ungewaschene Unterhosen, Shampoo … Ein Penner also, dachte Anselm. Einer, der seine gesamte Habe mit sich führt, weil er keinen Ort hat, an dem er sie lagern könnte, ohne Angst zu haben, dass ihm auch noch das Letzte geklaut würde. Komisch, dachte er, auf den ersten Blick hatte er dem Mann die Lage, in der er gelebt hatte, gar nicht angesehen.

Er erhob sich und seufzte. Dann war das also wieder so eine Tat im Rausch, dachte er, und seine Lust an dem Fall sank auf null. Da wäre es wirklich besser, erst mal die Sache mit Tanja klären, das würde wenigstens Sinn ergeben. Sinn deshalb, weil es jemandem half, nämlich ihm selber. Hier dagegen lag bestimmt ein Streit um nichts vor. Das ist meine Flasche Schnaps, nein meine, gib sie sofort her, sonst …

Er erhob sich und sah Wermann an. „Warum sagst du nicht, dass es sich hier um eine spontane Tat ohne Sinn und Verstand handelt?“

„Was für eine spontane Tat?“

„Na, so ein Streit zwischen Pennern um eine Pulle Schnaps oder eine Rotweinbombe. Was weiß ich, worum es diesen Leuten in ihrem Wahn geht?“

„Ich weiß nicht, ob du mit deiner Vermutung richtig liegst“, antwortete Wermann. „Der Mann stinkt jedenfalls nicht nach Schnaps.“

„Das ändert nichts an meiner Annahme!“, rief Anselm. „Dann hat er den Kampf um die Pulle eben verloren. Dann hat der andere sie aussaufen können und nicht er. Man kennt das doch.“

Neulich hatte in einer anderen Stadt ein Penner einen anderen wegen 17 Euro beinahe totgeschlagen, Anselm hatte es in der Zeitung gelesen.

Sibel kam näher und blickte ebenfalls in die Satteltaschen.

„Das ist bisher nicht mehr als eine Vermutung“, sagte sie dann. „Sollen wir nicht mal systematisch vorgehen, so wie immer?“ Sie sah zu Wermann hinüber. „Weißt du, wie er heißt?“

Wermann zuckte mit den Schultern. „Keine Ahnung. Papiere habe ich bei ihm nicht gefunden."

Anselm blickte hinunter zu dem Toten, an dessen Hinterkopf der Schädelknochen weiß hervorschimmerte. Es war ungewöhnlich, keine Papiere zu haben, dachte er. Die Obdachlosen brauchten zumindest die Bestätigung, dass sie Arbeitslosengeld IV bezogen, sonst bekamen sie kein Essen bei den Armentafeln, von denen es inzwischen mehrere in der Stadt gab. Und darauf waren die meisten von ihnen angewiesen. Dann musste der Täter die Papiere mitgenommen haben. Aber wozu? Glaubte er, dass es ihnen so nicht gelingen würde, die Identität des Toten rauszufinden? Jetzt kamen ihm doch Zweifel an seiner Theorie.

Er blickte sich um. Hinter den Bäumen am Waldrand lag ein abgeerntetes Feld, dahinter begann die Südstadt. Für einen Oktobertag war es erstaunlich warm. Sibel, bemerkte er plötzlich, hatte sich entsprechend sommerlich gekleidet. Sie trug diesmal kein Schwarz, wie sie es sonst bevorzugte. Sie trug eine gelbe Bluse und eine blaue Jeans, die ihr beide gut standen. Komisch, dass ihm das erst jetzt auffiel, dachte er. Zu sehr war mit seinen eigenen Gedanken beschäftigt gewesen, mit dem Toten auf dem Waldweg und vor allem mit Tanja und ihrem merkwürdigen Besucher.

Ob der Kleiderwechsel allein mit dem schönen Wetter zu tun hatte, fragte er sich, oder hatte er noch etwas anderes zu bedeuten? Etwas, das mit ihrem Privatleben zu tun hatte? Egal, es ging ihn nichts an. Er selbst hatte heute Morgen nach seiner schwarzen Hose und der grauen Kordjacke gegriffen, die er schon am Samstag in Münster getragen hatte. Lediglich ein frisches Hemd hatte er aus dem Schrank geholt, ein grau kariertes. Es war das zweitletzte gebügelte gewesen, das dort hing. Höchste Zeit, mal wieder zu waschen und zu bügeln. Er schaute an sich herunter und stellte fest, dass sie ein sehr ungleiches Paar waren. Sie schick gekleidet und er schlampig. Vielleicht sollte er auch mehr Wert auf seine Kleidung legen, dachte er. Bevor er Tanja kennen gelernt hatte, hatte er das doch auch getan.

Was nun, dachte er und blickte den Weg zurück, den er gekommen war. Wie sollten sie mit ihren Ermittlungen beginnen?

„Hört mal", sagte Wermann, „ich habe da etwas Merkwürdiges gesehen, als ich herkam."

„Ich auch!", rief Sibel. „Aber erzähl du, vielleicht meinen wir ja dasselbe."

„Es gibt am anderen Ende des Wäldchens eine Zeltstadt", fuhr Wermann fort, „lauter kleine Zelte stehen da wild durcheinander."

„Eine Zeltstadt?" Anselm begriff nicht, was Wermann meinte.

„Sieht so aus, als wenn da Obdachlose campieren würden." Wermann sah Sibel an.

„Ja", antwortete sie, „das habe ich auch gedacht, als ich es gesehen habe."

„Und ihr meint, der hier könnte dazu gehört haben?" Anselm wies mit dem Zeigefinger auf den Toten.

„Warum nicht", sagte Sibel. „Möglich wäre es, so wie der hier aussieht. Wir sollten es überprüfen."

Anselm nickte. Ja, das klang plausibel. Außerdem spürte er seine Neugier auf diese Zeltstadt. So etwas hatte er noch nie gesehen.

„Ist gut." Anselm nickte. „Sichere du inzwischen die Spuren", fügte er an Wermann gerichtet hinzu, „und sag dem Dok, wenn er kommt, dass wir die Tatzeit brauchen, so schnell wie möglich."

„Dass wir die Tatzeit brauchen ist ja was völlig Neues", entgegnete Wermann. „Darauf wäre ich von alleine nie gekommen."

Zum ersten Mal während ihrer Begegnung grinste er, Anselm nahm es mit Erleichterung zu Kenntnis. Dann holte er sein Handy aus der Innentasche seiner Kordjacke und machte ein Foto vom Kopf des Toten. Er hielt die Kamera dabei so, dass möglichst viel vom Gesicht und möglichst wenig von der tödlichen Verletzung zu sehen war. Vielleicht stammte der Mann ja wirklich aus der Zeltstadt, dann könnten sie durch Vorzeigen des Fotos seine Identität feststellen. Gleichzeitig wollte er die Befragten mit der Wunde nicht erschrecken.

Während er neben Sibel durch den Wald lief, fiel es ihm schwer, ein Gespräch zu beginnen, zu sehr war er mit Gedanken an Tanja beschäftigt. Ob er am Abend, wenn sie die ersten Spuren gesichert hatten, nach Münster fahren sollte, um sich selbst ein Bild davon zu machen, was bei ihr los war, überlegte er wieder. Er rieb sich das Kinn. Gut für sein Seelenheil wäre es auf jeden Fall, gleichzeitig gefiel ihm der Gedanke aber nicht. Wie würde das aussehen und vor allem, was würde Tanja dazu sagen?

Ach, wenn du mich nicht treffen willst, ist das in Ordnung, und ich muss es akzeptieren. Aber wenn ich mal absage, ist das was anderes. Das muss dann natürlich sofort kontrolliert werden.

Es war ein Satz, den er Tanja eigentlich nicht zutraute, sondern der im umgekehrten Fall eher für ihn gelten würde. Aber das änderte nichts an der Sache. Allein die Vorstellung, dass sie so etwas denken könnte, hinderte ihn. Es war sein Stolz, der das nicht zuließ. Aber auf welchem Wege sollte er sonst rauskriegen, was los war?

„Ist was?“, fragte Sibel.

„Ne, warum? Ist alles in Ordnung.“

Sie sah ihn schräg von der Seite an.

„Na, dann ist ja alles klar.“

Am Tonfall merkte er, dass sie ihm nicht glaubte, aber es war ihm egal. Das hätte ihm gerade noch gefehlt, jetzt über sein Privatleben zu reden, von dem er selber nicht wusste, wie es darum stand.

Er versuchte, sich auf die Umgebung zu konzentrieren. Es war ein schönes Buchenwäldchen, durch das sie liefen, klein, aber immerhin. Gut, dass es so etwas noch in der Nähe der Großstadt gab. Von allem, was er bis jetzt erlebt hatte, war dieser kleine Spaziergang der schönste Augenblick des Tages, der aber schon einige Schritte weiter verflog. Plötzlich entdeckte er nämlich hinter den Büschen, links und rechts vom Weg, Papierreste. Es sah hässlich aus, wie die Leute hier überall ihren Müll entsorgt hatten, glaubte er, bis er begriff, dass es gar kein Müll war, der dort rum lag. Jedenfalls keiner von der Sorte, die er sich zuerst darunter vorgestellt hatte.

„Mein Gott, ist dieser Wald etwa eine Kloake oder was ist hier los?“

Sibel rümpfte die Nase, entgegnete aber nichts. Anselm bekam Brechreiz von dem Gestank.

„Und was ist mit den Tieren?“, rief er, „haben die etwa keine Rechte? Wo sollen die leben in diesem Dreck?“

Sibel stieß ihn an und zeigte nach vorn. „Da, schau mal“, sagte sie.

Tatsächlich, zwischen den Büschen und Bäumen schimmerten Zeltplanen durch, schmutziggrau, so dass sie sich kaum von der Farbe des Feldes unterschieden.

Erst als sie aus dem Wald traten, fielen ihnen die Leute auf, die sich in ihrer eintönig dunklen Kleidung ebenfalls kaum vom Umfeld abhoben. Es waren nur wenige Leute, die auf umgedrehten Apfelsinenkisten oder Decken saßen, einzeln zumeist, nur vor einem größeren Zelt waren es zwei. Erst bei genauerem Hinsehen konnte Anselm feststellen, dass unter den Leuten auch eine Frau war. Einige Zelte waren verlassen, vermutlich waren ihre Bewohner gerade irgendwo unterwegs.

„Ich habe es nicht geglaubt“, sagte Anselm, „Wermanns Vermutung war also doch richtig.“

„War nicht so schwierig, darauf zu kommen“, antwortete Sibel, „ich habe das bei der Hinfahrt genauso gesehen.“

Sie standen im Schatten der Bäume und ließen den Anblick auf sich wirken. Zwischen den Zelten streunten Hunde herum, alles Promenadenmischungen, die meisten so groß wie ein Schäferhund, zwei kamen sofort angelaufen und beschnupperten sie. Etwa ein Dutzend Zelte waren es, stellte Anselm fest, dazu stand am Rand des Platzes eine Hütte, ein primitiver Bretterverschlag, dessen Türöffnung von einer verfilzten Decke verhangen war. Fast wie im richtigen Leben, dachte er. Die meisten wohnten zweiter Klasse, nur eine kleine Minderheit in der ersten. Aber dann schüttelte er unmerklich den Kopf. Nein, das war ein blöder Gedanke. Wer hier wohnte, lebte in keiner Klasse mehr, der war ausgeschieden aus dem System, vielleicht sogar für immer.

„Sind wir schon so weit?“, fragte er Sibel.

„Offensichtlich“, antwortete sie.

Er bemerkte, dass die Leute seltsam regungslos, fast apathisch auf ihren Kisten hockten. Keiner stand auf, um zu ihnen herüber zu kommen, niemand hob auch nur den Kopf, um sie anzusehen. Trotzdem kam es ihm so vor, als hätten sie Sibel und ihn genau registriert. Ob sie wussten, was passiert war? Eigentlich müssten sie es, dachte er, denn der Tatort lag nur ein paar hundert Meter von hier entfernt. Andererseits gab es keinen Grund für sie, durch den Wald zu laufen. Der Weg dorther war länger als jener durch die Siedlung, wenn sie in die Stadt wollten. Deshalb erschien es ihm auch logisch, dass ein Jogger den Toten gefunden hatte und keiner von ihnen.

Vielleicht hatten sie ihn aber auch gar nicht finden wollen, dachte Anselm dann, weil sie irgendetwas mit der Sache zu tun hatten. Vielleicht war es doch ein banaler Streit um nichts gewesen, der zum Mord geführt hatte, und sie wollten ihnen nur vorspielen, dass sie nichts damit zu tun hatten. Er atmete tief durch.

„Los“, sagte er, „lass uns mal fragen, ob der Tote wirklich von hier stammt.“

Sibel steuerte gleich auf den erstbesten Mann zu, die Hunde kamen angelaufen, um sie zu beschnuppern. Sie ließen es auch diesmal geschehen, denn die Hunde waren völlig harmlos. Keiner knurrte oder bellte.

Anselm schätzte den Mann auf knapp vierzig, er konnte aber auch jünger sein, denn auf der Platte, das wusste Anselm, alterte man schneller. Der Mann trug einen alten Anorak, darunter einen löchrigen Pullover. Ob ihm nicht warm war in diesen Klamotten, fragte sich Anselm. Aber wahrscheinlich war es das Beste, das wenige, was man hatte, am Körper zu tragen. Dann konnte es wenigstens nicht geklaut werden.

Die Hunde verloren das Interesse an ihnen und liefen zurück zu ihren Herrchen.

„Haben Sie gehört, was im Wald passiert ist?“, fragte Sibel.

Der Mann sah sie prüfend an, dann senkte er wieder die Augen.

„Ich weiß nicht, was Sie meinen.“

„Hören Sie, da ist ein Mann umgebracht worden“, rief Anselm und fuchtelte mit den Händen vor seiner Nase herum, „vielleicht sogar einer von hier. Und das wollen Sie nicht gehört haben?“

„Einer von uns?“ Der Schreck im Gesicht des Mannes schien echt zu sein. „Wieso denn von uns?“

„Wieso denn nicht?“, entgegnete Anselm. „Oder glauben Sie etwa, dass Sie keine Feinde haben?“

Er unterdrückte den Impuls, ihm schon jetzt das Foto des Toten zu zeigen. Erst mal wollte er so viel wie möglich aus dem Mann rausholen.

„Feinde“, sagte der Mann und blickte zuerst über den

Zeltplatz, dann über das Feld hinweg in die Ferne, „wer hat die nicht?"

„Sie haben also gehört, was im Wald passiert ist."

„Ich habe gehört, dass da ein Toter liegen soll, sonst nichts. Konnte man ja auch sehen, dass da was los ist. Kam ja laufend Polizei."

Sibel sah Anselm an. Er nickte, holte sein Fotohandy aus der Tasche und hielt es dem Mann unter die Nase.

„Hier, schauen Sie mal, ob Sie den Mann darauf erkennen."

Der Mann beugte sich vor und starrte auf das Display. Lange, fast regungslos tat er das. Zuerst glaubte Anselm, dass er Zeit brauche zum Überlegen, aber zunehmend kam es ihm so vor, als müsse der Mann sich erst sammeln für eine Antwort.

„Ja", sagte er endlich und nickte, „den kenne ich."

Und, dachte Anselm, spuck's schon aus, lass uns nicht so lange zappeln. Wer ist es? Aber der Mann schwieg. Sibel dauerte die eingetretene Pause zu lange.

„Nun nennen Sie uns doch den Namen", rief sie, „oder glauben Sie, wir haben ewig Zeit?"

Der Mann antwortete nicht auf ihre Frage, sondern stand auf und winkte zu den anderen hinüber.

„He" rief er, „wisst ihr, wer der Tote ist?"

Einige schauten interessiert, die meisten gelangweilt herüber. Anselm hätte mehr Neugier erwartet.

„Ne, wer ist es denn?"

„Sebastian ist es", rief der Mann, „unser Sebastian."

Jetzt kam doch Bewegung in die Leute. Einige murmelten etwas vor sich hin, andere schüttelten die Faust. Zwei Männer riefen sich etwas zu, das Anselm aber wegen ihres Nuschelns nicht verstehen konnte, die Frau blickte zu Boden. Auch die Hunde schienen die Aufregung zu spüren. Sie spitzen die Ohren und liefen unruhig durcheinander.

Was ist denn jetzt los, dachte Anselm, was hatte denn diese Entrüstung zu bedeuten? Und warum hatte der Mann unser gesagt hat? Unser Sebastian. Fragend blickte er Sibel an, aber die zuckte mit den Schultern.

Ein paar Männer standen auf, gingen aufeinander zu und begannen, aufgeregt miteinander zu reden. Auch der Mann, den sie angesprochen hatten, ging zu ihnen hinüber. Um Sibel und Anselm kümmerte sich keiner mehr.

Anselm merkte, dass es Unterschiede zwischen ihnen gab. Einigen konnte man deutlich ansehen, wie und wo sie lebten. Ihre Kleidung war verdreckt und zerrissen, zwei trugen nicht einmal Schuhe, sondern dicke Socken. Ihre Gesichter wirkten ungewaschen. Anderen konnte man es weniger ansehen. Ihre Kleidung war zwar verschlissen oder altmodisch, aber sie hatte keine Löcher und war kaum verdreckt. Die Gesichter dieser Leute wirkten gewaschen. Arm, hätte Anselm gedacht, wenn er sie unter anderen Umständen getroffen hätte, ja, das sind sie. Leute, die zum Rand der Gesellschaft gehörten, aber immerhin noch dazu.

Wenn ihr Opfer aus dieser Zeltstadt stammte, und nach der Reaktion der Leute mussten sie davon ausgehen, überlegte Anselm, hatte er eindeutig zur zweiten Gruppe gehört, zu denen also, die sich noch halbwegs über Wasser hielten. So hatten seine Kleidung und die Gegenstände in den Satteltaschen jedenfalls auf ihn gewirkt.

„Los, worauf warten wir noch?“ Sibel stieß ihn an. „Vielleicht solange, bis die sich da drüben ausgequatscht haben?“

Sie gingen auf die Gruppe zu, aber es war merkwürdig. Je näher sie ihnen kamen, desto mehr verstummte das Gespräch. Desto mehr machte sich auch ein muffiger Geruch bemerkbar. Als sie die Leute schließlich erreichten, sprach keiner mehr. Schweigend, fast misstrauisch musterten sie Sibel und Anselm.

„Also, was ist los?“, fragte Anselm. „Wollen Sie uns nicht

endlich sagen, wer der Tote ist?“ Er blickte sie der Reihe nach an. Zuerst den Mann, der ihnen den Vornamen verraten hatte, dann die anderen. Alle, merkte Anselm, waren unrasiert. Schließlich antwortete ihm derjenige, den Anselm für den Ältesten hielt. Er hatte keine Schneidezähne mehr, deshalb war er nur schwer zu verstehen, sein linkes Auge war blutunterlaufen.

„Zeigen Sie mir mal das Foto“, nuschelte er.

Anselm hielt es ihm hin, der Mann nickte.

„Ja, das ist Sebastian“, antwortete er, „Sebastian Dreier.“

„Können Sie uns ein bisschen mehr über ihn erzählen?“, fragte Sibel.

Der Mann zuckte mit den Schultern.

„Was soll man über ihn erzählen? Er ist einer von uns, hat seit ein paar Wochen hier gelebt. Da drüben steht sein Zelt.“ Er zeigte auf ein blaues Einmannzelt ganz in der Nähe der Hütte.

„Aber Sie müssten doch ein bisschen mehr über ihn wissen, Herr ...“ sagte Sibel. „Dürfen wir vielleicht auch Ihren Namen erfahren.“

„Werner Konitz“, antwortete der Mann, „soll ich mich ausweisen?“

„Ne, passt schon“, antwortete Anselm. „Folgen Sie lieber der Bitte meiner Kollegin und erzählen Sie mehr von Dreier. Was war er für ein Mensch?“

Konitz sah erst die anderen an, bevor er antwortete. „Sebastian war ein kluger Mann“, sagte er dann. „Einer, der uns erklären konnte, wo es lang geht.“

„In welcher Sache?“, wollte Sibel wissen.

Wieder folgte ein längeres Zögern.

„Na, überhaupt, bei allen Sachen“, antwortete der Mann, den Sibel und Anselm zuerst angesprochen hatten.

„Dürfen wir Ihren Namen auch erfahren?“, fragte Anselm.

„Birkner, Manfred“, antwortete der Mann.

Anselm kramte einen Zettel aus der Innentasche seiner Jacke und notierte sich beide Namen. Nach ihrer Adresse musste er ja nicht fragen. Man konnte ja nie wissen, wie viel Fragen sie noch zum Umfeld des Mordopfers haben würden, dachte er. Sicher war also sicher.

„War er also Ihr Ratgeber in allen Lebenslagen?", fragte Sibel. Anselm musste sich ein Grinsen verkneifen. Keine schlechte Idee, die Leute mal ein bisschen zu provozieren.

„Ratgeber in allen Lebenslagen …?" Birkner schien nicht richtig verstanden zu haben.

„Unsinn", unterbrach ihn Konitz, der Sibels Absicht durchschaut hatte. „Dreier war so etwas wie unser Sprecher, das hat Manfred gemeint. Er hat sich für uns eingesetzt, wenn es nötig war."

„War das denn nötig?", wollte Anselm wissen.

„Und ob es das war", rief Konitz. „Leute wie wir stören doch immer, egal wo wir auftauchen." Er schaute in die Runde, die anderen nickten. „Und wenn wir so gut wie nichts mehr haben, wollen uns manche auch noch das Letzte nehmen, was wir beanspruchen", fuhr er dann fort.

„Hier auch?"

Konitz schwieg, genau wie die anderen. Allerdings fiel Anselm auf, dass zwei von ihnen zu den Häusern jenseits des Feldes hinüber schielten, er folgte ihrem Blick. Tatsächlich, das waren nicht irgendwelche Häuser, die dort standen, sondern Villen. Dass ihm das erst jetzt auffiel! Verblüfft bemerkte Anselm den unglaublichen Unterschied. Hier die Zelte, einige davon uralt und wahrscheinlich nicht mal regenfest, dort die Luxusvillen mit großem Garten und Hecken drum herum. Ein paar Mal schaute er hin und her. Warum hatten diese Leute ausgerechnet hier ihre Zelte aufgebaut, in direkter Nachbarschaft zu einem gutbürgerlichen Viertel? Wollten sie provozieren? Sollte das so etwas wie eine politische Demonstration sein? Seht her, wie schlecht es manchen in dieser Gesellschaft geht, während ihr in Saus und Braus lebt? Ach was, dachte Anselm dann, als er die Männer vor sich ansah. Nach einer durchdachten politischen Aktion sahen sie nicht aus. Wahrscheinlich hatte irgendeiner damit angefangen, weil das Feld frei war und der Wald direkt nebenan lag. Der Rest war ihm dann gefolgt, einer nach dem anderen.

„Gab es Ärger mit den Leuten da drüben?", wollte Anselm wissen.

Birkner öffnete den Mund, setzte zur Antwort an, aber Konitz war schneller.

„Fragen Sie die Leute doch selber."

Anselm spürte deutlich den aggressiven Unterton. Wollte Konitz damit vielleicht einen Verdacht äußern?

„Dann hat Dreier also bei Konflikten Ihre Interessen vertreten, stimmt's?", fragte Sibel.

Die Männer nickten.

„Auch denen da drüben gegenüber?", hakte Anselm nach.

Wieder keine Antwort, sondern nur ein knappes Nicken.

„Gut." Anselm nickte jetzt auch. „Was müssen wir sonst über ihn wissen? Hatte er Freunde, gab es Verwandte?"

Konitz grinste. „Verwandte haben wir alle. Fragt sich nur, ob die noch was mit uns zu tun haben wollen."

Auch Sibel grinste. Gut, der Teil der Frage war blöd gestellt, Anselm musste es zugeben. Immerhin schienen die Leute hier noch nicht ihren Humor verloren zu haben.

„Aber Freunde kann er doch trotzdem gehabt haben, oder?", beharrte er auf den ersten Teil seiner Frage.

„Ja", sagte Birkner. „Sebastian hat alles zusammen mit Ralf Sander gemacht, der hat direkt neben ihm campiert." Er zeigte auf ein Zelt, das etwas größer war als das von Dreier.

„Und wo ist der jetzt?"

Sie zuckten mit den Schultern. „Sander ist verschwunden“, antwortete Konitz. „Schon seit gestern Abend. Wir wissen nicht, wo er gepennt hat.“

Also so ziemlich genau seit der vermuteten Tatzeit, dachte Anselm.

„Ist das normal, dass jemand abends wegbleibt?“

„Eher nicht“, antwortete ein Mann, dessen Kleidung unangenehm muffig roch, so dass Anselm es vermied, ihm zu nahe zu kommen. „Sein Zelt lässt niemand gerne für längere Zeit allein.“ Anselm bemerkte, dass der Mann sogar an diesem warmen Spätsommertag Handschuhe mit offenen Fingern trug. Seine Kuppen waren rissig.

Er sah Sibel an, sie nickte.

„Wo können wir Ralf Sander denn treffen?“, fragte sie.

„Der hält sich meistens am Bahnhof auf“, antwortete Konitz, „und macht da ein paar Euro. Vielleicht hat er da heute Nacht auch gepennt. Auf einer Bank am Nordausgang.“

Sie ließen sich eine Beschreibung geben. Knapp dreißig Jahre alt, ein Mann mit pickligem Gesicht, der einen Parka trug und seine Klamotten in einem Rolli transportierte. Das genügte. Anselm war sich sicher, dass sie ihn erkennen würden.

Dann gingen sie zu den Zelten hinüber, obwohl sie schon ahnten, dass es sie nicht weiterbringen würde. In dem von Dreier lag zusammengerollt ein Schlafsack, das Zelt von Sander war völlig leer. Ob er geplant hatte, die Nacht woanders zu verbringen oder besaß er keinen Schlafsack? Anselm drehte sich um und sah, dass die Männer zurückgegangen waren zu ihren Zelten. Er überlegte, ob er sie nach dem Schlafsack von Sander befragen sollte, unterließ es aber. Es hatte ja doch keinen Zweck, hier ließ ja niemand einen anderen an seine Habe ran.

„Mist!“, rief Anselm. „Wenn doch dieser blöde Sander hier wäre. Dann wüssten wir vielleicht schon, was genau passiert ist.“

„Hältst du ihn etwa für den Mörder?"

„Warum nicht? Seit der Tatzeit ist er jedenfalls verschwunden."

„Vielleicht, weil er einen anderen Grund dazu hat. Weil er nämlich Angst hat, dass er der nächste sein könnte."

„Und warum?"

„Weiß nicht." Sie zuckte mit den Schultern.

„Naja, auch möglich. Jedenfalls würde er uns in beiden Fällen weiterhelfen."

„Sollen wir als nächstes zum Bahnhof fahren?"

Anselm schüttelte den Kopf. „Ne, erst mal gehen wir zu denen da drüben. Ich will wissen, was sich genau zwischen denen und den Leuten hier abgespielt hat."

„Das könnten wir auch hier erfragen."

„Können wir nicht. Du hast doch gemerkt, wie die Leute hier auf jede Frage reagieren. Fast nichts haben sie zu denen da drüben gesagt, weil sie unter Druck stehen, vielleicht sogar Angst haben. Ne, wenn wir erfahren wollen, was hier läuft, dann nur von denen da drüben."

„Du willst also tun, was dieser Konitz uns empfohlen hat."

„Genau. Hast du nicht auch gemerkt, dass er einen Verdacht geäußert hat und uns auf eine Spur bringen wollte?"

„Habe ich sehr wohl, Herr Oberkommissar", antwortete sie und zog ihre Stirn in Falten, was er an ihr nicht leiden konnte. Es stand ihr einfach nicht.

„Komm", antwortete er versöhnlich, „so habe ich es nicht gemeint. Ich glaube halt, dass uns diese Reihenfolge schneller weiterbringt. Außerdem sind wir ja schon hier."

Sibel entgegnete nichts, aber ihre Stirn glättete sich.

Während sie das Feld überquerten, rief Rautert an. Anselm reichte sein Handy an Sibel weiter. Sollte sie ihm den bisherigen Ermittlungsstand erzählen, seine Gedanken kreisten schon wieder um Tanja.

„Du musst mir jetzt nicht zeigen, für wie toll Du mich

hältst, indem ich Rautert informieren darf", sagte sie, als sie ihm das Handy zurückgab. Anselm steckte es ein und entgegnete nichts. Manchmal kam er einfach nicht klar mit ihr. Dann war alles, was er machte, falsch in ihren Augen. Soll uns einer die Frauen erklären, dachte er, wobei es ihm schon gereicht hätte, wenn ihm jemand Tanjas Verhalten erklärt hätte. Für den Fall könnte er alles, was Sibel betraf, locker verkraften.

„Bist du jetzt etwa eingeschnappt?"

„Ich?" Erstaunt sah er sie an. „Wie kommst du denn darauf?"

„Weil du sonst nicht so schweigsam bist. Irgendein Thema fällt dir doch immer ein, mit dem du mich zutexten kannst. Und wenn es deine geliebte Borussia ist."

„Du interessierst dich doch gar nicht dafür."

Sie kicherte. „Ein bisschen schon. Bleibt mir ja gar nichts andres übrig nach all den Vorträgen, die ich mir zu diesem Thema schon anhören musste."

„Jetzt sagst du es ja selber. Du musst, nicht du kannst oder du darfst."

„Jedenfalls höre ich mir lieber deine gesammelten Fußballbetrachtungen an als dass du verstummst, falls dich das beruhigt."

Er wollte sich auch gerade beruhigen, ihre witzige Entgegnung hatte ihm gut getan, da fiel ihm plötzlich seine Mutter ein. Um Gottes Willen, wenn die davon Wind bekam, dass etwas nicht stimmte zwischen Tanja und ihm, dann hätte er den nächsten Ärger. Er musste sie längst mal wieder anrufen, am Wochenende hatte er es versäumt, bestimmt würde sie sich bald selbst melden. Ja, und dann? Sie freute sich doch so darauf, dass es endlich mit einem Enkel klappen könnte, und was sollte er ihr jetzt sagen? Da ist irgendein Kerl in Tanjas Wohnung, Mama, ich weiß auch nicht, wer das ist, und Tanja will es mir nicht erklären. Auf keinen

Fall, dachte er. Nichts durfte seine Mutter davon wissen. Er wusste ja selbst nicht, was los war. Warum sollte er also die alte Frau beunruhigen?

Er war froh, als sie endlich den Feldweg hinter sich hatten und in das Wohnviertel einbogen. Die Gedanken bedrängten ihn, ohne dass er einen Ausweg sah, da war Ablenkung am besten. Selbst wenn es die Recherche in einem Mordfall war.

4.

Es gab keinen einheitlichen Baustil in diesem Südstadtviertel, das Anselm von all seinen Ermittlungen, die ihn durch alle möglichen Winkel von Dortmund getrieben hatten, bisher noch gar nicht kannte. Jedes der Häuser, deren frische Farbe verriet, dass sie erst vor ein paar Jahren gebaut worden waren, hatte seinen eigenen Stil. Einige waren echte Prachtvillen mit großem Eingangsportal, Häuser wie aus der Gründerzeit. Andere hatten die typisch postmodernen Erkerfenster, wieder andere hatten tief gezogene Dächer, die an Reetdächer in Norddeutschland erinnerten. Mein Gott, was sollte dem Besucher mit diesem bunten Durcheinander demonstriert werden? Dass die Bewohner Geld hatten natürlich, aber vor allem einen exquisiten, sehr individuellen Geschmack, glaubte Anselm.

„Hast du auch den Eindruck, den ich habe?", fragte er.

„Oh ja", antwortete sie, „ aber wohnen möchte ich hier trotzdem nicht. Weder hier noch drüben." Sie zeigte in Richtung Zeltstadt.

„Und warum nicht hier?"

„Weil ich dafür nicht vornehm genug bin."

Er grinste. „Gott sei Dank bist du es nicht."

Anselm musste sich recken, um in die Gärten blicken zu können. Manche waren von Hecken umgeben, andere von Zäunen, an denen Sichtblenden befestigt waren. In einem der Gärten entdeckte Anselm einen Mann, der Blätter zusammenharkte.

„Hallo!", rief er, „könnten wir Sie mal einen Moment sprechen?"

Der Mann schaute mürrisch zu ihnen herüber, antwortete aber nichts. Anselm trat näher an den Zaun heran.

„Anselm Becker, Kripo Dortmund“, stellte er sich vor. „Ich möchte Sie etwas fragen zu der Zeltstadt drüben im Feld.“

„Dazu sage ich nichts“, erwiderte der Mann.

„Wie? Was soll das heißen, dass Sie nichts dazu sagen?“ Die schroffe Antwort hatte Anselm erstaunt.

Der Mann begann wieder mit dem Harken. „Dass ich mit der Sache nichts zu tun haben will, das soll es bedeuten“, brummte er. Dann drehte er ihnen demonstrativ den Rücken zu.

Sibel zog Anselm vom Zaun weg. „Komm, lass es“, sagte sie. „Du merkst doch, dass es keinen Zweck hat.“

„Verdammt, man kann doch auf eine normale Frage eine normale Antwort erwarten“, schimpfte Anselm. „Oder ist das zu viel verlangt?“

„Manchmal denke ich, du bist es, der erst seit zwei Jahren bei der Polizei ist und nicht ich.“ Sie grinste. „Und außerdem ist das doch auch eine Antwort gewesen.“

„So, und welche?“

„Dass es Konflikte gibt zwischen den Leuten hier und denen da drüben. Deine Vermutung war also richtig.“

Sie lief zu einem Haus mit Erkerfenstern hinüber und drückte den Klingelknopf. Den Gong konnte Anselm bis auf die Straße hören. Eine Frau mit Staublappen in der Hand öffnete die Tür. Sibel stellte ihre Frage, aber auch die Frau schüttelte mit dem Kopf. Nein, sagte sie, sie wisse nichts. Sie putze hier nur. Die Hausbesitzer könnten ihnen jetzt auch nicht helfen, die seien auf der Arbeit.

Wann sie denn zurückkommen würden, wollte Anselm wissen.

Die Frau zuckte mit den Schultern. Der Mann arbeite bei einer Bank, im Vorstand, da sei unsicher, wann er Schluss hätte. Und die Frau sei bei einer Immobilienfirma beschäftigt, danach gehe sie montags zum Tennis.

Sibel hakte nach. Aber die Zeltstadt, sagte sie, müsse ihr doch aufgefallen sein, selbst wenn sie hier nur putze.

„Klar ist die mir aufgefallen", sagte die Frau, „ist ja auch nicht zu übersehen. Aber was da genau los ist, weiß ich nicht. Fragen Sie doch den Herrn Mönkmeyer da drüben im Haus." Sie zeigte quer über die Straße. „Der leitet alles."

„Der leitet alles? Was leitet der denn?"

„Das soll Ihnen Mönkmeyer selber sagen", antwortete sie. „Ich wohne hier nicht und habe mit all den Sachen nichts zu tun."

Was denn für Sachen, wollte Anselm fragen, aber er sah, dass sich das Gesicht der Frau verfinstert hatte. Hier kamen sie also auch nicht weiter. Blieb der Hinweis auf diesen Mönkmeyer, der in der Villa schräg gegenüber wohnte. Sie überquerten die Straße, durchschritten ein kleines Törchen und kamen auf das Eingangportal zu. Gunther Mönkmeyer, Rechtsanwalt, lasen sie auf dem Klingelschild. Anselm drückte den Knopf, wieder ertönte ein lauter Gong. Kurz darauf erschien ein gut vierzigjähriger Mann an der Tür, hellbrauner Anzug, passende Krawatte, dunkles, gescheiteltes Haar, das an den Schläfen graumeliert war. Anselm fasste sich unwillkürlich an die eigenen Schläfen. Er hatte noch keine grauen Haare, wie er morgens beim Blick in den Spiegel feststellte, was aber vermutlich nur daran lag, dass seine blond waren. Blonde Haare wurden nicht so schnell grau.

Anselm stellte sich und Sibel vor, der Mann war, er hatte es sofort vermutet, Rechtsanwalt Mönkmeyer.

„Das passt mir jetzt aber gar nicht", sagte Mönkmeyer mit Blick auf seine Armbanduhr, „ich müsste dringend in die Kanzlei. In einer knappen Stunde habe ich einen wichtigen Termin und ich müsste mir vorher noch mal die Akten anschauen."

Getue, dachte Anselm, versuch nicht, uns was vorzumachen. Schnell mal eben Bedeutung vorspielen, dann läuft das folgende Gespräch in die gewünschte Richtung. Wenn der Typ Getue nötig hatte, hatte er vielleicht auch was zu verbergen.

„Es dauert nicht lange“, sagte Anselm in bewusst sachlichem Tonfall, der Widerspruch schwer machte. Mönkmeyer bat sie ohne weitere Floskeln ins Haus. Sie traten in einen weißen Flur, an dessen Wänden abstrakte Bilder hingen, alle offensichtlich von demselben Künstler. Der Hintergrund war stets blau, durch das Bild zuckten Farbblitze, mal gelb, mal silbern. Modischer Kram, der Anselm nicht gefiel, weil die Bilder eine spürbare Kälte ausstrahlten. Im Hintergrund lief eine blonde Frau durchs Wohnzimmer, studiogebräunt und deutlich jünger als ihr Mann, die kurz zu ihnen herüberlächelte. Kinder waren nicht zu sehen, aber an den Kinderschuhen, die hinter der Haustür standen, merkte Anselm, dass es welche gab. Also waren sie noch in der Schule.

Mönkmeyer bat sie ins Wohnzimmer, das seine Frau inzwischen verlassen hatte, um irgendwas in der Küche nebenan zu erledigen. Das große Fenster gab den Blick frei auf einen gepflegten Garten, auf dessen Rasen zwei Liegestühle standen. Mönkmeyer wies sie an, dass sie auf dem Sofa Platz nehmen sollten, er selbst setzte sich in einen der beiden Sessel.

„Es geht um die Zeltstadt am Waldrand“, sagte Sibel. „Wir hätten dazu ein paar Fragen an Sie.“

Nicht schlecht, allgemein anzufangen, dachte Anselm. Vielleicht verriet ihnen Mönkmeyer ja etwas, auf das sie mit einer gezielten Frage nicht gekommen wären.

„Ach, gedenkt die Polizei jetzt doch etwas in dieser Sache zu tun?“, rief Mönkmeyer. „Das ist ja sehr interessant!“

„Was sollten wir Ihrer Meinung nach in dieser Sache tun?“, fragte Sibel und betonte dabei das Wort Sache.

Mönkmeyer schien enttäuscht zu sein über ihre Frage.

„Ja, haben Sie denn nicht gesehen, was da los ist?", rief er. „Das ist doch kein Zustand, so was."

„Wieso ist das kein Zustand?", fragte Anselm, obwohl er schon ahnte, dass es Mönkmeyer nicht um die Lebensverhältnisse der Leute dort ging, sondern allein um die Tatsache, dass sie sich da drüben aufhielten.

„Erst war da ein Zelt", antwortete Mönkmeyer, „dann wurden es zwei, dann kamen immer mehr hinzu. Irgendwann stand da auch noch diese Hütte. Wir haben hier vor einiger Zeit einen kleinen Abenteuerspielplatz für unsere Kinder bauen lassen, am Ende der Straße. War gar nicht so einfach, das bei der Stadt durchzukriegen, obwohl wir das meiste selbst finanziert haben. Jetzt müssen sie sich den mal ansehen. Überall Dreck, Glasscherben und Zigarettenstummel, alles bekackt und bepinkelt. So was geht doch nicht, da muss man doch was machen."

Er blickte Anselm und Sibel abwechselnd an, als erwarte er Zustimmung. Als sie ausblieb, fuhr er fort: „Gut, manche von denen tun mir leid. Die sind da vielleicht durch Pech reingerutscht, aber ist das ein Grund, sich so zu benehmen? Die meisten sind doch da gelandet, weil sie sich vor der Arbeit drücken. Und was ist jetzt mit unseren Kindern?" Er sah sie durchdringend an. „Wo sollen die jetzt hin? Sollen wir sie zu Hause einsperren, weil sie draußen nicht mehr spielen können? Nicht auf ihrem Spielplatz und im Wald sowieso nicht mehr."

„Dann sind Sie so etwas wie der Sprecher des Widerstands gegen die Leute da draußen, habe ich das richtig verstanden?", fragte Anselm.

„Ich bin kein Sprecher, so was brauchen wir nicht. Ich bin der Rechtsvertreter, der gegen die Stadt klagt, weil die bis jetzt nichts unternommen hat. Und wenn ich Ihren Auftritt richtig verstehe, will die Dortmunder Polizei auch nichts tun. Immer noch nicht."

„Was heißt das, immer noch nicht?"

„Weil wir die Polizei schon mehrfach gebeten haben, einzugreifen. Aber die hat offensichtlich Anweisung vom Sozialamt, die Leute in Ruhe zu lassen, ganz klar. Die soll hier nicht eingreifen, aber das wird sich ändern. Dafür werden wir schon sorgen. Der Schandfleck dort wird verschwinden, dafür garantiere ich."

Wieder sah er sie abwechselnd an.

„Weshalb sind Sie eigentlich gekommen, wenn sie da drüben nicht für Ordnung sorgen wollen?", fragte er plötzlich in sehr viel leiserem Ton.

Wusste er es wirklich noch nicht oder tat er nur so, überlegte Anselm. Wenn er wirklich noch nichts vom Mord wusste, spielte er die Rolle des Unwissenden auf jeden Fall sehr überzeugend. Anselm blieb skeptisch. Dem Typ war zuzutrauen, dass er ihnen etwas vorspielte.

„Weil von den Leuten da drüben jemand ermordet worden ist", antwortete Sibel, „deshalb." An der Art, wie sie das letzte Wort betonte, merkte Anselm, wie wütend Mönkmeyers Ausführungen sie gemacht hatten.

„Einer weniger."

Anselm glaubte im ersten Moment, nicht richtig gehört zu haben. War das wirklich Mönkmeyers Stimme gewesen? Hatte er das wirklich gesagt?

„So sehen Sie das?", rief er voller Empörung, „das ist also Ihr Menschenbild?"

Mönkmeyer schien einen Moment lang irritiert zu sein von Anselms Heftigkeit, seine Frau schaute besorgt aus der Küche zu ihnen herüber.

„Es geht mir um alle Menschen", entgegnete Mönkmeyer dann, „auch um die Kinder. Nicht zuletzt um meine eigenen. Die haben ja wohl auch Rechte, oder? So ein versiffter Spielplatz, den müssen sie doch wohl nicht ertragen, oder? Welchen Stellenwert haben die Interessen der Kinder gegen diejenigen der Leute in der Zeltstadt? Das ist doch die Frage, die sich hier stellt."

„Der Mann hieß Sebastian Dreier", sagte er und hielt ihm sein Handy mit dem Foto hin, „kennen Sie den?" Er wollte nicht länger Mönkmeyers Vorträge hören, sondern in der Sache weiterkommen.

„Ja, den kenne ich!", rief Mönkmeyer, „das war ein besonders schlimmer Typ. So ein Schlaumeier, der alles besser wusste und sich wer weiß was einbildete. Worauf eigentlich? Auf sein Zelt im Wald etwa?"

Jetzt kam die Frau doch zu ihnen herübergelaufen. „Reg dich nicht auf, Gunther", sagte sie, „das bringt doch alles nichts." Sie streichelte ihm ein paar Mal sanft über die Schulter.

Sie hatte einen wachen Gesichtsausdruck, aber Anselm glaubte, wenig Wärme darin zu spüren.

„Er meint es nicht so", sagte sie an Sibel und Anselm gewandt, „das müssen Sie mir glauben. Er will doch nur das Beste für die Kinder, für alle Kindern im Viertel, nicht nur für unsere."

„Klar", sagte Anselm, „alles für die Kinder. Wenn es um Sie selbst ginge, könnten die Leute in ihren Zelten bleiben, stimmt's?"

Frau Mönkmeyer sah ihren Mann an. „Uns stört das natürlich auch", sagte sie. „Schauen Sie mal von unserem Garten rüber zum Wald. Das ist doch kein Anblick, mit so was kann man sich doch nicht abfinden, das müssen sie verstehen."

„Also sehen Sie es genauso wie Ihr Mann?", fragte Sibel.

Die Frau nickte. „Ja, das ist doch normal, oder?"

Anselm spürte mindestens ebenso viel Ärger wie Sibel vorhin.

„Was heißt schon normal", sagte er, „ist es auch normal, dass Leute im Dreck leben müssen in unserem Land? Im-

merhin in einem der reichsten Länder dieser Erde."
Sie zuckte mit den Schultern. „Das weiß ich nicht. Ich kann mich da nicht reinversetzen und will das auch nicht."
Klar, dachte Anselm, wer so lebt wie du, warum sollte der sich in Armut reindenken? Obwohl es gerade solche Leute tun sollten, damit sich daran etwas ändert.
„Kann man Ihren Widerstand als eine Art Bürgerinitiative bezeichnen?", fragte Sibel.
Mönkmeyer zuckte mit den Schultern. „Von mir aus, wenn Sie so wollen."
„Und hat es Auseinandersetzungen zwischen Ihrer Bürgerinitiative und den Obdachlosen gegeben?", hakte Sibel nach.
„Auseinandersetzungen, was heißt das schon? Wir vertreten unser Recht, die Klage läuft."
„Ich meine, ist es zu Beschimpfungen oder Handgreiflichkeiten gekommen, vielleicht sogar mit Herrn Dreier?" Sie betonte das Wort Herr ausdrücklich.
„Warum sollte es das?", sagte Mönkmeyer. „Ich werde meine Hände doch nicht an so einem schmutzig machen. Das glauben Sie doch wohl selbst nicht."
Ne, dachte Anselm, das glaube ich auch nicht. Sich selber die Hände schmutzig zu machen, das passt nicht zu einem wie dir. Aber da gibt es ja noch andere Möglichkeiten.
„Es ist also zu Gesprächen zwischen Ihnen und denen aus der Zeltstadt gekommen", sagte Anselm.
Mönkmeyer nickte. „Ja, wir haben natürlich zuerst versucht, mit den Leuten zu reden, das ist ja klar. Wir haben geglaubt, dass man sich mit vernünftigen Leuten einigen könnte."
„Sich zu einigen hieße, dass die Leute wegziehen, nicht wahr?"
„Sie sollten einsehen, dass das kein Zustand ist. Das sieht doch jeder. Einige hätten es auch getan, weil ihnen Alterna-

tiven angeboten wurden, Schlichtwohnungen, aber immerhin. Doch da war ja dieser Dreier oder wie der hieß. Der hat die Leute aufgehetzt, dass sie sich auf keinen Fall vertreiben lassen sollten. Sie sollten hier bleiben, hat er gerufen, sie hätten auch Rechte. Deshalb sollten sie keinen Zentimeter weichen. Wie das klingt, Vertreibung", fügte er hinzu.

„Und wie klingt das?"

„Na, wie im Krieg. Als wenn es um so was gegangen wäre."

Vielleicht geht es für einige von den Zeltstadtleuten auch darum, dachte Anselm. Vielleicht ist es das wirklich für sie, ein Krieg zwischen zwei Bevölkerungsschichten. Er stand auf und reichte Mönkmeyer die Hand.

„Herzlichen Dank für Ihre Informationen."

Sibel sah ihn ungläubig an. Er ahnte, was sie dachte, aber Anselm wollte nicht darauf eingehen. Erst vor der Tür, als sie zurück gingen zu ihren Autos, sprach er es aus.

„Ich weiß, was du meinst", sagte er. „Aber ich wollte nicht fragen, wo er zur Tatzeit war. Das hätte sowieso nichts gebracht, denn einer wie der macht so was nicht selber, der lässt machen und sorgt für ein erstklassiges Alibi. Außerdem haben wir viel zu wenig in der Hand, um ihn danach zu fragen. Der ist Rechtsanwalt und weiß, was die Frage bedeutet. Und dann bereitet er uns vielleicht Probleme, die wir uns besser ersparen sollten. Vorerst jedenfalls. Ne, lass uns erst mal die Spur mit Dreiers Freund verfolgen, diesem Sander. Zu Mönkmeyer und seinen Leuten brauchen wir mehr Informationen. Ist vielleicht sogar besser, wenn der noch nicht auf die Idee kommt, dass wir ihn mit dem Mord in Verbindung bringen."

Sie wog den Kopf hin und her. „Na gut, von mir aus. Dann gehen wir halt so vor."

Er war froh, dass sie seinen Plan akzeptierte.

„Diese Mönkmeyers sind mir nicht sympathisch, weiß Gott nicht", erklärte er.

Sie nickte. „Die Frau war mir sympathischer als der Mann", sagte sie, „wenn auch nur ein bisschen."

„Mir nicht", brummte Anselm, „ich habe da keinen großen Unterschied bemerkt."

Bevor er so eine Modepuppe wie die sympathisch fand, dann doch lieber eine wie ... Nein, dachte er, nicht schon wieder daran denken. Einfach so tun, als wäre nichts geschehen.

Sibel rief über Handy Wermann an und fragte, ob es neue Erkenntnisse gebe und sie noch mal vorbeikommen müssten. Wenn nicht, würden sie gerne direkt zu ihren Autos gehen und einer anderen Spur folgen.

Sie hörte einen Moment zu, dann nickte sie und schaltete das Handy aus. „Wermann erwartet uns nachher im Präsidium. Bis dahin sollen wir machen, was wir für richtig halten."

Mein Gott, so viel Harmonie. Anselm konnte es gar nicht glauben.

Sie fuhren zum Nordausgang des Dortmunder Bahnhofs. Auf einem der beiden gebührenpflichtigen Parkplätze in der Nähe der Auslandsgesellschaft fanden sie jeder eine Parklücke direkt nebeneinander. Sie zogen aber keinen Schein, sondern legten ihren Dienstausweis hinter die Windschutzscheibe. Dann liefen sie durch den Bahnhof. Schon am Nordeingang, direkt neben der großen Treppe, standen die ersten Penner, die sich laut unterhielten. Immerhin hatte keiner von ihnen eine Pulle Bier in der Hand, stellte Anselm fest. Ein knapp dreißigjähriger mit Parka und Rolli an der Hand war aber nicht darunter. Sie liefen weiter durch die Bahnhofshalle, gingen ein paar Bahnsteige hoch, traten aus dem Haupteingang und blickten hinüber zur Grünanlage neben der Bibliothek, wo zwei Penner auf einer Bank saßen, aber einer, der aussah wie Ralf Sander, war nicht darunter.

Mist! Anselm wollte am liebsten noch mal durch den

Bahnhof rennen, denn wenn sie ihn hätten, wäre ihr Fall vielleicht geklärt, hoffte er. Aber Sibel hielt ihn am Arm fest.

„Lass doch, wozu sollen wir noch Zeit verplempern?"

Anselm blieb unschlüssig in der großen Bahnhofshalle stehen und sah sich um. Verflixt, wenn der Kerl doch sonst immer hier ist, warum dann nicht heute? Er wurde das Gefühl nicht los, dass er was mit dem Mord zu tun hatte und deshalb untergetaucht war.

Er blickte auf die große Uhr neben der Anzeige mit den Abfahrtszeiten. Schon kurz vor vier.

„Komm", sagte Sibel, „lass uns zum Präsidium fahren und mit Wermann auswerten, was wir bisher haben. Vielleicht hilft uns das weiter."

Im selben Moment rannte er los. Da war er doch! Ein Mann in Parka zog einen Rolli hinter sich her und lief gerade an der Buchhandlung am Rand der Bahnhofshalle vorbei Richtung Bäckerei. Vorsichtig, dachte Anselm, während er um zwei Frauen herumkurvte, die mitten in der Bahnhofshalle standen und ein Schwätzchen hielten, er darf mich nicht entdecken. Ich muss so nah wie möglich an ihn herankommen, sonst rennt er mir im letzten Moment weg. Gott sei Dank wandte ihm dieser Sander den Rücken zu und drehte sich auch nicht um, um zu sehen, was in seinem Umfeld passierte. Anselm kam ihm näher, Schritt für Schritt. Zwischendurch prallte er heftig gegen einen jungen Mann, der ihm empört etwas nachrief, was Anselm aber nicht zur Kenntnis nahm, dann hatte er den Mann im Parka erreicht, fasste ihn an die Schulter, riss ihn herum und starrte in das bärtige Gesicht eines alten Mannes.

„He, Meister", lallte der Mann, „was ist denn? Warum so stürmisch?"

Einen Moment lang stand Anselm keuchend vor ihm, roch die Alkoholfahne, die muffigen Klamotten und war wütend auf sich. Er hätte genauer hinsehen müssen, da war mal wieder der Wunsch der Vater des Gedankens gewesen.

„Oh, Entschuldigung“, sagte er. „Ich hab geglaubt, Sie wären meine Tante. Und die wollte ich unbedingt begrüßen, bevor ich mit dem Zug nach Hause fahre. Na, dann muss ich wohl bis zur nächsten Gelegenheit warten.“

„Ihre Tante?“, fragte der Mann und sah jetzt mindestens so geistlos aus wie Anselm vorhin, als er ihm ins Gesicht geblickt hatte. „Was hab ich denn mit der zu tun?“

„Ja, meine Tante“, antwortete Anselm, „schade, dass Sie nichts mit ihr zu tun haben und sie nicht mal kennen. Die ist eine tolle Frau. Naja, nichts für ungut.“ Langsam ging er zurück zu Sibel. Auch ohne sich umzudrehen spürte er, wie ihm der Mann noch eine Zeit lang verständnislos nachschaute.

„Wie wäre es?“, grinste sie, „wenn wir jetzt doch meinem Vorschlag folgen?“

5.

Die Besprechung fand in Rauterts Zimmer statt, Wermann saß schon auf einem Stuhl am Fenster, als Sibel und Anselm eintraten. Rautert trug seinen üblichen grauen Anzug, dazu einen modisch roten Schlips, den Anselm noch nie an ihm gesehen hatte. Wollte er damit etwas signalisieren, gute Laune etwa? Egal, dachte Anselm, Hauptsache, er fing nicht an, schwarzgelb zu tragen. Die Farben von Borussia müssten für Rautert tabu sein, so oft wie der über Anselms Lieblingsverein gelästert hatte.

Rautert hatte Anselms prüfenden Blick bemerkt.

„Ist was?“, fragte er.

„Ne, was soll denn sein?“

„Ich dachte nur, weil du so komisch guckst.“

„Komisch gucken ist heute seine Masche“, sagte Sibel. “Ihr hättet mal sehen sollen, wie komisch der gerade im Bahnhof geguckt hat.“

Anselm blitzte sie an. Wehe, wenn du noch mehr erzählst, sollte das heißen. Sibel bemerkte seinen Blick und unterließ es. Sie zog sich einen Stuhl in die Nähe von Rauterts Schreibtisch und begann zu berichten, was sie bisher rausgefunden hatten. Anselm setzte sich auf die Fensterbank und hörte zu.

Danach kam Wermann an die Reihe. Tatzeit sei mit ziemlicher Sicherheit der gestrige Abend gewesen, also der Sonntag, erklärte er. Vermutlich gegen 19 Uhr, plus minus eine Stunde. Die genaue Uhrzeit würde der Dok mitteilen, sobald er die Leiche obduziert hätte.

Anselm nickte. Weiter, dachte er, das wissen wir doch. Was gibt es Neues?

„Dreier steht übrigens in unserer Kartei“, sagte Wermann und blickte dabei Anselm an, als hätte er seine Gedanken erraten.

„Ach“, entfuhr es Anselm und wollte hinzufügen, dass das interessant sei, konnte sich aber im letzten Moment bremsen. Was sollte daran überraschend sein, wenn ein Obdachloser, der ums tägliche Überleben kämpft, in ihrer Kartei auftauchte? Eher wäre es verwunderlich, wenn er nicht drin stünde.

„Und was hat er gemacht?“, fragte er nur mäßig interessiert.

„Er ist des Diebstahls beschuldigt worden. Ein anderer Obdachloser hat behauptet, er hätte ihm eine wertvolle Uhr gestohlen. Der Fall wurde aber niedergeschlagen. Der andere konnte nämlich nicht beweisen, dass er je eine Uhr gehabt hatte, und wenn ja, woher sie überhaupt stammte. Dreier hat die Tat denn auch bestritten und seinerseits behauptet, der Mann hätte das nur erfunden, um an seine Uhr ranzukommen.“

„Ja, dann ist erstaunlich, dass die Sache überhaupt noch in unserem Computer steht.“

Wermann nickte. „Ist wohl ein Versehen.“

„Also ist der Mann ein völlig unbeschriebenes Blatt“, sagte Anselm. „Erstaunlich für jemanden, der so wie er gelebt hat.“

Rautert nickte. „Sehe ich auch so“, sagte er und fügte hinzu: „Dann lasst uns überlegen, was wir zuerst tun müssen.“

„Wir müssen einen Obdachlosen namens Ralf Sander zur Fahndung ausschreiben. Das ist das Wichtigste. Der war sein bester Freund, die beiden sollen so gut wie alles zusammen gemacht haben. Vielleicht ist das sogar schon die Lösung. Ein Streit zwischen zwei Obdachlosen, die eigentlich Freunde waren, um irgendeinen Gegenstand. Wer nichts mehr hat, für den ist jede Kleinigkeit lebenswichtig.“

Rautert nickte. „Gut, das übernehme ich.“

„Und dann müssen wir wissen, was da genau zwischen den Leuten aus der Zeltstadt und denen aus dem Villenviertel gelaufen ist“, sagte Sibel. „Ob dieser Mönkmeyer und seine Leute wirklich nur juristisch gegen die Leute vorgegangen sind oder ob da noch mehr gelaufen ist. So eiskalt wie der Mönkmeyer auf den Tod von Dreier reagiert hat, würde mich nicht wundern, wenn es Krach gegeben hätte.“

„Erkundigt euch bei den Kollegen auf der Wache im Süden“, sagte Rautert. „Vielleicht kommen wir da weiter.“

„Und dann müssen wir natürlich rauskriegen, ob dieser Dreier Verwandte hatte und wo die wohnen“, sagte Wermann, „allein schon, um ihnen seinen Tod mitzuteilen.“

„Gut.“ Rautert stand auf. „Dann an die Arbeit.“

„Aber wir machen nicht mehr alles heute“, sagte Anselm und zeigte auf seine Armbanduhr, die halb fünf anzeigte. „Wir holen uns noch die Auskunft über die Querelen um die Zeltstadt, danach gehe ich nach Hause.“

Er sah Rautert fest in die Augen. Der Gedanke an Tanja beunruhigte ihn längst wieder, es konnte doch nicht immer nur um die Arbeit gehen, schließlich hatte er noch ein Privatleben, und da musste er unbedingt etwas klären.

Rautert hielt seinem Blick nur einen Moment stand. „Ist gut“, sagte er dann, „die Presse hat gerade erst Wind von dem Mord bekommen. Ich habe sie auf morgen Mittag ins Präsidium bestellt. Bis dahin haben wir Zeit, uns einen Überblick zu verschaffen.“

Anselm lächelte ihn an. Na also, geht doch, dachte er.

Sie gingen hinüber in sein Zimmer. Sibel wählte von seinem Apparat aus die Nummer der Südwache, sprach lange mit einem der dortigen Kollegen und notierte sich zwischendurch etwas auf einem Zettel. Anselm schaute derweil aus dem Fenster hinüber zu den Platanen auf dem Mittelstreifen der B1. Weiter stadtauswärts, Richtung Unna, waren vor ein paar Tagen einige Bäume gefällt worden, diese standen

Gott sei Dank noch. Es war ein beruhigender Anblick, während der Arbeit zwischendurch einfach auf die Baumkronen zu schauen, selbst wenn unter ihnen unablässig der Verkehr vorbeibrauste. Anselm würde ungern auf diesen Anblick verzichten. Er starrte hinaus und versuchte, an gar nichts zu denken.

Endlich legte Sibel auf.

„Also, was die Anwohner aus der Villensiedlung da organisiert haben, ist wirklich so etwas wie eine Bürgerinitiative", erklärte sie. „Mit Macht haben sie darauf gedrängt, dass die Obdachlosen verschwinden. Deshalb gab es Ärger zwischen den ihnen und den Zeltstadtleuten, einmal sogar Krawall."

„Krawall?", fragte Anselm, „was bedeutet das?"

„Eine Bande Jugendlicher hat eines Nachts in der Zeltstadt randaliert, hat wahllos alles kaputt geschlagen und ist dann spurlos verschwunden. Der Kollege aus der Südstadt will nicht ausschließen, dass böse Absicht dahinter steckte und nicht der übliche Vandalismus."

„Hat er dabei den Namen Mönkmeyer erwähnt?"

„Nicht direkt. Er hält nur für möglich, dass jemand die Jugendlichen angestachelt hat. Alles nach dem Motto: He, wollt ihr mal Randale machen? Bisschen aufräumen und dafür auch noch Geld kriegen?"

„Uns gegenüber hätte er seinen Verdacht doch konkret äußern können", rief Anselm, „was soll da diese Vorsicht?"

„Er hat uns immerhin den Namen des Bezirkspolizisten gegeben, weil der, wie er meint, am besten Bescheid wüsste." Sie hielt den Zettel hoch. „Hier, Mike Stendel heißt er. Das reicht doch."

Anselm nickte. „Gut, das reicht jetzt erst mal. Den Rest machen wir morgen."

Auf dem Parkplatz im Innenhof standen sie noch einen Moment zusammen. Es war noch immer warm, Anselm zog seine Jacke aus und klemmte sie unter den Arm. Irgendwie überkam ihn jetzt, wo seine Freizeit begann, die Sorge vor dem, was ihn erwarten könnte. Ein Gespräch mit Sibel, eine kleine Pause, um sich zu fassen zu können, würde ihm jetzt gut tun, dachte er.

„Was machst du denn jetzt so?", fragte er. „Ich meine nach Dienstschluss."

„Was ich in meiner Freizeit mache? Wieso fragst du das?"

„Nun …" Er schmunzelte. „Weil mir beispielsweise aufgefallen ist, dass du neuerdings bunte Klamotten trägst. Nicht mehr so häufig dein geliebtes Schwarz."

Sie lächelte. „Ach so was fällt dir auf? Hätte ich nie gedacht."

„Du hältst mich wohl für völlig ignorant, was?"

„Oh, nicht für ignorant", antwortete sie. „Eher für … sagen wir für ichbezogen."

„Also für einen Egoisten, sag das doch gleich."

„Nein, nein, das meine ich nicht. Ein Egoist ist jemand, der überall und zu jeder Zeit seinen Vorteil sucht. So einer bist du nicht."

„Sondern?" Er spürte selbst, dass seine Stimme gereizt klang.

„Du bist halt einer, dessen Gedanken hauptsächlich um sich selbst kreisen. Der irgendwie immer mit sich selbst beschäftigt ist."

Er sah sie an. Konnte es sein, dass sie Recht hatte? Dass das vielleicht sogar der Grund für Tanjas Verhalten war? Stimmte es denn nicht, dass er die Beziehung zu ihr immer nach seinen Wünschen ausgerichtet hatte? Verdammt, vielleicht war da ja wirklich etwas dran.

Sie hatte gemerkt, dass sie ihn getroffen hatte. „Komm, so böse habe ich es auch nicht gemeint. Du hast gefragt, und ich habe ehrlich geantwortet."

„Ist schon gut", antwortete er. „Vielleicht hast du ja Recht."

„Um Himmels Willen, wenn du so einsichtig bist, dann hast du garantiert was." Sie sah ihm prüfend in die Augen. „Ist mir schon den ganzen Tag aufgefallen. Kein Witzchen, keine Frozzelei mit Rautert, nicht mal einen Vortrag über Fußball habe ich zu hören gekriegt. Gib es zu, irgendwas ist mit dir."

Er musste schmunzeln. Ja, sie kannte ihn gut. Sicherlich besser als er sie, was wiederum für ihre Annahme sprach.

„Naja, es ist halt Mist. Ich weiß nicht, wie ich mit Tanja dran bin."

Es fiel ihm auf, dass er Sibel gegenüber zum ersten Mal ihren Namen erwähnt hatte, aber sie fragte nicht nach, sondern nickte nur. Offensichtlich hatte sie schon von anderer Seite erfahren wer sie war. Wahrscheinlich von Rautert, der ja mal rausgekriegt hatte, dass sich Anselm sich am Wochenende bei Tanja aufgehalten hatte.

„Nun werde nicht unruhig", sagte sie, „kleine Krisen kommen in jeder Beziehung vor. Und lange kann sie ja noch nicht dauern, denn Freitag warst du noch in Bestform. Es wird schon wieder."

Er nickte. Hoffentlich wird es das.

„Und bei dir?", fragte er, um endlich wegzukommen von seinen Problemen.

Sie lächelte versonnen. „Naja, ich habe da jemanden kennen gelernt."

Also doch, dachte er. Von wegen, immer nur an sich selber denken! Wenn die Sache so eindeutig wäre, hätte er die Veränderung an ihr gar nicht bemerkt.

Er blickte sie fragend an. Wollte sie bei dieser vagen Aussage bleiben?

„Nun guck nicht so", sagte sie, „es lohnt noch nicht, darüber zu sprechen."

Sag wenigstens, ob er Deutscher oder Türke ist, wollte er fragen, unterließ es aber. Er wollte nicht aufdringlich erscheinen, und auf keinen Fall wollte er eine Fortsetzung ihres Kulturkampfes. Wieso, was soll das bedeuten, ob es ein Türke oder ein Deutscher ist? Hat das für dich eine Bedeutung? Nein, hatte es nicht, es war ganz allein ihre Sache.

„Na dann." Er gab ihr die Hand. „Bis morgen."

„Pass mal auf, bis dahin ist schon alles besser", antwortete sie und lächelte. Er fand es schön, dass sie versuchte, ihn zu trösten.

Über Lünen fuhr er nach Werne. Unterwegs dachte er daran, in einer Parkbucht anzuhalten und Tanja über sein Handy anzurufen, aber dann schien es ihm sinnvoller, es in Ruhe von seiner Wohnung aus zu tun. Es war gemütlicher von dort aus, und sie konnten ungestört vom Straßenlärm miteinander plaudern.

Als er in Werne einfuhr, herrschte dort großes Gedränge. Es lief gerade die berühmte Kirmes der Stadt, „Simjü", die immer am Tag von Simon und Juda Ende Oktober veranstaltet wurde. Daher der Name. Viele Leute überquerten die Straße, so dass er nur langsam vorankam. Überall standen Autos herum, auch vor seiner Wohnung in der Schulstraße. Verdammt, was fiel den Leuten ein? Konnten sie keine Rücksicht auf die Anwohner nehmen? Er bog auf den Schulhof gegenüber ein und parkte unter einem Baum. Da könnten die Lehrer morgen ruhig mit ihm meckern, aber was sollte er tun? Die ganze Stadt war zugestellt mit Autos.

In seiner Wohnung griff er sofort zum Hörer, setzte sich auf das Sofa und wählte Tanjas Nummer, aber es meldete sich niemand. Anselm ließ so lange durchläuten, bis das Besetztzeichen kam, dann wählte er noch einmal. Er wusste, dass Tanja ihren Anrufbeantworter gerne ausstellte, Nachrichten auf Band störten sie aus Gründen, die sie ihm mal erklärt hatte, die Anselm aber inzwischen vergessen hatte. Wieder läutete es lange durch, wieder ging keiner ran. Fast war er so weit zu hoffen, dass sich wenigstens die Männerstimme meldete, damit er wüsste, woran er war. Aber auch dieser ominöse Mann war offensichtlich nicht da.

Scheiße! Er knallte den Hörer in die Sofaecke. Wo war sie bloß? War sie etwa mit dem Kerl ausgegangen? Und wo war dann Thomas? Hatte sie ihn etwa mitgenommen, dann war das ja inzwischen ein sehr vertrauliches Verhältnis!

Was soll ich jetzt tun, fragte er sich. Nach Münster fahren und vor der Wohnung in der Willmergasse auf sie warten? Vielleicht bis weit nach Mitternacht, um dann, wenn sie endlich kam, auf sie zuzustürzen und zu fragen: „Sag mir sofort, was los ist! Wer ist der Kerl, der gestern am Telefon war?“ Blöd wäre das, nein, nicht nur blöd, sondern auch peinlich. Vor allem, wenn dieser Kerl auch noch dabei wäre.

Er unternahm einen letzten Versuch, sie auf ihrem Handy zu erreichen, aber auch jetzt meldete sich keiner.

Er atmete tief durch und merkte, wie sich seine Gefühlslage von verärgert auf frustriert wendete. Mein Gott, ich stehe ja kurz davor, mich selber zu bedauern, dachte er.

Aus der Ferne drang die Musik von Simjü zu ihm herüber. Warum nicht, dachte er, warum jetzt kein Rummelplatzvergnügen? Vielleicht war es genau das Richtige. Er holte eine wärmere Jacke mit Reißverschluss aus dem Schrank, denn abends wurde es schon kühl, selbst wenn am Tag die Sonne geschienen hatte, dann lief er hinüber zum Rummelplatz und bahnte sich einen Weg durch den Trubel. Zwischendurch blieb er am Autoscooter stehen, sah, dass die Jungen mit aufgesetzt cooler Miene den Schleudergang über sich ergehen ließen und hörte das Gekreische der Mädchen. Jemand winkte ihm zu, den er von seinen Thekengesprächen bei „Fränzer“ kannte, aber er kam nicht zu Anselm herüber, um das Gespräch mit ihm zu suchen. Gott sei Dank, Anselm fühlte sich dazu nicht in der Lage.

An einer Schießbude kam er tatsächlich auf die Idee, eine Stoffrose zu schießen. Das ist nicht wahr, dachte er, während er anlegte und zielte, das bin jetzt nicht ich, sondern das ist irgendeine blöde Vorstellung, die ich mir von mir selber mache. Er drückte ab und sah, dass er das Gipsröhrchen am Stängel der Rose verfehlt hatte.

Verdammt, auch das noch. Er musste sofort damit aufhören. Es war ja nicht nur Gefühlsduselei, die er da beging, es begann auch noch teuer zu werden. Aber der Gedanke hielt ihn nur kurz ab, dann ließ er neu laden und traf den unteren Teil des Röhrchens. Der obere umfasste weiter den Stängel. Er sah zu dem Budenbesitzer hinüber, aber der zuckte mit den Schultern. Also ein dritter Versuch, das wäre doch gelacht! Inzwischen hatten sich zwei Männer zu ihm gestellt, Anselm roch ihre Fahne.

„Hör mal, Kumpel", lallte der eine, „das ist aber gut, dass du kein Bulle bist. Ich meine, ein Bulle, der aus zwei Metern keinen Möbelwagen trifft, was soll da aus unserer Sicherheit werden?"

Sie lachten, Anselm hätte ihnen am liebsten das Maul gestopft. Er schaute sie einen Augenblick wütend an, dann zielte er erneut, der Rest des Röhrchens zersplitterte und die Rose fiel zu Boden.

„Na bitte", grinste der Schießbudenbesitzer, „klappt doch. Unsere Liebste ist es uns Wert, so sind wir Männer eben." Er bückte sich, hob die Rose auf und reichte sie Anselm, der zögerte, sie anzunehmen. Sollte er wirklich mit einer Stoffrose in der Hand über Simjü laufen? Und vor allem, sollte er sie wirklich Tanja geben bei ihrer nächsten Begegnung? Immerhin, verblühen konnte sie bis dahin nicht.

Ziellos lief er weiter. Auf dem Parkplatz vor dem Kurbad, der jetzt zugestellt war mit Karussells, standen zwei Mädchen vor einer Würstchenbude. Auf siebzehn, höchstens achtzehn schätzte er sie. Die eine war ein bisschen mopsig, aber die andere hatte eine hübsche, schlanke Figur. Sie trug die übliche Einheitskleidung heutiger Mädchen, eng sitzende Jeans und Stiefel, dazu eine knappe Jacke. Trotzdem, es sah reizvoll aus.

„Bitte sehr, die Damen", sagte Anselm und reichte der Hübscheren die Rose. Die beiden sahen ihn überrascht an.

„Oh, nicht missverstehen, meine Damen", beeilte sich Anselm zu sagen, „das ist keine plumpe Anmache. Nur eine kleine Aufmerksamkeit von einem älteren Herrn."

Zögernd nahm das Mädchen die Rose, nachdem sie vorher kurz Blickkontakt mit ihrer Freundin aufgenommen hatte und zwang sich zu einem Lächeln.

„Oh, danke", sagte sie.

Anselm nickte ihr zu, dann ging er schnell weiter. Um Gottes Willen, wenn das jemand beobachtet hatte, was sollte der jetzt von ihm halten? Alternder Lüstling macht sich an junge Mädchen heran? Er beeilte sich, den Platz zu verlassen und zurück in die Innenstadt zu kommen.

Auf Simjü hatte er jetzt keine Lust mehr, blieb also nur „Fränzers" Kneipe, wenn er nicht sofort nach Hause wollte. Kurz drauf saß er an der Theke und war froh, dass die Stühle um ihn herum frei waren. Nein, zu einem Gespräch hatte er jetzt keine Lust. Er wollte einfach in Ruhe sein Bier trinken. Der Wirt schien das zu verstehen. Er fragte nicht weiter, sondern reichte Anselm wortlos das Glas.

„Danke", sagte Anselm und trank es in einem Zug leer. „Mach mir noch eins."

„Ist schon in Arbeit."

6.

Am nächsten Morgen hatte er Kopfschmerzen. Schon als er sich im Bett erhob, durchzuckte ihn ein stechender Schmerz. Einen Moment lang verharrte er in der Bewegung und hielt sich den Kopf, dann schleppte er sich ins Bad, starrte in den Spiegel und sah ein so verknautschtes Gesicht, wie er es seit Wochen nicht mehr gesehen hatte. Die schwarzen Bartstoppeln stachen deutlich von seinem blonden Haar ab, das ihm wirr in die Stirn hing. Er zupfte daran und versuchte es zu ordnen. Im Laufe der Jahre waren die Haare heller geworden, fiel ihm auf. Wenigstens wurden sie nicht grau, dachte er.

Anschließend blickte er in seine müden Augen. Oh Gott, dass das wieder sein musste! Am liebsten wäre er zurück ins Bett gekrochen, aber das ging natürlich nicht. Sie mussten weiterkommen in ihrer Mordgeschichte. Er putzte sich die Zähne, um einen besseren Geschmack zu bekommen, dann ging er zum Kühlschrank, holte eine Mineralwasserflasche heraus und trank sie zur Hälfte leer. Als er geduscht hatte, fühlte er sich besser. Es war kurz vor neun, höchste Zeit, ins Präsidium zu fahren.

Den Gedanken, ob er überhaupt Auto fahren dürfe, verdrängte er. Er steuerte vorsichtig seinen Golf vom Schulhof, Gott sei Dank schienen die Lehrer gerade im Unterricht zu sein, jedenfalls erschien niemand, der ihm Vorwürfe machte. Kurz drauf hielt er in der Nähe einer Bäckerei, kaufte ein Brötchen mit Mett und aß es während der Fahrt. Als er gegen Viertel vor zehn ins Präsidium kam, waren Sibel und Wermann schon da.

„Na endlich“, sagte Sibel.

Anselm antwortete nicht darauf, sondern grüßte freundlich in der Hoffnung, nicht weiter aufzufallen.

Tatsächlich fingen die beiden sofort mit der Besprechung an, Anselm atmete auf. Er goss sich eine Tasse Kaffee ein, setzte sich an seinen Schreibtisch und hörte zu.

„Unsere Kollegen, die den Wald abgesucht haben, haben kein Tatwerkzeug gefunden", erklärte Wermann.

„Vielleicht war es doch ein ungeplanter Wutausbruch", sagte Anselm. „Irgendein Ast, den der Täter im Wald gefunden hat und mit dem er, nach einem Streit mit Dreier, zugeschlagen hat. Dann gibt es viele Möglichkeiten, wo er ihn anschließend hinwerfen konnte."

Sibel schüttelte den Kopf. „Vielleicht sollen wir gerade das denken. Kann genauso gut ein geschickt geplanter Mord gewesen sein, der eine spontane Tat vortäuschen soll."

„Und wie kommst du darauf?" Anselm wunderte sich über ihre Spekulation.

„Weil es auch sonst so gut wie keine Spuren gibt", mischte sich Wermann ein. „Die sollte es aber geben, wenn alles spontan geschehen ist."

An seinem rauen Tonfall merkte Anselm, wie stark Wermann unter Druck stand. Hoffentlich ist es nur der Dienst, dachte er, hoffentlich hat er nicht auch noch privaten Stress. Aber ihn danach zu fragen, war völlig aussichtslos. Wermann gab ungern etwas über sein Privatleben preis.

Trotzdem, so leicht wollte sich Anselm nicht geschlagen geben.

„Dann hat der Täter nach der Tat eben besonnen gehandelt und alle Spuren, so weit das ging, beseitigt. Soll ja vorkommen."

„Es ist ein Weg, den Spaziergänger gehen", erklärte Wermann weiter, „weshalb es genügend Fußspuren gibt. Aber welche davon dem Täter gehören …" Er zuckte mit den

Schultern. „Allerdings gehen da am Sonntagabend kaum Leute her. Sieht eher wie ein gut gewählter Tatort aus. Und dass es einen Streit um eine Flasche Schnaps oder eine Weinbombe gegeben haben könnte, ist mehr als zweifelhaft. Der Tote, hat der Dok. als Zwischenbericht gemailt, hatte jedenfalls keinen Alkohol im Blut."

Anselm nickte. „Gut, dann nehmen wir eure Annahme als Grundlage und nicht meine." Er sagte das, obwohl er nicht völlig überzeugt war.

„Der Tote hatte übrigens Verwandte", erklärte Sibel. „Eine Auskunft am Meldeamt hat das ergeben. Es gibt eine Frau und auch eine Tochter. Die Frau arbeitet in einem Bekleidungsgeschäft am Ostenhellweg. Meike heißt sie."

Klar, sie hatte hier schon gesessen und recherchiert, während Anselm Mühe gehabt hatte, aus dem Bett zu krabbeln. Immerhin informierte sie ihn ohne vorwurfsvollen Unterton, wofür Anselm ihr dankbar war. Er nickte. Das wäre jetzt der Moment, an dem Rautert sagen würde, wie sie am besten vorgehen sollten. Geht zuerst dahin, dann dorthin, macht dies, macht das, und dann würde er sein unvermeidliches Witzchen erzählen. Am liebsten eines, das Borussia betraf. Aber Rautert war nicht da.

„Wo ist er denn?", fragte Anselm und zeigte zu Rauterts Zimmer hinüber.

„Rautert ist schon über alles informiert", sagte Sibel. „Er ist jetzt auf dem Weg, die Presse zu treffen. Dass du ihn dabei begleiten möchtest, hat er nicht angenommen."

„Ich? Gott bewahre!"

Jetzt grinste nicht nur Sibel, auch Wermann schmunzelte. Anselm goss die Hälfte seines Kaffees weg, weil er spürte, dass Kaffee seine Kopfschmerzen verstärkte, dann sah er die beiden an.

„Also gut, was ist jetzt zuerst dran?", fragte er.

„Die Ehefrau natürlich", antwortete Sibel, „und dazu der

Bezirkspolizist, der sich in der Zeltstadt auskennt, dieser …“ Sie zog einen Zettel aus ihrer Jackentasche und blickte kurz darauf. „ … dieser Mike Stendel.“

Sie trug heute einen gelben Pulli zu ihren Jeans, wie Anselm bemerkte, dazu eine dunkelblaue Jacke. Nicht nur schick, sondern auch weiter sommerlich, obwohl der Himmel bedeckt war und es nach Regen aussah. Nach Herbstregen, denn ein kalter Wind begleitete ihn.

Ihr Anruf an der Südwache ergab, dass Stendel gerade auf Streife war, ein günstiger Augenblick, um mit ihm zu sprechen, meinten seine Kollegen. Über Handy verabredeten sie sich mit ihm in einer Bäckerei mit kleinem Stehcafe in seinem Bezirk, ganz in der Nähe der Zeltstadt.

Als sie ankamen, saß der Polizist schon an einem Tischchen direkt am Fenster und blickte hinaus.

„Von hier aus kann ich auch meinen Dienst ausüben“, sagte er zur Begrüßung und lachte. „Ich habe von hier aus einen guten Überblick über die gesamte Straße und die ist ein wichtiger Teil meines Bezirks.“

„Ist ja gut, dass wenigstens einige bei der Polizei Zeit für sich selber haben“, sagte Anselm und setzte sich auf einen freien Stuhl neben ihn. Als er Stendels irritierten Blick bemerkte, tat ihm sein Satz Leid, denn Stendel hatte ein freundliches, fast mildes Gesicht. Er schien ihm mehr der Typ Sozialarbeiter als autoritärer Ordnungshüter zu sein, dem es leicht fiel, Vertrauen zu gewinnen.

„War nicht so gemeint“, sagte er und bestellte für sich eine Tasse Schokolade, während Sibel einen Espresso wollte.

„Wie finden Sie denn die Situation mit der Zeltstadt?“, fragte Anselm. Es schien ihm sinnvoll, das Gespräch nicht gleich mit dem Mord zu beginnen. Wichtig war erst mal, einen Überblick zu gewinnen, und zur Zeltstadt kannten sie bisher nur die Meinung der Betroffenen und die der Gegner.

„Tja, was soll ich dazu sagen?“ Stendel zuckte mit den Schultern. „Irgendwie habe ich Mitleid mit den Leuten, die da leben. Wo sollen sie denn auch hin? Irgendwo müssen sie ja bleiben.“

Es passte zu Anselms Eindruck, dass Stendel Verständnis für die Zeltbewohner hatte.

„Was sind das für Leute, die da leben?“, fragte Sibel. „Erzählen Sie uns etwas über sie.“

„Ganz unterschiedliche, wie überall. Einige sind darunter, die haben ihr Leben nie in den Griff gekriegt. Abgebrochene Schullaufbahn, Alkoholmissbrauch, Drogen. Eine richtige Arbeit haben sie entweder nie gefunden oder nicht durchgehalten.“

Anselm nickte. „Wahrscheinlich gilt das bei einigen schon für deren Eltern, oder?“

„Manche Familien, aus denen diese Leute stammen, sind schon in der dritten Generation arbeitslos“, bestätigte Stendel. „Woher sollen es die Kinder haben, wenn es ihnen die Eltern nicht vormachen? Aber das ist nur die eine Gruppe. Daneben gibt es Leute, die wirklich Pech gehabt haben. Die hatten eine gute Arbeit, aber dann ging der Betrieb pleite oder die Ehe ging in die Brüche oder es passierte beides, und dann konnten sie die laufenden Kosten nicht mehr bezahlen. Erst haben sie sich mit Schulden über Wasser gehalten, immer in der Hoffnung, wieder Arbeit zu finden, dann sind sie doch auf der Straße gelandet. Einer ist darunter, der stammt aus Hamburg. Der musste nach Scheidung und Firmenpleite seine Wohnung räumen, hatte nur noch sein Auto und ist dann so weit damit gefahren, bis der Sprit alle war. Da war er in Dortmund, hat hier zuerst auf einem Firmenparkplatz in seinem Auto gepennt und als die Firma ihn da nicht mehr sehen wollte, hat er sein Auto für ein paar hundert Euro verkauft und sich ein Zelt besorgt. Der hatte als Auslieferer in einem Möbelgeschäft gearbeitet und wie ich den kenne, war der bestimmt fleißig. Aber nach der Pleite des Geschäfts hat er immer nur Pech gehabt, hat nie mehr Boden unter die Füße gekriegt. Solche gibt es auch in der Zeltstadt."

„Aber die Stadt hat doch auch Sozialwohnungen. Und bei den Kirchen gibt es Obdachlosenheime", wandte Anselm ein. „Warum gehen die nicht dahin?"

„Fragt sich nur, ob es genug von diesen Wohnungen gibt und wie die konkret aussehen."

Anselm sah Sibel an. Richtig einleuchtend schien ihm das nicht zu sein. Selbst eine dreckige Wohnung war doch immer noch besser als ein Zelt. Aber Sibels Miene verriet nicht, was sie dachte.

„Übrigens dürfen sie in den meisten Heimen ihre Hunde nicht mitbringen. Und die sind für sie der letzte Halt, das einzige Wesen, das immer bei ihnen ist. Außerdem wird in den Heimen geklaut. Wer nichts hat, holt sich eben beim Nächstbesten, was ihm fehlt. Und wenn es der Kollege ist, der genauso im Dreck sitzt wie man selber."

Beides leuchtete Anselm ein.

„Viele gehen deshalb nur in äußersten Notfällen ins Obdachlosenheim", fuhr Stendel fort. „Wenn es im Winter bitter kalt ist oder tagelang geregnet hat, sonst nicht."

„Gab es mal Randale?", fragte Sibel.

Stendel nickte. „Ja, da ist mal eine Bande Jugendlicher aufgelaufen und hat vieles kurz und klein geschlagen. Als die Polizei kam, waren die Typen schon verschwunden. Dreier hat hinterher behauptet, die wären ferngesteuert gewesen, von den Reichen aus dem Villenviertel."

Anselm nickte. Der Fall, den sie schon kannten. „Und, war es so?", fragte er.

Stendel zuckte mit den Schultern. „Weiß nicht. Beweise dafür hat es nie gegeben."

„Aber Sie, was glauben Sie persönlich?", fragte Sibel.

„Ich persönlich?" Stendel rieb sich das Kinn. Seine graublauen Augen bekamen plötzlich einen dunklen Schimmer. „Naja, könnte sein. Ganz ausschließen will ich das nicht."

„Sie meinen, dass Mönkmeyer dahinter stecken könnte", sagte Anselm.

Stendel sah ihn erschrocken an. „Das habe ich nicht gesagt. Mönkmeyer, der ist, wie soll ich das sagen …"

„ … ein harter Brocken", half Anselm ihm. „Einer, mit dem man sich besser nicht anlegt, oder?"

Stendel nickte. „Ja, so kann man das sagen. Deshalb will ich auch nichts behaupten, was ich nicht beweisen kann."

„Erzählen Sie uns etwas über Dreier", sagte Sibel.

„Ja, der Dreier, das war mein Ansprechpartner. Wenn es was zu klären gab in der Zeltstadt, habe ich mich immer an ihn gewandt. Auf Dreier konnte ich mich verlassen. Wenn da einer Mist gemacht hat, war er es, der es grade gebogen hat. Der hat sich die Leute dann vorgenommen, und auf ihn haben sie auch gehört. Unglaublich, dass der da gelandet ist. So einen wie den könnte man überall gebrauchen."

„Dann war er so etwas wie ein Zeltstadt-Bürgermeister", sagte Anselm.

Stendel grinste. „Ja, so kann man das sagen."

„Und sein Freund, der Ralf Sander?"

„Der ist anders. Ich meine damit nicht, dass er ein Radaubruder ist, nein, das ganz und gar nicht. Aber Verantwortung für das Ganze, die kann er nicht übernehmen. Da war der Sebastian eine Ausnahme."

„War er vielleicht sogar die einzige?"

Stendel nickte. „Ja, deshalb ist das blöd, dass es gerade ihn erwischt hat." Er sah zuerst Anselm, dann Sibel an. „Ich meine damit natürlich nicht, dass es um einen anderen weniger schade wäre, das bestimmt nicht."

„Schon klar", sagte Anselm. „Woher bekommen die eigentlich ihr Essen?"

„Die meisten gehen zur Arge und holen sich den täglichen

Satz von Hartz IV ab. Etwas über elf Euro sind das, dafür kann man schon was kriegen, wenn auch nicht viel. Manche haben Freunde oder entfernte Verwandte, wohin sie zum Essen gehen. Für die meisten gibt es aber die Armentafel bei der Diakonie im Dortmunder Norden. ‚Im Gasthaus' heißt die und liegt an der Mallickrodtstraße. Ab mittags um elf kann man sich da Lebensmittel abholen, neuerdings gibt es auch was Warmes. Das Essen ist übrigens gar nicht so schlecht, das können Sie ja mal ausprobieren. Manchmal kriegt man da was bis abends, solange Reste da sind."

„Was glauben Sie, wer Dreier umgebracht haben könnte?", fragte Sibel unvermittelt.

„Keine Ahnung, wirklich nicht. Andernfalls hätte ich es Ihnen schon längst gesagt."

„Könnte es eine spontane Tat gewesen sein, ein Streit um irgendwas Belangloses?", kam Anselm auf seinen ersten Verdacht zurück, „vielleicht sogar mit Sander?"

„Weiß ich nicht. Möglich ist alles, obwohl ich es mir bei den beiden schlecht vorstellen kann. Gerade bei denen nicht. Zwischen zwei anderen von denen in der Zeltstadt vielleicht, aber Sander und Dreier …" Er schüttelte den Kopf.

„Halten Sie trotzdem Ausschau nach Sander", sagte Sibel, „wir müssen ihn unbedingt sprechen. Er ist seit dem Mord verschwunden, und wir haben ihn zur Fahndung ausgeschrieben."

Anselm stand auf. „Sie sind natürlich unser Gast", sagte er, „aber informieren Sie uns, wenn Ihnen etwas auffällt. Vor allem, wenn Sander auftaucht."

Er wollte hinüber gehen zur Ladentheke, um zu bezahlen, da sagte Stendel: „Einen Tipp hätte ich noch für Sie."

„Ach, und welchen?"

„Gehen Sie in die Kneipe ´Am Ring´, die liegt am Rande der Südstadt. Dorthin gehen viele aus der Zeltstadt. Manche lassen sich da vollaufen, wenn sie Geld haben, andere trinken Kaffee oder sitzen ohne was zu trinken den Nachmittag da rum. Ganz unterschiedlich. Vielleicht kommen Sie da weiter. Jedenfalls ist das die beste Infobörse über die Szene."

Anselm nahm den Hinweis nur halbherzig zur Kenntnis. Noch mehr Informationen über die Szene, was sollte das bringen? Wichtig war, dass Stendel sich bei ihnen meldete, wenn ihm etwas auffiel. Anselm gab ihm deshalb seine Handynummer, bevor sie sich von ihm verabschiedeten.

7.

Es war nur ein kleines Bekleidungsgeschäft am Ostenhellweg, in dem Meike Dreier arbeitete.

„Woher weißt du überhaupt, dass das der Laden ist, in dem die Frau arbeitet?", fragte Anselm, als er mit Sibel vor dem Schaufenster stand.

„Ich habe, kurz bevor du ins Präsidium gekommen bist, bei ihr angerufen, da war die Tochter am Apparat. Die hatte erst später Schule und hat es mir gesagt."

„Hast du ihr etwa erzählt, dass ihr Vater tot ist?"

„Ich habe nur gesagt, dass wir eine Nachricht für ihre Mutter hätten."

Anselm nickte. Einem Kind so etwas zu sagen und dann per Telefon, wäre nicht nur brutal, sondern auch gefährlich. Wer konnte wissen, wie das Kind darauf reagieren würde, noch dazu, wenn es allein zu Hause war?

Sie betraten den Laden und fragten eine der beiden Verkäuferinnen, die hinter einer Theke standen, nach Meike Dreier. Die sei hinten im Lager, antwortete die eine der beiden. Auf die Idee, sie zu holen, kam sie von sich aus nicht, Anselm musste sie erst darum bitten.

Kurz darauf erschien eine kleine, schlanke Frau, die Anselm auf Mitte dreißig schätzte und die auf den ersten Blick jugendlich wirkte. Als Anselm jedoch genau hinsah, bemerkte er deutlich die Fältchen in den Augenwinkeln und in der Mundpartie. Vielleicht war sie wirklich erst Mitte dreißig, dann sprachen ihre Falten jedoch dafür, dass sie einiges erlebt haben musste.

„Polizei?", fragte sie, als Anselm sich und Sibel vorgestellt hatte und blickte sich zu ihren Kolleginnen um. „Was wollen Sie von mir?“

„Es geht um Ihren Mann“, antwortete Anselm und spürte, wie die Frau innerlich zusammenzuckte.

„Um meinen Mann …“ Jetzt blickte sie sich ängstlich um, aber ihre beiden Kolleginnen beachteten sie gar nicht. Die eine war mit dem Einräumen von Pullovern in ein Regal beschäftigt, die andere bediente gerade einen Mann.

„Sollen wir vielleicht nach draußen gehen?“, schlug Sibel vor. Meike Dreier sah sie dankbar an.

„Wissen Sie“, sagte sie, als sie auf dem Ostenhellweg standen, „mein Job ist nicht sicher.“ Sie versuchte ein Lächeln. „Aber welcher Job ist das schon heutzutage? Aber wenn rauskommt, was mit meinem Mann los ist …“

Sie brauchte den Rest des Satzes nicht auszusprechen, es war auch so klar, was sie meinte. Auch jetzt blickte sie sich kurz um, konnte aber offensichtlich keine Bekannten entdecken.

„Wissen Sie, Frau Dreier“, begann Sibel, „wir haben eine traurige Nachricht für Sie …“

Anselm beobachtete genau, wie die Frau auf die Nachricht vom Tod ihres Mannes reagierte. Zuerst zeigte sie gar keine Reaktion, sondern starrte nur auf das Pflaster und schwieg. Hatte sie überhaupt verstanden, was Sibel gesagt hatte? Dann bemerkte er, dass ihre Lippen zuckten und ihre Augen zu schimmern begannen. Schließlich gab sie sich einen Ruck, wischte sich mit der rechten Hand kurz über ihr Gesicht und sah sie an.

„Mein Gott, ermordet.“ Sie schüttelte den Kopf. „Sie wissen sicherlich, dass wir uns getrennt haben, dass unsere Ehe schon vor Jahren zerbrochen ist.“

Anselm nickte. „Ja, das haben wir uns gedacht. Hatten Sie nach der Trennung noch Kontakt zu ihm?“

Sie schüttelte den Kopf. „So gut wie gar nicht. Sebastian hat anfangs noch ein paar Mal versucht, Sandra zu sprechen, dann kam er jedes Mal zu uns. Aber nach einiger Zeit wollte ich das nicht mehr, weil er immer abgerissener aussah und sie sich vor ihren Freundinnen schämte. Schließlich hat er es gelassen, vielleicht, weil er sich selbst auch geschämt hat. Ich habe dann nur noch über andere, die ihn getroffen oder gesehen haben, gehört, wie es ihm ging."

Jetzt musste sie doch einmal schniefen. „Wissen Sie", sagte sie, „es tut mir leid um ihn. Es tat mir auch schon leid, dass er so abgeglitten ist. Immer tiefer, bis er dann ..." Sie schüttelte wieder den Kopf.

„Wussten Sie, dass er zuletzt in einem Zelt gelebt hat?"

„Nein, das wusste ich nicht. Wissen Sie denn, wer ihn ... ich meine, wer ihn getötet hat."

„Nein, wir suchen den Mörder noch. Deshalb müssen wir so viel wie möglich über ihren Mann, ich meine über Sebastian Dreier wissen."

Sie nickte. „Ja, er war nicht immer so, müssen Sie wissen. Sebastian und ich, wir hatten große Träume, als wir unsere Ehe begannen. Er war nämlich Betriebswirt, hat studiert, sogar mit Erfolg. Aber das Studium war seine beste Zeit, später im Beruf hat er sich nie richtig durchsetzen können. Immer ging etwas schief bei ihm, immer war er dann nach seiner Darstellung das Opfer. Er hat es nie geschafft, Freundschaften im Betrieb zu schließen. Das wäre aber nötig gewesen, denn wenn er sich ungerecht behandelt fühlte, hat er sich gewehrt. Ganz untaktisch. Deshalb ist er oft gemobbt worden in den Firmen, in denen er gearbeitet hat. Immer war er deshalb der erste, der rausflog, wenn es mal nicht so lief. Und dann begann wieder die Suche nach neuer Arbeit, die ihm schwer fiel, weil er so zurückhaltend war. Ja, das war dieser komische Widerspruch bei ihm. Sich wehren, wenn er meinte, dass etwas ungerecht sei und scheu sein, wenn es darum ging, etwas für sich selbst zu erbitten. So war er."

Sie schwieg einen Moment lang und schaute den Ostenhellweg hinunter Richtung Reinoldikirche. Anselm blickte zum Himmel und bemerkte, dass er sich weiter zugezogen hatte.

Jetzt kann sie die Tränen endgültig nicht mehr zurückhalten, dachte er, als er die Frau wieder ansah, jetzt wird sie mitten auf der Straße anfangen zu schluchzen. Aber sie riss sich zusammen.

„Ich hatte Mitleid mit ihm", fuhr sie dann fort. „Schon lange. Es war so schrecklich, dass ich ihm nicht helfen konnte, dass ihm, glaube ich, niemand helfen konnte. Aber Mitleid ist keine gute Basis für eine Ehe."

Wieder trat eine kurze Pause ein. Anselm und Sibel ließen ihr Zeit.

„Ja, und dann kam die Scheidung", sagte sie, „weil ich einfach nicht mehr aushielt, dass er immer der Loser war, auch in den Augen meiner Eltern. Danach hat er gar nicht mehr die Kurve gekriegt. Es kam auch schon bald kein Geld mehr von ihm, aber ich will ihm das nicht vorwerfen, er hatte ja selbst nichts. Wenn es anders gewesen wäre, hätte er bestimmt was geschickt, schon wegen Sandra. Die mag ihn irgendwie immer noch. Mein Gott, wie soll ich ihr das bloß erklären?" Sie schüttelte den Kopf.

„Hatte er noch eine andere Familie? Ich meine Eltern oder Geschwister?", fragte Sibel.

„Er hat noch einen Bruder in Nürnberg, aber als Familienmitglied würde ich den nicht bezeichnen. Die beiden haben sich überhaupt nicht verstanden, sein Bruder ist nämlich ganz anders. Was Sebastian zu wenig an taktischem Geschick hatte, hat sein Bruder zu viel. Er ist ein durchsetzungsfähiger Mann, der in den Vorstand einer Bank aufgerückt ist. Für den waren wir beide nicht standesgemäß. Ich, als kleine Verkäuferin, von Anfang an nicht und Sebastian nicht mehr seit seiner ersten Entlassung bei einer Dortmunder Firma. Ich glaube nicht, dass er sich für das Schicksal seines Bruders interessiert."

„Und Ihre eigene Familie?", fragte Anselm.

„Naja, glücklich waren die nicht mit Sebastian. Für meine Mutter ging es noch so, für die ist wichtig, dass es Sandra und mir gut geht. Aber mein Vater hat ihm oft die Meinung gesagt. Alles natürlich nur, damit Sebastian endlich die Kurve kriegt. Damit er sich so verhält, dass er nicht gleich wieder rausfliegt und vor allem seine Familie ernähren kann."

„Waren das heftige Streitereien?"

„Ja, manchmal ging es hoch her, sogar vor dem Kind." Sie nickte plötzlich, als hätte sie sich selbst eine Frage gestellt, die sie nun bejahte. „Mein Vater hat ein bisschen Mitschuld, dass es zur Scheidung kam und Sebastian schließlich ausgezogen ist. Als er dann hörte, wie es mit ihm weitergegangen ist, dass Sebastian schließlich sogar auf der Straße gelandet ist, hat er einen Tobsuchtsanfall gekriegt. Blamage, hat er gerufen, wenn das die Nachbarn mitkriegen oder die Lehrer von Sandra."

Anselm staunte über ihre Ahnungslosigkeit. Merkte sie nicht, dass sie ihren Vater belastete? Sibel hatte es auch richtig begriffen, denn sie erkundigte sich nach dessen Namen und Adresse. Manfred Wollitz hieß er und wohnte in Bergkamen.

Sie dankten der Frau für ihre Informationen und wünschten ihr Erfolg bei dem Versuch, ihrer Tochter den Tod ihres Vaters so einfühlsam wie möglich beizubringen.

„Und wer macht jetzt die Beerdigung?", fragte sie plötzlich, als sie sich schon von ihr abgewendet hatten.

Sibel sah Anselm ratlos an.

„Die übernimmt der Staat, glaube ich. Es ist ja ein Mann, der ganz allein auf der Straße gelebt hat. Es sei denn, Sie wollen das übernehmen."

„Ich?" Sie schien fast erschrocken zu sein über den Gedanken. „Da muss ich erst mit meinen Eltern reden."

„Tun Sie das.“ Anselm lächelte ihr zum Abschied zu

Danach hatte er erst mal Hunger. Es war kurz vor halb zwei, sein Magen knurrte, denn bis auf das Brötchen aus der Bäckerei in Werne hatte er noch nichts gegessen. Seine Kopfschmerzen waren inzwischen verflogen.

Sie gingen in die Marktschänke am Hansaplatz, dort gab es Salzkuchen, Kümmelbrötchen mit Mett, die er so gerne aß. Anselm trank ein Glas Mineralwasser dazu, Sibel bestellte ein Käsebrötchen und eine Cola.

„Was sie über ihren Vater gesagt hat war komisch“, sagte Anselm.

„Ich glaube, die ist völlig ahnungslos. Auf keinen Fall wollte sie ihren Vater belasten. Vielleicht stand sie ja unter Schock.“

„Jedenfalls müssen wir uns den Mann mal vorknöpfen.“

„Ja, müssen wir. Aber ich glaube nicht, dass wir da weiterkommen. Welches Motiv sollte der haben? Wollte er seinen Ex-Schwiegersohn zurück in die Gesellschaft prügeln?“ Sie sah Anselm an und grinste. „Das wäre ja lächerlich. Und Angst vor der angeblichen Schande kann es auch nicht gewesen sein. Wenn, dann war die doch längst eingetreten.“

Anselm biss in seinen Salzkuchen und genoss den Geschmack von Kümmel und Mett. Sie hatte ja Recht, er glaubte auch nicht, dass sie mit Wollitz weiterkamen.

„Und sonst?“, fragte sie plötzlich, als er zum zweiten Mal in den Salzkuchen beißen wollte. Abrupt hielt er inne.

„Was sonst?“

„Na, deine ...“ Sie zögerte einen Moment lang. „ ... deine Probleme.“

Jetzt biss er doch erst in den Salzkuchen, bevor er antwortete. „Nichts“, sagte er dann, „alles noch so wie gestern.“

„Schade“, antwortete sie. „Na, alles braucht seine Zeit.“

Er antwortete nichts, sondern wollte am liebsten gar nicht daran denken.

Als er durch die Butzenscheiben hinaus auf den Hansaplatz blickte, merkte er, dass sich die Passanten dort schneller bewegten. Also hatte es angefangen zu regnen. Vielleicht wurde es jetzt endgültig Herbst, dachte Anselm.

8.

Die Kneipe ‚Am Ring' lag an einer Hauptstraße, die zur Autobahn Richtung Frankfurt führte. Als Anselm die Tür öffnete, schlug ihm eine Qualmwolke entgegen, die ihm den Atem verschlug. Er wich einen Schritt zurück und atmete noch einmal tief durch, bevor er eintrat. Sibel folgte ihm zögernd.

„Mein Gott, wie kann man es hier drin bloß aushalten?", fragte sie.

Sie brauchten einen Moment, bis sich der Nebel lichtete und sie schemenhaft ein paar Figuren an den Tischen und der Theke erkennen konnten. Gleichzeitig spürten sie, dass ihnen alle entgegen starrten.

Anselm steuerte auf die Theke zu, hinter der ein kräftiger Mann mit Lederschürze vor dem Bauch stand und Bier zapfte. Der dicke Bauch, dazu der kurz geschnittene Vollbart ließen ihn gemütlich erscheinen. Drei Männer in fleckigen Mänteln saßen auf den Hockern vor der Theke, zwei von ihnen hatten den Reißverschluss ihrer Jacken nicht mal aufgezogen, obwohl es stickig warm war. Auch bei den Personen an den Tischen war das so, keiner traute sich offensichtlich, seine Kleidung auszuziehen und an die Garderobe zu hängen. Anselm wusste inzwischen, warum sie das taten. Ihnen allen sah man an, was mit ihnen los war, Stendels Tipp war richtig gewesen.

Als sie sich an die Theke setzen wollten, erhob sich ein jüngerer Mann in einem Parka von einem der Tische am Fenster und ging zur Toilette. Für einen kurzen Moment konnte Anselm sehen, wie blass, ja krank der Mann aussah. Klar, wer so lebte wie diese Leute, konnte ja nicht gesund sein, dachte er.

Der Wirt kam zu ihnen herüber.

„Polizei, wenn ich mich nicht irre“, sagte er.

„Sieht man das?“, fragte Sibel.

„Ich schon. Darf ich Ihnen trotzdem etwas anbieten?“

Anselm zögerte. Sollte er wirklich aus denselben Gläsern oder Tassen trinken wie diese Leute? Aber Sibel nahm ihm die Entscheidung ab.

„Wenn Sie Kaffee haben“, sagte sie, „dann bitte zweimal.“

Als er die beiden Tassen vor sie auf die Theke stellte, sprach Anselm ihn an.

„Sie betreiben hier wohl so eine Art Szenekneipe“, sagte Anselm.

Der Mann nickte. „Wenn Sie so wollen, dann ja. Wo sollen die Leute denn hin? Die will doch sonst keiner haben, aber zu mir dürfen sie kommen. Ich bin nicht so.“

Anselm blickte sich um. Einige der Leute, darunter zwei Frauen, tranken Bier, andere Kaffee, einer hatte eine Tasse Tee vor sich stehen. Ein paar Männer saßen aber auch ganz ohne ein Getränk an den Tischen und rauchten. Gesprochen wurde wenig, alle schienen irgendwie auf sich selbst konzentriert zu sein.

„Und wovon bezahlen die ihre Rechnungen?“

„Die kriegen doch ihren Tagessatz Hartz IV. Und wenn sie mal nichts haben, zahlen sie es am nächsten Tag.“

Ein Mann von einem Tisch ganz in der Nähe stand auf und kam auf sie zu. Den muffigen Geruch, den seine Klamotten ausströmten, kannte Anselm schon von seinem Besuch in der Zeltstadt, außerdem hatte der Typ eine starke Fahne.

„Ja, der Hermann ist noch ein Mensch“, lallte er. „Der hat noch ein Herz für Leute wie uns, das können Sie sich merken. Gut, dass es solche wie ihn gibt.“ Dabei drängte er sich immer dichter an Sibel und Anselm heran, die vor seiner Fahne zurückwichen.

„Deshalb kommen wir gerne zu ihm“, fuhr er fort, „wir alle.“ Die beiden letzten Worte rief er so laut, dass sich alle zu ihnen umdrehten. Gleichzeitig machte er eine herrische Bewegung mit seiner rechten Hand.

Der Wirt bemerkte, wie Sibel und Anselm immer weiter vor ihm zurückwichen.

„Lass es gut sein, Klaus“, sagte er. „Du hast mich schon genug gelobt. Setz dich wieder auf deinen Platz, ich bring dir gleich ein Bier.“

Der Mann ging zurück an seinen Tisch, Anselm atmete auf.

„Kannten Sie Sebastian Dreier, Herr … äh …?“, fragte er.

„Jördens“, antwortete der Wirt, „Hermann Jördens. Ja, den kannte ich. Der war ein paar Mal hier. War aber anders als die anderen.“

„So? Wie war er denn?“, wollte Sibel wissen.

„Nicht so nahbar, sondern immer distanziert. Deshalb habe ich kaum mit ihm gesprochen. Getrunken hat er meistens Tee. In letzter Zeit ist er auch nur noch selten gekommen. Hat ihm vielleicht nicht mehr gefallen bei mir.“

Der Mann, den der Wirt Klaus genannt hatte, machte sich wieder bemerkbar. „Hallo, Fräulein!“, rief er, „kommen Sie mal her, ich habe Ihnen was zu erzählen.“

Bekam dieser Klaus etwa mit, was sie besprachen? Anselm war erstaunt. Wenn ja, dann sollte Sibel wirklich zu ihm gehen. Ein Typ, der so aufmerksam war, bekam vielleicht auch anderes mit. Sie sah ihn fragend an, Anselm nickte. „Wer weiß, wozu es gut ist.“

Sibel stand auf und setzte sich zu dem Mann an den Tisch. Anselm bemerkte, dass der Mann seinen Stuhl so nahe wie möglich an sie heranrückte. Arme Sibel, dachte Anselm. Es war blöd gewesen, sie zu ihm zu lassen, der Typ hatte nur die Chance genutzt, mal wieder die Nähe einer schicken Frau zu spüren. Auch der Wirt blickte einen Moment lang interessiert zu ihnen hinüber. Vielleicht war es ihm unangenehm, dass seine Gäste eine Frau, noch dazu eine Polizistin, auf plumpe Weise anmachten, vermutete Anselm.

Er nippte kurz an seinem Kaffee, wischte sich über die Lippen und fragte: „Haben denn die anderen Gäste mit Dreier gesprochen?"

Jördens zuckte mit den Schultern. „Ja, schon, was weiß ich. Einige sicher, so weit die Leute das hier tun. Aber Sie merken ja, so ganz viel wird nicht gesprochen."

„Dann hatte er hier auch keine Feinde, oder?"

„Feinde?" Jördens schien von der Frage überrascht zu sein. „Nicht dass ich wüsste. Woran sollte ich das merken?"

„Daran, dass sie sich gestritten haben zum Beispiel."

„Ne, an so was kann ich mich nicht erinnern."

Anselm musterte ihn. Es wirkte wie ein freundlicher Bär, aber auskunftsfreudig, nein, das war er wirklich nicht. Irgendetwas, was sie weiterbringen könnte, hatte er ihnen jedenfalls nicht erzählt. Sibel stand plötzlich wieder hinter ihm.

„Komm, lass uns gehen", sagte sie. „Ich muss dir etwas sagen. Hier noch die anderen zu befragen lohnt nicht." Anselm winkte Jördens heran und zahlte. Seinen Kaffee ließ er nahezu unberührt auf der Theke stehen. Der kleine Schluck, den er probiert hatte, hatte normal geschmeckt, aber die Tasse ...

Draußen vor Anselms Auto blieben sie stehen.

„Also, da gibt es noch einen, der mit den Leuten aus der Zeltstadt was zu tun hat", erzählte Sibel. „Jedenfalls hat der Typ das behauptet. Rollmann heißt der, Manfred Rollmann. Soll eine Zeitarbeiterfirma haben. Der hätte schon mal den einen oder anderen von denen verpflichtet, hat der Typ behauptet. Ihn selbst auch schon mal. Für leichte Tätigkeiten, um irgendwas zu schleppen oder Material abzuladen. Aber dann hat Rollmann den Typen um ein paar von den wenigen Euros, die er verdient hat, beschissen. Der Dreier hätte den auch nicht leiden können, hat er behauptet. Er hatte gehört, dass wir Jördens nach Dreier befragt haben, deshalb hat er mich zu sich gerufen."

„Nicht, um dich anzumachen?", grinste Anselm.

„Also, ich bitte dich. Was soll das denn heißen?"

„Nichts", beeilte sich Anselm zu sagen, „gar nichts. Meinst du denn, dass das stimmt? Obdachlose beschäftigen und dann noch um ihren Lohn betrügen, das wäre mal was ganz Neues."

Sibel zuckte mit den Schultern. „Was weiß ich. Vielleicht sollten wir uns den mal ansehen. Der Typ hat mir die Adresse gegeben."

Anselm war sich nicht sicher. Das war mehr ein Fall fürs Sozialamt, Zusatzverdienst zu Hartz IV, das war Betrug. Aber was sollte das für ihren Fall bringen, außer ein paar zusätzliche Informationen über die Zeltstadt, die sie sich auch so denken konnten. Denn dass da um jeden Euro getrickst wurde, konnten sie getrost voraussetzen. Er sah Sibel an und merkte, dass sie anders darüber dachte.

„Na gut, von mir aus", sagte er.

Als er hinter dem Steuer saß und Richtung Innenstadt fuhr, fiel ihm plötzlich ein, dass der jüngere Mann nicht mehr von der Toilette zurückgekehrt war.

9.

Gut, dass er sofort abgehauen war, als die Fremden die Kneipe betreten hatten, dachte er. Es war sowieso keine gute Idee gewesen, zu Hermann zu gehen und da rumzusitzen. Aber er war einfach zu neugierig gewesen. Unbedingt hatte er wissen wollen, was die anderen über Sebastians Tod dachten. Vor allem, ob sie ahnten, was auch er ahnte. Groß etwas erfahren hatte er aber nicht bis zu dem Zeitpunkt, als dieser Mann und diese Frau aufgetaucht waren. Die anderen hatten geschwiegen, vielleicht, weil sie geschockt waren. Vielleicht aber auch, weil sie Angst hatten, obwohl sie das niemals zugeben würden. Niemandem gegenüber. Er hätte schon vorher verschwinden sollen, dachte er. Es war gefährlich gewesen, dorthin zu gehen. Besser, er würde sich nirgendwo mehr sehen lassen. Vorerst jedenfalls. Aber es war ja nicht zu spät gewesen. Er hatte nur so tun müssen, als wenn er zur Toilette gehen wollte. Dann hatte er in Ruhe den Hof überqueren, über die Mauer klettern und anschließend abhauen können. Er musste grinsen, wenn er daran dachte.

Nein, er will nicht über Sebastian reden, mit niemandem will er das. Viel zu gefährlich wäre das, denn er will nicht wie Sebastian enden.

Er drehte sich um. Die Kneipe lag jetzt ein ganzes Stück hinter ihm, wenn ihm jetzt noch jemand folgen sollte, hätte er einen großen Vorsprung. Er bog von der Hauptstraße in einen Seitenweg ein. Sicher war sicher. Auch von hier aus kam er dem Versteck, in dem er seinen Rolli deponiert hatte, näher.

Sebastian hätte diesen Mann nicht besuchen dürfen, dachte er. Und er selbst hätte nicht mitgehen dürfen, das war blöd gewesen, total blöd. Auf keinen Fall hätte Sebastian dem Mann alles das, was er wusste, vor den Kopf knallen dürfen. Das war der schlimmste Fehler gewesen, denn schon während des Gesprächs hatte er gemerkt, wie der Mann erstarrt war. Wie er zuerst fassungslos dreingeschaut hatte, als er hörte, was Sebastian alles wusste und dann wütend geworden war, schrecklich wütend, obwohl er nicht losgepoltert war oder auf Sebastian eingeprügelt hatte. Nein, das hatte er nicht getan. Aber an seinem Gesichtsausdruck hatte er die unglaubliche Wut ablesen können, die ihn erfasst hatte. Warum hatte Sebastian das bloß nicht bemerkt, warum hatte er immer weiter reden müssen, ebenfalls blind vor Wut? Oder hatte er es gemerkt und die Wut des Mannes genossen? Ja, das wäre auch möglich.

Ein paar Mal war er drauf und dran gewesen, wegzulaufen. Hätte er es doch getan, dachte er jetzt. Wäre er doch einfach abgehauen, es wäre besser gewesen für ihn und vielleicht auch für Sebastian. Denn dann hätte der etwas gemerkt und aufgehört mit seinem Geschimpfe. Dann wäre vielleicht noch alles gut gegangen, und er wäre am Leben.

Er musste jetzt aufpassen, das war ihm klar. Er durfte sich keinen Fehler erlauben und den falschen Leuten begegnen, so wie es Sebastian passiert sein musste. Deshalb blickte er sich immer wieder um, aber es folgte ihm keiner. Er hatte den Weg Richtung Innenstadt eingeschlagen, in der Ferne sah er den Turm der Reinoldikirche.

Da, war da nicht plötzlich doch ein Mann zwanzig, dreißig Meter hinter ihm, der im letzten Moment, als er sich umgedreht hatte, in einem der Vorgärten verschwunden war? Aus den Augenwinkeln glaubte er, ihn gesehen zu haben. Und wenn dieser Typ jetzt abtauchte, wenn er sich vor ihm versteckte, dann hatte er auch ... Er musste weg hier, das war ihm jetzt klar. Er musste die ganze Gegend meiden, die Zeltstadt, Hermanns Kneipe, all die Orte, an denen man ihn vermuten konnte. Er begann, schneller zu laufen und lauschte dabei, ob ihm Schritte folgten. Zwischendurch blickte er sich immer wieder um, doch es war nichts zu hören, und vor allem war niemand zu sehen. Aber damit konnten sie ihn nicht täuschen, auf gar keinen Fall konnten sie das. Sie waren da, ganz sicher steckten sie irgendwo, und sie hatten es auf ihn abgesehen. Er wusste einfach zu viel und er störte ihre Kreise.

Da, war das nicht ein schleichendes Geräusch? Hatte es nicht so geklungen, als würde jemand leise über den Bürgersteig laufen? Er wagte nicht mehr, sich umzublicken, hielt die Spannung einfach nicht mehr aus und begann zu rennen. Weg hier, war sein einziger Gedanke, einfach nur noch weg von hier und dann untertauchen. Er keuchte durch die Straßen, entschied ohne großes Nachdenken, ob er nach links oder rechts abbiegen oder geradeaus laufen sollte. Immer wieder versuchte er dabei, auf Schritte hinter sich zu lauschen, aber er konnte keine hören außer seine eigenen. Er bekam kaum noch Luft, schon lange hatte er keinen Sport mehr betrieben, wozu auch? Jetzt merkte er, dass ihm jeder Schritt schwer fiel.

Ein Mann mit Dackel an der Leine bog plötzlich um die Ecke.

„He, wohin so schnell?“, rief er, „gibt es irgendwo Bier umsonst?“

Arschloch, dachte er, was wusste so ein Kerl schon vom Leben? Der saß doch nur in seinem Reihenhäuschen, führte den Hund aus und hatte ein dickes Sparkonto auf der Bank. Woher wollte er wissen, wie es ist, wenn man nichts mehr hatte? Nichts mehr bis auf die paar Euro Hartz IV und die Klamotten, die man am Leib trug.

Er konnte nicht mehr weiterlaufen, die letzten Schritte stolperte er fast nur noch. Die Hände auf den Knien gestützt stand er schließlich an einer Straßenecke und schnappte nach Luft.

Um was für ein Leben bin ich eigentlich gelaufen, dachte er, als er sich ein bisschen erholt hatte. Seines war gescheitert, es war nie richtig gut verlaufen, immer hatte er zu denen gehört, die am Ende der Schlange gestanden hatten. Aber es war sein Leben, er wollte noch nicht sterben, es gab kein anderes. Beim Blick zurück in die Straße sah er nur den Mann mit dem Dackel neben einer Litfasssäule. Sonst war niemand zu sehen.

Vielleicht habe ich sie abgehängt, dachte er. Vielleicht habe ich mich aber auch getäuscht und es war gar keiner hinter mir her gewesen.

Egal, es war richtig, was er gemacht hatte. Wenn sie jetzt noch nicht auf seiner Spur waren, irgendwann würden sie es bestimmt sein. Deshalb musste er vorsichtig sein, so vorsichtig wie möglich. Und er musste etwas unternehmen, um sie los zu werden, dachte er, ja das war genauso wichtig. Er wusste sogar schon, was er das schaffen konnte. Ganz genau wusste er das. Er musste schmunzeln, als er daran dachte.

10.

Die Zeitarbeiterfirma befand sich in einer Seitenstraße im Stadtteil Dorstfeld. In der Ferne konnte Anselm die Universität sehen. Die Firma bestand aus einem kleinen, kastenförmigen Bürohaus, das direkt neben einem vornehmen Wohnhaus stand, mit Erkerfenster und großem Balkon über der Eingangstür, zu dem links und rechts zwei Treppen hinauf führten. Anselm wunderte sich. Die beiden Häuser passten überhaupt nicht zueinander, trotzdem machte die Nähe deutlich, dass sie zusammen gehörten. Beide schienen erst vor ein paar Jahren, etwa zur selben Zeit, gebaut worden zu sein. Es sah fast so aus, als wäre dem Bauherrn luxuriöses Wohnen wichtig und als würde er bei seiner Arbeit Abstriche machen. Vorausgesetzt natürlich, er bewohnte die Prachtvilla.

An der einen Seite des Wohnhauses schloss sich eine Mauer an. Anselm reckte sich und sah, dass dahinter ein Garten lag. Ein weißer Pavillon befand sich auf dem Rasen, darunter standen zwei Liegestühle. Fast eine Idylle, dachte er, wenn nicht auf der anderen Seite die Firma wäre. Rechts vom Bürohaus gab ein großes Tor den Blick frei auf einen hässlichen Hof mit Schlaglöchern. Ein kleiner Lieferwagen stand darauf, dazu ein Kleinbus. Im Hintergrund gab es eine Lagerhalle.

Ein Mann überquerte gerade den Hof und verschwand in einer kleinen Lagerhalle am Ende des Geländes. Er ging breitbeinig, fast ein bisschen eirig. Knie kaputt, dachte Anselm, mindestens eines, vielleicht sogar beide. Sonst waren keine Leute zu sehen. Eine Zeitarbeiterfirma lebte eben davon, dass sie ihre Arbeiter auslieh, nicht davon, dass sie auf dem Hof herumsaßen, versuchte Anselm sich die Ruhe zu erklären.

„Das sieht aber komisch aus“, sagte Sibel. „Wenn ich mir so ein tolles Wohnhaus leisten kann, warum nicht dann auch einen schönen Bauplatz? Warum muss man dann hier, in dieser blöden Gegend, bauen?“

„Über Geschmack lässt sich bekanntlich nicht streiten. Für den einen ist das gediegene Umfeld wichtig, für den anderen die Nähe zum Arbeitsplatz.“

„Meinst du das im Ernst?“

Ne, meinte Anselm natürlich nicht. Er staunte ja selber über den Kontrast, aber das brachte sie jetzt auch nicht weiter. Sie mussten ein Stück den Hof überqueren, um zum Eingang des Bürohauses zu gelangen. Eine Angestellte saß an einem Computer im hinteren Teil des kahlen Raumes, den sie betraten.

„Was darf ich für Sie tun?“, fragte sie ohne aufzustehen.

„Wir möchten zu Herrn Rollmann“, antwortete Sibel.

„Ich welcher Angelegenheit?“

„Das möchten wir ihm selber sagen“, antwortete Sibel und hielt ihr ihren Ausweis entgegen. Jetzt stand die Frau doch auf und kam ihnen entgegen. Sie gefiel Anselm, hatte lange, schlanke Beine und halblanges, brünettes Haar. Einen Moment lang schielte er auf ihre Figur, dann zwang er sich, wegzusehen.

„Oh, Polizei“, sagte die Frau, als sie sich den Ausweis genau angesehen hatte, lief durch eine Tür im hinteren Bereich und kam kurz darauf zurück.

„Herr Rollmann lässt bitten.“

Das Büro, das sie jetzt betraten, sah ganz anders aus als der sterile Vorraum. Es war hellgelb gehalten, an den Wänden hingen Aquarelle mit Naturmotiven, Bilder, die Wärme ausstrahlten. Ein Fenster gab den Blick von hier aus frei auf den Garten mit dem Pavillon und den Liegestühlen darunter.

Schon wieder so ein Gegensatz, dachte Anselm.

Rollmann, etwa vierzig Jahre alt, saß ebenfalls vor einem Computer. Er war schlank und braun gebrannt, hatte kurz geschnittenes Haar und trug ein Goldkettchen um den Hals. Als er sie sah, setzte er ein smartes Lächeln auf, das einen leichten Hang zur Arroganz verriet. Ein Typ, wie ihn Anselm zu kennen glaubte. Sportlich legeres Auftreten, verbunden mit Überheblichkeit, hatte er oft genug als Fassade erlebt, hinter der bei genauem Hinsehen Verkrampfung, oft tief empfundene Unsicherheit stand. Manchmal verbarg sich hinter dem lässig-coolen Auftritt sogar der langweiligste Spießer. Mal sehen, zu welcher Kategorie dieser Typ gehörte, dachte er.

Sibel stellte sie vor, dann ließ sie sich den Betrieb von Rollmann erklären.

Gut zwanzig Zeitarbeiter beschäftige er, sagte er, die von vielen Betrieben angefordert würden. Vor allem von der Metallverarbeitung. Die Finanz- und Wirtschaftskrise würde sie belasten, hätte sie aber noch nicht voll erwischt, weil er gutes Personal schicke. Er versuchte ein Lächeln. Es gehe ihm um das Wohl seiner Mitarbeiter, von denen er auch in schlechten Zeiten möglichst keinen entlassen wolle, erklärte er.

Anselm spürte ein krampfhaftes Bemühen um Selbstsicherheit bei seiner Erklärung, was auf ihn wirkte, als hätte der Typ etwas zu verbergen. Spätestens jetzt hatte er das Gefühl, dass der Tipp aus der Pennerkneipe doch gut gewesen war. Was das allerdings für ihren Fall zu bedeuten hatte, war ihm unklar. Selbst wenn es eine geschönte Darstellung seiner Firma war, die Rollmann ihnen gab, was sollte das für die Aufklärung ihres Mordes bringen? Na egal, jetzt waren sie einmal hier, dann mussten sie die Befragung auch durchziehen. Anselm beugte sich vor, um Rollmann genau anzusehen.

„Wir haben gehört, dass Sie noch mehr Arbeiter beschäftigen", sagte Anselm und versuchte ein Lächeln wie Rollmann, dessen Gesichtszüge im selben Moment erstarrten.

„Noch mehr Arbeiter?", stammelte er. „Ich verstehe nicht, was das heißen soll?"

Na also, dachte Anselm, da ist sie ja schon weg, deine zur Schau getragene Coolness. Jetzt noch ein bisschen nachbohren und deine Fassade bricht komplett zusammen, wollen wir wetten?

„Das wissen Sie genau", antwortete Anselm bewusst vage, um Rollmann weiter zu verunsichern.

„Was soll ich genau wissen?", rief Rollmann. „Was sollen diese dummen Andeutungen, können Sie sich nicht klarer ausdrücken?"

Anselm merkte, dass ihm der aggressive Ton half, seine Sicherheit wieder zu gewinnen. Also musste er die Taktik ändern.

„Lassen Sie das Versteckspiel", sagte er deshalb. „Wenn Sie wollen, holen wir ein paar Obdachlose aus der Zeltstadt. Die werden dann sehr klar ausdrücken, was wir meinen." Er wusste, dass er hoch pokerte, aber Rollmann hatte sich durch Anselms ersten Satz verunsichern lassen, also bestand die Hoffnung, dass er es noch einmal tun würde. „Wäre übrigens ein interessanter Anblick, all die Obdachlosen hier in Ihrem Büro zu sehen", fügte er grinsend hinzu.

Rollmann starrte ihn an. Anselm glaubte förmlich zu spüren, wie ihm die Gedanken durch den Kopf schossen. Sollte er es zugeben, sollte er es nicht? Anselm hielt Rollmanns Blick stand. Es war jetzt wichtig, Stärke zu demonstrieren.

„Ach so", sagte Rollmann schließlich und versuchte ein Lachen. „Das meinen Sie."

„Ja, das." Anselm war ärgerlich. Blödes Getue, das sie nur

Zeit kostete. Er sollte endlich rausrücken mit der Wahrheit. Dann könnten sie die Sache hier beenden und an das Dezernat für Wirtschaftskriminalität weitergeben. Dahin schien sie für Anselm zu gehören.

„In Stoßzeiten, wenn viel zu tun ist, habe ich mir von dort schon mal ein paar Leute geholt. Nicht viele und auch nicht oft. Nur wenn mal plötzlich Not am Mann war, dann. Manche von denen sind ja noch einsetzbar. Um die ist es richtig schade, dass sie immer nur abhängen. Ich glaube, die waren sogar ganz froh, dass sie mal was anderes tun konnten."

„Ach, dann war das mehr ein Art von Nächstenliebe als Ihr Geschäftsinteresse", sagte Anselm.

Rollmann nickte. „Wenn Sie so wollen ja."

Hatte er die Ironie nicht verstanden oder wollte er es nicht?

„Ich weiß nicht, ob sie das Gleichnis von den Arbeitern im Weinberg kennen", fuhr Rollmann plötzlich fort. „Die Geschichte von dem Weinbergbesitzer, der immer wieder zu den Arbeitslosen geht, die sich an einer Ecke sammeln und ihnen in seinem Weinberg Arbeit gibt, selbst wenn es nur für eine Stunde ist."

Oh Gott, dachte Anselm, jetzt bloß keine Bibelstunde.

„Und so einer sind Sie?", fragte Sibel. Anselm konnte deutlich ihren ironischen Unterton heraushören. Wieder schien ihn Rollmann nicht zu bemerken.

„Ja, wenn Sie so wollen bin ich so einer. Sie tun mir leid, diese Leute. Ist ja nicht jeder aus eigenem Verschulden da rein geraten. Es waren immer nur leichte Arbeiten, die ich ihnen gegeben habe. Irgendwo beim Ab- oder Aufladen von Material zu helfen zum Beispiel. Tagesjobs also. Manchmal kriege ich Anfragen für so was. Zu was anderem sind die Leute sowieso nicht in der Lage."

Anselm war verwundert. Was sollte das Gequatsche von

der Bibel? Glaubte er ernsthaft, dass sie ihm sein frommes Getue abnahmen? Vermutlich glaubte er es nicht. Aber was wollte er dann damit bezwecken? Wollte er von etwas ablenken, das ihnen auf keinen Fall auffallen sollte? Gleichzeitig spürte Anselm, wie unruhig er wurde. Eine richtige Spur konnte er hier nicht entdecken, wahrscheinlich verplemperten sie nur ihre Zeit.

„Was wissen Sie denn von Sebastian Dreier?“, fragte er deshalb ganz direkt.

„Dreier?“ Rollmann sah sie aus großen Augen an. „Wer soll das sein?“

„Einer von den Obdachlosen.“

Rollmann schüttelte den Kopf. „Nie gehört den Namen.“ Er blickte vor sich auf die Schreibtischplatte.

„Gehört vielleicht nicht, aber aufgeschrieben. Sie haben doch sicher die Namen der Obdachlosen notiert, die für Sie gearbeitet haben. Dreier soll dazu gehört haben“, sagte Sibel.

„Hören Sie“, antwortete Rollmann und wischte sich den Schweiß von der Stirn, „ich sagte Ihnen doch, dass es bei der Beschäftigung dieser Leute um Gelegenheitsarbeiten ging. Kleine Tätigkeiten, nichts Besonderes. Das alles genau zu notieren hätte mehr Aufwand gekostet als bei der ganzen Arbeit raus kam.“

„Sie wollen damit sagen, dass die Sache schwarz gelaufen ist?“, hakte Sibel nach.

Rollmann atmete tief durch. Von seiner coolen Haltung war nichts mehr übrig geblieben. „Es ging doch gar nicht um die Arbeit“, sagte er dann. „Jedenfalls nicht in der Hauptsache. Ob sie mir das glauben oder nicht, es ging darum, den Leuten ein bisschen Beschäftigung zu geben und ein paar zusätzliche Euros als Verdienst.“ Er sah sie beide abwechselnd an. „Na gut, mir hat es bei kleinen Engpässen geholfen. Ich brauchte kurzfristig Leute und die da in der Zeltstadt stehen ja immer zur Verfügung. Das war mein Interesse an der Sache, aber es war bei weitem nicht so wichtig wie das andere."

„Der Weinbergbesitzer aus der Bibel, ich verstehe", sagte Anselm. „Aber dieser Dreier hat wiederum Sie gekannt. Und er soll Sie, lassen Sie es mich vorsichtig ausdrücken, nicht besonders gemocht haben. Er hat Ihnen Trickserei unterstellt, zum Beispiel, dass Sie die Obdachlosen auch noch um ihre wenigen Euros betrogen haben, die ihnen eigentlich zustanden."

Anselm war klar, dass er die Aussage ihres Informanten und Dreiers angebliche Ablehnung von Rollmann zu einer Meinung zusammen fasste. Aber es ging nicht anders, sie mussten weiterkommen, für Feinheiten war keine Zeit.

„Wissen Sie, manche von denen haben keinen Handschlag gemacht. Die sind schon besoffen gekommen, haben nur rumgehangen und wollten trotzdem den vollen Lohn. Auf so was muss man halt gefasst sein. Kann sein, dass mich von den Typen, denen ich deshalb was abgezogen habe, nicht alle lieben." Rollmann blickte Anselm fest in die Augen, offensichtlich hatte er seine Selbstsicherheit wiedergefunden. „Was ist denn mit diesem Dreier?", wollte er dann wissen, „weshalb fragen Sie nach ihm."

„Er ist tot. Jemand hat ihn ermordet", antwortete Sibel.

„Oh, das tut mir leid, sehr sogar, weil ich die Leute da draußen ja sowieso schon bedaure. Und dann noch so ein Ende. Aber ich verstehe nicht, weshalb sie deshalb zu mir kommen."

Anselm hatte ihn bei der Antwort genau beobachtet. Sie war ohne Zögern gekommen, allerdings war er ein wenig bleich geworden. Naja, wenn man etwas von Mord erfuhr, wen erschreckte das nicht?

„Wir müssen jeder Spur nachgehen, um etwas über das Opfer zu erfahren", antwortete Sibel. „Und wenn wir erfahren, dass das Opfer Sie nicht leiden konnte, wollen wir natürlich den Grund dafür erfahren."

Anselm holte sein Handy aus der Jackentasche und zeigte Rollmann das Bild, das er vom toten Dreier gemacht hatte, aber auch jetzt schüttelte er den Kopf.

„Nie gesehen. Ich kann Ihnen da nicht weiterhelfen."

Anselm stand auf. „Ist das da drüben Ihr Garten?", fragte er und zeigte aus dem Fenster.

Rollmann schaute ebenfalls hinaus. „Ja, da wohne ich. Sieht doch ganz hübsch aus, oder?"

Anselm nickte. Also stimmte es mit dem Gegensatz. Hier der schlichte Bürobau, dort ein Haus wie aus „Schöner Wohnen". Dann verabschiedete er sich. Rollmann ging noch mit bis zur Tür. „Bedaure, dass ich Ihnen nicht mehr helfen konnte", sagte er.

„Nett, dass sie das bedauern", antwortete Anselm. „Sie werden natürlich verstehen, dass wir unsere Kollegen vom Wirtschaftsdezernat über die Vorgänge hier informieren müssen. Das bedauern wir natürlich auch." Da der Typ offensichtlich keine Ironie verstand, konnte Anselm ihm so was sagen.

Rollmann sah ihn traurig an. „Müssen Sie das wirklich? Mein Gott, es ging doch nur um ein paar Euro. Und die Leute da draußen wird es auch treffen. Die sind doch schon am Ende."

Sibel und Anselm antworteten nicht. Sie grüßten noch kurz, dann überquerten sie den Hof.

„Was hältst du von dem Typen?", fragte Sibel, als sie weit genug vom Bürohaus entfernt waren.

„Ich weiß nicht", antwortete Anselm. „Einerseits ist er mir wirklich nicht sympathisch …"

Sie lachte. „Hat man gemerkt."

„ … andererseits weiß ich nicht, was uns die Sache gebracht hat. Rollmanns kleine Trickserein sind zwar widerwärtig, aber was hat das mit unserem Fall zu tun?"

„Willst du diese Tricksereien etwa nicht melden?“

Anselm zuckte mit den Schultern. „Ich will unseren Fall lösen.“ Und meinen, dachte er, meinen Fall natürlich auch. Ja, bei beiden Fällen will ich Klarheit haben. Ich will den Mörder fangen und wissen, was mit Tanja los ist.

„Na gut, darüber können wir auch noch Morgen entscheiden“, sagte Sibel nach einer kleinen Pause. „Im Übrigen sehe ich auch nicht, dass uns das Gespräch hier viel gebracht hat.“

Anselm blickte auf die Uhr, es war halb fünf. Längst Zeit, Feierabend zu machen und einen verlorenen Tag abzuhaken.

„Jetzt gehen wir erst mal was essen“, sagte Sibel in dem Moment, als Anselm ihr seinen Vorschlag machen wollte. Sie lachte und hakte sich bei ihm ein. Er genoss es, sie an seiner Seite zu spüren, gleichzeitig verstand er nicht, was sie damit meinte. Wieso sollten sie etwas zusammen essen gehen, ihren Feierabend hatten sie so gut wie immer getrennt verbracht. Sie lachte noch lauter.

„Ich merke schon, was Du denkst“, sagte sie, „aber keine Bange, ich will mich nicht in dein Abendprogramm drängen.“

Was denn dann, dachte Anselm. Er merkte, wie fröhlich sie war, obwohl es in ihrem Mordfall keinen Fortschritt gegeben hatte. Mit ihrem Fall konnte ihre gute Laune also nicht zusammenhängen, folglich betraf sie ihr Privatleben. Dann war sie also verliebt, schloss Anselm. Ganz klar, was anderes konnte es nicht sein. Bei ihr ging es privat aufwärts, während er nicht wusste, woran er war. Beinahe spürte er so etwas wie Neid.

„Wir gehen natürlich in diese Gastwirtschaft, die von der Diakonie betrieben wird“, sagte sie. „Dahin, wo die Leute aus der Zeltstadt essen. An der Mallinckrodtstraße soll sie liegen, hat Stendel gesagt.“

„Ach die." Anselm atmete tief durch. Immer nur auf den Spuren dieser Leute und jetzt auch noch bei denen essen, das war jetzt wirklich nicht nach seinem Geschmack. Er wollte nach Hause, er wollte das alles einfach nur hinter sich lassen. Aber gut, dachte er dann, diesen einen Termin noch, dann musste aber endgültig Schluss sein für heute.

11.

Gut zwanzig Minuten später hielten sie vor der Gastwirtschaft. „Zum Gasthaus" hieß sie, auf einer provisorisch angebrachten Tafel prangten die Buchstaben über der Eingangstür. Gastlich schien sie wirklich zu sein, denn schon vor der Tür herrschte viel Betrieb. Eine Menschenschlange stand auf Bürgersteig und Treppe und wartete darauf, hineinzukommen. Es war schon von weitem erkennbar, um welche Leute es sich handelte, im Vergleich zur Zeltstadt waren aber mehr Frauen darunter. Hunde waren auch dabei, die meisten waren in der Nähe des Eingangs angeleint worden, einige liefen auch zwischen den Leuten herum.

Als sie sich näherten, blieb Anselm einen Moment lang stehen und ließ die Szene auf sich wirken. Dort die Zeltstadt, hier die Armenspeisung, das alles gab es schon länger, hatte sich über Zwischenschritte angebahnt, aber es war ihm bisher nicht so richtig bewusst geworden. Nicht in diesem Ausmaß jedenfalls. Sibel stand neben ihm und schien ähnliche Gedanken zu hegen.

Dann gaben sie sich einen Ruck und drängten sich an der Schlange vorbei ins Gasthaus.

„He, Meister." Ein Mann, den Anselm auf etwas über zwanzig schätzte, stieß ihm in die Rippen. „Keinen Anstand gelernt? Hier müssen alle warten."

Auch wenn Anselm den Schlag etwas heftig fand, kam er nicht umhin, dem Mann Recht zu geben. „Wir wollen uns nicht fürs Essen vordrängen", sagte er, „wir wollen nur etwas fragen."

„Kennen wir", rief ein anderer, deutlich älterer Mann, dem die Schneidezähne weggefault waren, „Sie wollen fragen, ob es was zu essen gibt, nicht wahr? Und wenn Sie dann schon mal im Gasthaus sind …"

Es lachten nur einige, andere guckten so grimmig, als würden sie den Zuruf ernst nehmen. Anselm wunderte sich nicht. Wie sollte jemand Humor haben, dem das Wasser bis zum Hals stand?

„Komm, weiter", drängte er und zog Sibel hinter sich her, „lass dich nicht aufhalten. Wir müssen weiterkommen."

Im Gasthaus gab es zwei Theken. An der einen wurden Lebensmittel verteilt, Brot, Gemüse, Wurstwaren. Anselm sah, dass die Käufer dafür einen Euro bezahlen mussten. Am anderen Schalter wurde warmes Essen ausgegeben. Auch dort stand eine Schlange an. Das Essen wurde in tiefen Tellern gereicht, der Blick zu den Leuten, die an den Tischen saßen und aßen, bestätigte Anselms Vermutung. Es gab Gemüsesuppe mit Würstchen.

Anselm ging zu dieser Theke, Sibel folgte ihm. Ein Mann bediente hier, auch er nahm Geld für das Essen. Anselm stellte sie beide vor, der Mann nickte und bediente weiter. Anselm schätzte ihn auf knapp sechzig, vielleicht war er auch ein wenig älter. Er hatte kurz geschnittenes graues Haar und stets ein kleines Lächeln auf den Lippen, wenn er eine Terrine austeilte. Wie ein engagierter Rentner kam er Anselm vor.

„Mein Name ist Siegfried Bäumer", sagte er in einer kleinen Pause, während er auf die nächsten Teller wartete, die ihm von zwei Frauen gereicht wurden, die in der Küche nebenan kochten und abfüllten. „Fragen Sie, was Sie wissen wollen." Die Leute, die in der Schlange vorrückten, hörten interessiert zu, während Bäumer schnell und offen antwortete.

Er erklärte ihnen, dass in diesem Gasthaus in der ersten Zeit ausschließlich Lebensmittel verteilt worden waren, genau so, wie Sibel und Anselm es drüben an der anderen

Theke sehen könnten. Das meiste, was sie verteilten, seien Spenden, manchmal seien auch Waren darunter, deren Haltbarkeitsdatum abgelaufen sei, die aber noch absolut genießbar wären. Sie hätten einen festen Stamm an Spendern, Lebensmittelhändler, Bäcker, Metzger. Manches würden sie auch zukaufen, Fleisch vor allem, aber ihr Etat wäre gering. Seit ein paar Wochen würden sie zusätzlich eine warme Mahlzeit anbieten, eine kräftige Suppe wie heute zum Beispiel, weil sie festgestellt hätten, dass manche Obdachlosen sich nichts Warmes kochen könnten. Und einmal am Tag bräuchte doch jeder eine warme Mahlzeit.

Genau in dem Moment, während er das sagte, nahm eine knapp dreißigjährige Frau einen Teller mit Suppe von ihm in Empfang. Sie nickte Bäumer demonstrativ zu. Anselm spürte, wie wichtig es ihr war, ihre Dankbarkeit zu zeigen.

„Aber wenn es den Leuten schon nicht gut geht, warum nehmen Sie dann Geld für das Essen von ihnen?“, fragte Sibel.

Jetzt zögerte Bäumer zum ersten Mal mit seiner Antwort. Ein wenig verlegen schaute er auf die Leute in der Schlange und schien zu überlegen, wie er das, was er dachte, formulieren sollte. Schließlich gab er sich einen Ruck.

„Was man völlig umsonst kriegt, ist nichts wert“, erklärte er. „Und außerdem, wenn ich für etwas wenigstens symbolisch bezahle, muss ich nicht auf Knien dafür danken. Ich behalte meine Würde und meinen Stolz.“

Anselm nickte. Ja, das leuchtete ihm ein. Und er wusste inzwischen ja auch, wie viel die Leute am Tag bekamen. Ein Euro für Lebensmittel, fünfzig Cent für eine kräftige Suppe, das war der Erhalt der Würde wert.

„Nach Ihrem Stundenlohn müssen wir wohl nicht fragen?“, sagte Anselm grinsend.

Auch Bäumer grinste. „Können Sie ruhig, ich kann es Ihnen sogar bis auf den Cent genau sagen. Null Komma null, das ist mein Lohn.“

Anselm hatte es geahnt.

„Ich finde es prima, dass es so viel Engagement gibt“, sagte er und hatte trotzdem ein zwiespältiges Gefühl. Privates Engagement war schön und gut, aber in einer gerechten Gesellschaft dürfte sich soziale Not gar nicht so weit ausbreiten, dass so etwas notwendig wurde, fand er. In einer Gesellschaft, die den Ansprüchen des Grundgesetzes genügt, dürfte es Armentafeln überhaupt nicht geben.

„Und warum machen Sie es?“, fragte er.

„Weil ich seit einem knappen Jahr pensioniert bin und mit meinen restlichen Tagen mehr anfangen möchte als immer nur vor der Flimmerkiste zu hocken.“

Das klang plausibel, trotzdem war es noch kein Grund für soziales Engagement.

„Außerdem habe ich hier wirkliche Schicksale kennengelernt“, fuhr Bäumer fort, „erst hier habe ich erfahren, wie ein Leben auch verlaufen kann, mit wie viel Pech. Bis vor Kurzem habe ich davon nicht mal eine Ahnung gehabt.“

Anselm blickte auf die Gesichter in der Schlange vor ihm und versuchte sich vorzustellen, was die Leute erlebt hatten. Aber die Gesichter verrieten nichts. Stumpf und scheinbar gleichmütig standen die Menschen in der Reihe vor der Theke.

„Haben Sie Sebastian Dreier gekannt?“ Sibel hatte offensichtlich genug über die Hintergründe des Gasthauses erfahren, sie wollte weiterkommen.

Bäumer ließ sich den nächsten Suppenteller geben und reichte ihn einer jungen Frau von höchstens zwanzig Jahren. Sie war blass, hatte eine spitze Nase und ein leicht gerötetes Gesicht. Keine Frau, die Anselm unter normalen Umständen angeschaut hätte. Jetzt, da er sie in diesem Umfeld sah, spürte er Mitleid. Bäumer schien dasselbe zu fühlen. „Guten Appetit, Anja“, sagte er. Dann blickte er Anselm an.

„Ja, Sebastian kannte ich. Es war mir klar, dass Sie seinetwegen gekommen sind."

Wieder reichte er einen Teller an einen Obdachlosen.

„Wissen Sie, Sebastian war schon etwas Besonderes in der Szene", sagte er dann und hatte diesmal keine Sorgen, dass sich jemand durch seine Meinung zurückgesetzt fühlen könnte. „Sebastian sah das große Ganze, mit dem konnte man richtig reden. Der war irgendwie … anders. In den letzten Wochen ist er fast immer gekommen, wenn es warmes Essen gab. Wir waren so etwas wie seine Familie, mit der man einmal am Tag beim Essen zusammensitzt."

„Sie wissen, was mit ihm passiert ist", unterbrach ihn Sibel.

„Jeder hier weiß das. Schrecklich, ganz furchtbar." Einen Moment lang blickte er an ihnen vorbei in die Ferne, dann begann er wieder zu bedienen. „Wenn wir etwas geplant haben", sagte er, „zum Beispiel die Ausgabe von warmem Essen am Abend, haben wir immer auch Sebastian um seine Meinung gefragt. Wir wollen ja, dass unsere Projekte klappen, und von Sebastian haben wir immer gute Hinweise bekommen. Schrecklich, dass er tot ist." Er schüttelte den Kopf. „Wirklich entsetzlich." Er deutete mit der Hand hinter sich zur Küche und hinüber zur anderen Theke. „Jeder hier empfindet das so."

Es trat eine Sekunde betretenen Schweigens ein.

„Können Sie sich vorstellen, wer ihn ermordet hat?", fragte Sibel dann.

Bäumer schüttelte den Kopf. „Wenn ich das könnte, hätte ich es Ihnen längst gesagt, da können Sie sicher sein."

„Könnte es einer von denen hier gewesen sein?", fragte Anselm möglichst leise.

Bäumer schaute auf die Leute in der Schlange. „Die sind harmlos", sagte er dann. „Sie sehen doch, dass sie selber froh sind, wenn sie überleben."

Anselm schaute sich die Gesichter ebenfalls an. Mindestens die ersten in der Schlange mussten mitbekommen haben, was Bäumer gesagt hatte, aber sie reagierten mit stoischer Gelassenheit darauf, als wäre von irgendwem, aber nicht von ihnen die Rede.

„Sind Sie sicher?"

„Soll ich für die Leute die Hand ins Feuer legen? Das kann ich für keinen. Sie haben gefragt, ob ich es mir vorstellen kann, und das habe ich verneint."

„Könnten Sie sich einen Streit um irgendeine Kleinigkeit vorstellen? Um eine Pulle zum Saufen zum Beispiel?"

„Streit um Kleinigkeiten kann ich mir immer vorstellen, sogar welche mit üblem Ende. Aber eine Pulle zum Saufen kann es in diesem Fall nicht gewesen sein, das würde nicht zu Sebastian passen." Er schüttelte den Kopf. „Auf keinen Fall."

Anselm nickte. Das deckte sich mit den Aussagen all der anderen, die sie befragt hatten, vor allem mit der des Bezirkspolizisten.

„Und Ralf Sander?", fragte Sibel, „könnte der etwas damit zu tun haben?"

„Sie meinen seinen Freund? Nein, das kann ich mir nicht vorstellen. Die beiden waren wirklich befreundet, wobei der Sander Sebastian noch mehr brauchte als Sebastian ihn. Welchen Grund sollte er haben, seinen besten Freund umzubringen?"

Anselm sah Sibel an. Auch hier also nichts, sah man von ein paar Informationen über Dreiers Leben ab.

Die Schlange war inzwischen kleiner geworden, an den Tischen hockten überall Menschen und aßen ihre Suppe. Nur wenige sprachen ein paar Worte miteinander, die meisten konzentrierten sich ganz auf das Essen. Anselm konnte sich nicht erinnern, wann er zum letzten Mal Menschen gesehen hatte, die mit so viel Andacht gegessen hatten.

Bäumer hatte seinen Blick bemerkt. „Wollen Sie auch mal probieren?“, fragte er. „Sie werden sehen, die Suppe ist gut, so eine kräftige haben Sie lange nicht mehr gegessen.“

Anselm winkte ab. „Nein, danke. Ich bin gleich zum Essen eingeladen.“

Er spürte Sibels missbilligenden Blick. Herrgott, was sollte das? Sollte er hier etwa sagen, was er dachte? Dass er nämlich bei dem Gedanken, vom selben Geschirr und Besteck zu essen wie diese Leute hier, Unbehagen empfand? Es war eben so, er konnte es doch nicht ändern!

„Und Sie?“, fragte Bäumer Sibel.

„Ich würde es gern mal probieren. Nur nicht so viel. Wenn ich eine halbe Portion bekommen könnte?“

Bäumer nickte, rief etwas zur Küche im Hintergrund hinüber und reichte Sibel schließlich einen Teller, dazu ihr und Anselm jeweils einen Löffel.

„Damit Sie wenigstens probieren können“, sagte er zu Anselm. Der nickte, nahm den Löffel und wischte ihn verstohlen am Ärmel seiner Jacke ab. Sibel bemerkte es und grinste.

„Nimm du zuerst“, sagte sie und hielt ihm grinsend den Teller hin. „Denn wenn ich erst mal davon probiert habe, wer weiß, ob es dir dann noch schmeckt.“

„Lass das!“, zischte Anselm. „Was hat das denn mit dir zu tun?“

Sie antwortete nicht. Nur ihr Grinsen wurde breiter. Anselm probierte von der Suppe. Tatsächlich war sie sehr würzig und kräftig. Sie schmeckte ihm so gut, dass er plötzlich doch geneigt war, Bäumers Angebot anzunehmen. Aber dazu war es jetzt zu spät. Während Sibel, den Teller in der Hand und an die Wand gelehnt, mit Genuss aß, kam der Mann auf sie zu, der Anselm am Eingang in die Rippen gestoßen hatte.

„Das hab ich gern“, sagte er. „Erst behaupten, man wollte

nur was fragen, um sich vordrängen zu können und dann genüsslich essen. Wie wäre es mit mehr Ehrlichkeit?“

Anselm wusste nicht, was er antworten sollte, Sibel prustete los. Fast hätte sie sich an ihrer Suppe verschluckt.

12.

Schon kurz nach neun lag Anselm in seinem Bett. Er hatte sich an einem Kiosk am Ortseingang von Werne eine Zeitschrift gekauft und blätterte nun, den Kopf in die rechte Hand gestützt, lustlos darin herum. Aus der Ferne hörte er die Musik von Simjü, es war heute der letzte Tag, aber er hatte keine Lust, dorthin zu gehen.

Ein paar Mal hatte er daran gedacht, Tanja anzurufen, einmal sogar schon den Hörer in der Hand gehabt, es dann aber doch unterlassen. Er wusste nicht, wie er reagiert hätte, wenn sie ihn noch mal vertröstet hätte. Sie selbst hatte nicht angerufen, jedenfalls fand sich keine Nachricht auf seinem Anrufbeantworter.

Es war ein langweiliger Abend, so ganz und gar nicht nach seinem Geschmack. So früh ins Bett zu gehen um zu lesen war ein Alte-Leute-Vergnügen, dachte er. Warum es das sein sollte, hätte er aber nicht begründen können. Ein gutes Buch müsste er sich längst mal wieder vornehmen, hatte er bei vielen Gelegenheiten bemerkt. Sein Berufsalltag mit all den gescheiterten Menschen, der Brutalität, dem Unglück, manchmal auch der Dummheit verdarb ihm auf Dauer das Menschenbild. Ein guter Roman könnte seine Sicht auf die Dinge gerade rücken, glaubte er.

Aber ein Roman war jetzt wirklich nicht das Richtige. Sein ungelöster Fall, dazu Tanjas Schweigen raubten ihm jede Konzentration auf einen längeren Text. Selbst auf die kurzen Artikel in der Zeitschrift konnte er sich nur mit Mühe konzentrieren.

Er las einen Reisebericht über China, über die alte Kaiserstadt Xi'an, wo die Terrakotta-Armee stand und wo nun, wie der Reporter schrieb, bei der Öffnung eines anderen Kaisergrabes wieder eine Armee an Figuren gefunden wurde, diesmal zwar kleinere als bei der Terrakotta-Armee, aber gut erhalten, die Einblick gäben in das höfische Leben Chinas gut 100 Jahre vor Christus. Ein paar Fotos zeigten die einen halben Meter hohen Figuren, die in Reih und Glied aufgestellt waren. Es war ein Bericht, der ihn wenigstens für kurze Zeit ablenkte von all seinen Sorgen und Problemen und der ihn, was das Beste war, langsam müde werden ließ. Schließlich legte er die Zeitschrift auf sein Nachttischschränkchen, machte das Licht aus und schloss die Augen. Genau in dem Moment, als er in den Schlaf hinüber dämmerte, klingelte das Telefon.

Tanja, dachte er und sprang mit einem Satz aus dem Bett. Na endlich, jetzt würde sich sein Problem doch noch lösen lassen. Hastig griff er nach dem Hörer und erlebte im nächsten Moment eine tiefe Enttäuschung.

„Mensch, gut dass du da bist!“, rief Wermann. „Du musst mir helfen.“

„Helfen“, stotterte Anselm, „jetzt noch? Wobei denn?“ Mein Gott, eben noch die Hoffnung, und jetzt hatte ihn sein blöder Dienst eingeholt. Schlagartig spürte er eine tiefe Müdigkeit, um die er eben lange hatte ringen müssen.

„Ich habe einen anonymen Anruf bekommen“, rief Wermann. „Es soll wieder geklaut werden, auf einer Großbaustelle in Dortmund-Wambel. Ich brauche jeden Mann, den ich kriegen kann. Vielleicht können wir sie endlich fassen.“

„Was hast du denn vor?“, fragte Anselm und ahnte schon Wermanns Plan. „Sollen wir uns die Nacht über auf Lauer legen und warten, bis sie kommen?“ „Genau das. Mensch, du hast vielleicht Fragen.“

„Hör mal“, sagte Anselm und atmete tief durch, „ich habe genug zu tun mit diesem Mord. Ich kann mir nicht auch noch die Nacht um die Ohren schlagen, um Diebe zu fangen."

„Und ich habe meine Arbeit für euch auch immer unterbrochen. Jetzt bist du auch mal dran, da beißt keine Maus einen Faden ab. Außerdem hast du es selbst versprochen, vielleicht hast du die Güte, dich daran zu erinnern."

Anselm seufzte leise. Es hatte keinen Zweck, Wermann von seinem Plan abbringen zu wollen. Er ließ sich noch die Adresse in Wambel geben, dann legte er auf.

Gut eine halbe Stunde später saß er verdeckt hinter Bäumen neben Wermann im Pkw und starrte auf eine Baustelle, die hell erleuchtet vor ihnen lag. Offensichtlich sollte hier ein neues Bürohaus hochgezogen werden, das Kellergeschoss war fertig, überall lag Material herum. Auf der gegenüber liegenden Seite war ein weiterer Wagen der Polizei postiert worden, in dem Anselm ebenfalls zwei Personen erkannte. Wermann hatte in der Kürze der Zeit offensichtlich nicht mehr Leute zusammen trommeln können.

„Wo ist denn Sibel?", fragte Anselm.

„Na du bist vielleicht ein Kavalier", schimpfte Wermann. „Sollen wir etwa die junge Kollegin aus dem Bett scheuchen, die ihren Schlaf nötig hat, wenn wir das auch alleine schaffen?"

Hab ich den Schlaf etwa nicht nötig, dachte Anselm, sprach seinen Gedanken aber nicht aus, um Wermann nicht weiter zu provozieren.

„Und Rautert?", fragte er stattdessen.

„Rautert habe ich raus gelassen. Den informiere ich erst morgen."

Vielleicht hätte er das doch tun sollen, dachte Anselm. Vielleicht hätte Rautert ihm diesen Einsatz in der Nacht ausgeredet, und Anselm könnte jetzt in seinem warmen Bett liegen. Es war nämlich kalt, aber Wermann weigerte sich, die Standheizung anzustellen, um sich nicht von dem geringsten Geräusch ablenken zu lassen.

Sie sprachen nicht viel, sondern starrten auf die Betonfundamente vor ihnen. Anselm hatte Mühe, seine Augen offen zu halten. Immer wieder fielen sie ihm zu.

„Bist du auch sicher, dass der Tipp seriös war?", fragte er zwischendurch.

Wermanns Augen funkelten, als er ihn ansah. „Da hat sich anonym ein Mann gemeldet. Der wusste genau Bescheid, was geklaut worden war und vor allem wo. So genaue Informationen hat nur jemand, der irgendwas mit der Bande zu tun hat. Und als er mir den Tipp mit dieser Baustelle gab, musste ich nicht überlegen."

Hoffentlich stimmt das, dachte Anselm, denn wenn er sich jetzt auch noch vergeblich die Nacht um die Ohren schlagen würde, nicht auszudenken wäre das.

Ab und an fuhr ein Wagen über die angrenzende Straße, irgendwann war es ein Mercedes, der in Höhe der Baustelle plötzlich langsamer wurde. Sofort waren sie wie elektrisiert.

„Aufpassen!", rief Wermann, aber der Mercedes rollte an der Baustelle vorbei, dann hörten sie aus der Ferne, wie der Fahrer Gas gab.

„Fehlalarm", sagte Wermann. Anselm konnte seiner Stimme deutlich die Enttäuschung anmerken.

Er schaute auf die Uhr, es war halb zwei. Was für sinnlose Tage, dachte er. Sinnlose Tage und Nächte. Wäre er doch in seinem Bett geblieben und hätte es auf einen Krach mit Wermann ankommen lassen. Er schloss die Augen und versuchte einen Moment zu dösen. Dann ging alles blitzschnell. Ein Lastwagen fuhr vor, der Fahrer sprang heraus, öffnete die hintere Klappe, Männer sprangen heraus und verteilten sich auf der Baustelle. Sie hoben auf, was sie finden konnte, Metallplatten, Kabel. Einige brachen die Baubuden auf, rollten Kupfertrommeln raus, hatten plötzlich elektronische Geräte, manche auch Werkzeuge in der Hand, Zangen, Hämmer, Bohrer. Sie liefen zum Lastwagen hinüber und verstauten alles im Laderaum. Für die Kupfertrommeln brauchten sie einige Zeit. Drei, vier Mann rollten sie und hatten offensichtlich vor, sie auf die Ladefläche zu hieven. Insgesamt waren es bestimmt zehn Leute. Anselm verfolgte ihr Treiben mit atemloser Spannung, Wermann saß bewegungslos neben ihm.

„Unglaublich, wie schnell die sind", murmelte Anselm. „Und was die sich hier alles unter den Nagel reißen, das geht ja wie im Akkord."

Wermann antwortete nicht. Gebannt beobachtete er das Geschehen auf der Baustelle. „Auf jetzt!", schrie er dann plötzlich und löste sich aus der Erstarrung, „worauf warten wir noch?"

Er sprang aus dem Wagen, gleichzeitig sah Anselm, wie die beiden Polizisten den zweiten Wagen verließen. Er selbst folgte als Letzter.

„Stehen bleiben, Polizei!", schrie Wermann und rannte auf die Baustelle zu.

Anselm rannte hinter ihm her. Einen von denen musste er sich packen, dachte er, wenigstens einen von denen. Aber die Kerle hatten wie auf Pfiff begonnen, in Richtung Lastwagen zu rennen. Verdammt, es war blöd gewesen, dass Wermann so früh gerufen hatte, dachte er. Viel zu früh waren die Typen gewarnt worden.

Zwei von ihnen versuchten, in die andere Richtung zu entkommen, weg vom Lastwagen über das angrenzende Feld hinüber zur Rennbahn. Irgendwo dort wollten sie untertauchen. Die beiden Polizisten rannten hinterher, ebenfalls schreiend, dass sie stehen bleiben sollten. Wermann hatte sich einen Mann ausgeguckt, der einen Bohrer geschleppt hatte, den der Mann aber schnell, als er Wermann kommen sah, fallen gelassen hatte. Anselm entdeckte einen Mann, der ihm wie der Boss der Bande vorkam, weil er den anderen ein paar Mal Anweisungen gegeben hatte und der leicht zu hinken schien. Warte, dachte er, dich kriege ich. Wäre doch gelacht, wenn ich dich nicht packen würde, so einen fußkranken Schalker. Er musste selbst grinsen über seinen Vergleich. Was würde wohl der Dok dazu sagen, wenn er davon wüsste. Der wäre beleidigt, garantiert.

Dieb für Dieb verschwand im Laderaum des Lasters und auch dem Hinkenden kam Anselm trotz aller Anstrengung nicht näher. Unglaublich war das. Irgendwie war der Kerl trotzdem schnell, obwohl er das rechte Bein leicht nachzog. Gut, dass Anselm keine Gelegenheit gehabt hatte, seinen Schalke-Vergleich hinauszuposaunen, wie stünde er sonst da? Wermanns Mann war schon längst im Dunklen des Lasters verschwunden, auch Anselms Mann hatte die Heckklappe erreicht. Zwei, drei Schritte noch, dann hätte Anselm ihn. Alles kam jetzt darauf an, wie schnell sich der Mann auf die Ladefläche stemmen konnte, Anselm hatte Hoffnung, dass er dabei Schwierigkeiten haben würde, aber der Mann setzte zu einem eleganten Schwung an und war mit einem Satz oben. Im selben Moment erreichte Anselm die Heckklappe. Wenigstens hatten die Typen keine Zeit mehr, die Türen von innen zu schließen, also musste Anselm jetzt nur noch selber hochspringen und dann hätte er sie. Aber genau in dem Moment, als er zum Sprung ansetzte, traf ihn ein heftiger Schlag gegen die Brust. Er taumelte zurück, spürte, wie ihm die Beine weich wurden und er nach hinten auf den matschigen Boden fiel. Im selben Moment fuhr der Lastwagen los. Wermann konnte zwar noch die Heckklappe erreichen, aufspringen konnte aber auch er nicht mehr, dazu war der Laster bereits zu schnell. In hohem Tempo brauste er davon. Anselm sah, wie sich während der Fahrt jemand aus dem Laderaum beugte und die Heckklappe schloss. Es kam ihm so vor, als wäre es der Hinkende gewesen.

„Scheiße!" Wermann schrie es so laut er konnte, während Anselm sich mühsam erhob und eine Hand auf die Brust presste. Sie tat ihm schrecklich weh, der Stoß war ein Tritt gewesen, das wusste er jetzt. Er musste husten, aber davon schmerzte ihm das Brustbein noch mehr. Vorn übergebeugt stand er an dem Platz, an dem er gestürzt war und spuckte den Schleim aus.

Im nächsten Moment spürte er Wermanns Hand auf seiner Schulter.

„Geht es wieder?"

Anselm nickte und hustete weiter. Die beiden anderen Polizisten kamen übers Feld zurück.

„Nichts", sagte der eine. „Wie vom Erdboden verschluckt. Verdammt schade, dass wir keinen von denen packen konnten."

„Kein Vorwurf", antwortete Wermann, „wir haben auch keinen gekriegt. Mein Gott, wie schnell die gerannt sind. Als hätten die das geübt, so schnell sind sie hier aufgetaucht und so schnell wieder verschwunden, als sie uns sahen."

„Sollen wir unsere Kollegen von der Streife informieren?", fragte der eine der beiden. „Vielleicht können sie den Wagen noch packen."

Wermann schüttelte den Kopf. „In Wambel gibt es heute Nacht keine Streife, hab mich vorher erkundigt. Die nächste müsste aus Hörde kommen oder wer weiß woher. Und bis dahin …"

Anselm kam wieder zu Atem. „Du hast ein bisschen zu früh gerufen", sagte er. „Hättest du noch einen Moment lang gezögert, dann wären wir näher dran gewesen, und wir hätten sie packen können."

Wermann zog die Stirn in Falten und schwieg.

„Komm, mach dir nichts draus", versuchte Anselm ihn zu trösten. „Immerhin kennen wir ja jetzt ihre Arbeitsweise. Vorfahren mit dem Lastwagen, auf die Baustelle rennen, alles, was sie finden, so schnell wie möglich in den Laderaum werfen und dann nichts wie weg." Er sah Wermann an. „Hast du dir das Kennzeichen merken können?"

Wermann schüttelte den Kopf. „Irgendeine Hagener Nummer, aber den Rest habe ich mir in der Hektik nicht merken können."

Anselm winkte ab. „Ich auch nicht. Aber macht nichts, wahrscheinlich war sie sowieso falsch." Jetzt, wo er den verzweifelten Wermann vor sich sah, bedauerte er, dass er überhaupt danach gefragt hatte.

„Und jetzt?" Er sah Wermann an.

„Geh nach Hause", sagte er, „versuch noch ein bisschen zu schlafen. Ich schreibe morgen den Bericht."

Anselm nickte. „Nimm es nicht persönlich. Wir kriegen die, glaub mir."

So ganz glaubte Anselm selber nicht, was er da sagte. Die Bande war jetzt aufgeschreckt, sie musste ahnen, dass die Polizei einen Tipp bekommen hatte. Wie sonst konnten sie sich erklären, dass die Polizei plötzlich bei ihrer Diebestour aufgetaucht war? Sie würden jetzt noch vorsichtiger zu Werke gehen, vielleicht würden sie sogar ihr Revier verlagern. Aber egal, jetzt brauchte er erst mal Ruhe.

Auch die beiden anderen Polizisten verabschiedeten sich. Wermann dankte ihnen.

Anselm ging langsam zu seinem Auto, das er ein paar hundert Meter entfernt geparkt hatte. Als er in Werne ankam, war es halb vier. Er überlegte, ob er sich überhaupt noch ins Bett legen sollte, denn er fühlte sich gar nicht müde. Vielleicht sollte er baden, überlegte er, und danach gemütlich frühstücken. Dann legte er sich aber doch hin. Der morgige Tag würde lang werden, bestimmt war es gut, wenn er wenigstens ein paar Stunden geschlafen hatte. Er hatte sich kaum hingelegt, da war er auch schon eingeschlafen.

Er träumte, dass er jemanden verfolgte. So schnell er

konnte rannte er hinter dieser Person her. Er war es Wermann schuldig, dass er sie diesmal packte, dachte er. Nur noch einen, höchstens zwei Schritte war sie von ihm entfernt, Anselm streckte seine Hände nach ihr aus und schaffte es, sie an der Schulter zu packen. Als er sie herumriss, sah er, dass es Tanja war. Er war enttäuscht und glücklich zugleich. Enttäuscht wegen Wermann, glücklich seinetwegen. Aber nur ein wenig, denn sein Unterbewusstsein sagte ihm, dass alles nur ein Traum war.

13.

Als er endlich wach wurde, war es schon gegen zehn Uhr. Oh Gott, dachte er, jetzt hatte er auch noch verpennt. Was würde Rautert bloß sagen, wenn er so spät zum Dienst kam? Wermann war nach der langen Nacht bestimmt auch noch nicht im Präsidium, also gab es niemand, der die Gründe für Anselms Ausbleiben erklären konnte. Es wunderte ihn nur, dass noch niemand angerufen hatte. Auch Sibel nicht.

Er beschloss, so schnell wie möglich ins Präsidium zu fahren, verzichtete auf das Frühstück und kaufte sich beim Bäcker an der Ecke, als er losfuhr, ein Brötchen mit Käse. Kaffee, den er jetzt dringend brauchte, konnte er auch noch im Präsidium trinken.

Als er dort ankam, waren Sibel und Rautert schon da. Wermanns Zimmer war noch leer. Kein Wunder nach dieser Nacht, dachte Anselm. Er hatte sich auf Rauterts ärgerliche Frage eingestellt, wo er solange geblieben sei, aber Rautert war überraschend freundlich.

„Na, wilde Nacht gehabt?", fragte er und grinste. „Haben wir uns ausgetobt?"

Anselm bemerkte, dass Sibel auf ihren Schreibtisch starrte, um sich nicht durch ihr Grinsen zu verraten.

Blöder Gag, dachte Anselm und schaute Rautert wütend an. Da schlug man sich für seinen Job die Nacht um die Ohren und wurde dafür auch noch angemacht. Gerade als er seinem Ärger freien Lauf lassen wollte, betrat Wermann das Zimmer.

„Schön, dass du schon da bist, Anselm", sagte er.

Jetzt hatte Anselm Spaß, als er Sibels und Rauterts überraschte Gesichter sah, die das kleine Wörtchen schon natürlich registriert hatten.

Wermann erzählte, was in der Nacht passiert war, Anselm hörte zu, goss sich zwischendurch einen Kaffee ein und trank ein paar Schlucke. Er glaubte förmlich zu spüren, wie die Lebensgeister in ihm erwachten.

Sibel schüttelte den Kopf, als Wermann seinen Bericht beendet hatte. „Schade, dass ihr sie nicht gepackt habt", sagte sie. „Wirklich schade."

Rautert schüttelte ebenfalls den Kopf, aber aus einem anderen Grund. „Das geht nicht, was ihr da macht", sagte er. „Anselm soll sich auf den Mord konzentrieren, damit hat er genug zu tun. Der soll nicht auch noch nachts unterwegs sein in anderen Fällen."

So viel Fürsorge tat Anselm gut, obwohl er sie in diesem Fall unpassend fand. Jetzt, im Nachhinein, war er nämlich froh, dass er Wermann geholfen hatte. Er hatte Wort gehalten, schließlich hatte er es Wermann versprochen.

Dann fingen sie an, die Spuren auszuwerten, die sie bisher hatten.

„Wir müssen uns diese Neureichen noch mal vornehmen", sagte Sibel. „Da bauen die sich ihre schönen Häuser und dann kommen die Obdachlosen, und richten ganz in der Nähe ihre Zelte auf. Die verschandeln ihnen doch die ganze Gegend, so was muss solche Leute doch auf die Palme bringen."

„Aber so weit, dass sie einen Mord begehen?", fragte Rautert.

Anselm fand Sibels Meinung nicht falsch. „Dreier war der Sprecher der Zeltstadt, dann stand er im Zentrum des Ärgers dieser Leute. Vielleicht so sehr, dass sie ihm eine Lektion verpassen wollten. Muss ja nicht geplant sein, dass er an den Schlägen starb."

„Die übrigens mit einem metallenem Gegenstand ausgeführt wurden", ergänzte Wermann. „Habe gestern Abend noch eine Mail vom Doktor vorgefunden. Entschuldigung, dass ich dir das nicht gestern gesagt habe."

Anselm winkte ab. An Wermanns Stelle hätte er es vermutlich auch vergessen.

„Einen solchen Gegenstand haben wir aber nicht gefunden."

Wermann schüttelte den Kopf.

„Dann hat der Täter zwei Dinge mitgenommen", sagte Anselm. „Das Tatwerkzeug und die Papiere des Opfers."

Sibel und Wermann nickten. Rautert hörte aufmerksam zu.

„Irgendwas hat das zu bedeuten."

„Nicht schwer zu erraten", sagte Rautert. „Der wollte uns die Ermittlungen so schwer wie möglich machen."

„Kann sein." Anselm nickte. „Kann aber auch sein, dass es noch mehr zu bedeuten hat. Jedenfalls sollten wir es uns merken."

„Dieser Ralf Sander ist noch nicht gefasst worden", sagte Sibel. „Ich habe eben nachgefragt."

Ob sie mal wieder am Bahnhof rumsuchen sollten, überlegte Anselm, verwarf den Gedanken aber wieder. An solche Zufälle glaubte er schon lange nicht mehr.

„Wir sollten uns den Vater von Dreiers Frau vornehmen", sagte er, „diesen …"

Sibel zog einen Zettel zu sich heran, der vor ihr auf dem Schreibtisch lag. „Du meinst den Manfred Wollitz", sagte sie. „Der wohnt in Bergkamen, im Ortsteil Oberaden. Irgendwo in der Nähe eines Wäldchens, das Römerbergwald heißt."

Sie lächelte Anselm an. „Wollitz war übrigens mal ein guter Fußballer, hat in der Oberliga beim Lüner SV gespielt. So was müsste dich doch interessieren."

„Lüner SV, die waren mal gut", sagte Anselm und nickte. „In besten Zeiten haben welche von denen in der Amateur-Nationalmannschaft gespielt. So was gab es damals noch, eine Nationalmannschaft für Amateurspieler."

„Die aber auch schon Geld bekamen", rief Rautert dazwischen. „Nur wurde damals noch geheuchelt."

„Egal, wenn er beim Lüner SV war, war er gut." Anselm wollte sich nicht auf Diskussionen über Fußball mit Rautert einlassen, der hatte doch sowieso keine Ahnung. „Besser wäre natürlich gewesen, er hätte bei Borussia gespielt." Die kleine Bemerkung konnte Anselm sich dann doch nicht verkneifen.

„Dort sollte er mal ein Probetraining absolvieren, hatte sich dann aber vorher verletzt", sagte Sibel.

Anselm sah sie erstaunt an. „Woher weißt du das? Du interessierst dich doch sonst nicht für Fußball."

Sie lächelte. „Geheimnis."

„Ja dann", mischte sich Rautert ein, bevor Anselm etwas erwidern konnte und schaute dabei auf die Uhr. „Bevor wir nur noch über Fußball reden, sollten wir endlich anfangen. Es ist immerhin schon elf Uhr."

Anselm nickte. „Also dann, auf zu dem Fußballer", sagte er. „Und dann noch mal in die Neureichensiedlung. Vielleicht gibt es da noch etwas, das wir bis jetzt nicht wissen."

14.

Er hatte die Nacht auf einer Bank im Fredenbaum-Park verbracht. Erst spät am Abend war er auf die Idee gekommen, in diesem Park zu pennen. Vorher hatte er ein paar Mal daran gedacht, zu seinem Zelt zurückzugehen, es dann aber doch unterlassen. Es war zu gefährlich, er wusste es, es war ein viel zu hohes Risiko.

Sein Leben war in die Irre gegangen, einfach so, ohne dass er viel dazu getan hätte. Es war passiert, er hatte nicht mal richtig begriffen wie. Aber er hatte die Hoffnung nicht aufgegeben, er glaubte noch immer, dass es anders werden könnte. Dass sein Leben normal werden könnte, einfach nur das. Normal. Deshalb wollte er nicht sterben, noch lange nicht. Es war Sebastian gewesen, der ihm Mut zum Leben gemacht hatte. Wie eine kleine Familie waren sie beide gewesen. Und jetzt, wo Sebastian nicht mehr da war, wollte er um so mehr auf ihn hören. Es war das letzte, was er für Sebastian tun konnte. Und für sich selber.

Es war kalt gewesen auf der Bank unter den Bäumen, aber nicht deshalb war er immer wieder aufgewacht. Er hatte seine Unruhe nicht ablegen können, das leiseste Geräusch hatte ihn aus dem Schlaf gerissen. Jetzt kommen sie … Immer wieder hatte er das befürchtet. Jetzt haben sie dich … Erst gegen Morgen hatte er für zwei, drei Stunden durchgeschlafen und war in klammen Klamotten aufgewacht.

Er lief zuerst zum Nordmarktpark hinüber, um sich auf der öffentlichen Toilette zu waschen. Während er sich näherte, suchte er Deckung hinter Büschen, denn auf den Parkbänken hielten sich immer Typen auf, die ihn kannten. Besser, er wurde von niemandem erkannt.

In der Toilette stank es, aber das machte ihm nichts aus. Wo er sich aufhielt, stank es fast immer, er bekam es kaum noch mit. Er zog sich die Jacke aus und begann, sein Gesicht zu waschen. In seinem Rolli hatte er noch ein dreckiges Handtuch, mit dem er sich abtrocknen konnte. Das kalte Wasser tat ihm gut, er hatte das Gefühl, erst jetzt richtig wach zu werden. Ein paar Mal sammelte er das Wasser in den zusammengehaltenen Händen und spritzte es sich ins Gesicht, das er im Spiegel vor sich nur undeutlich erkennen konnte. Das Glas war matt geworden im Laufe der Jahre, außerdem drang durch das kleine Fenster nur wenig Licht herein. Trotzdem sah er, dass seine Augen müde wirkten. Die schlaflose Nacht war ihm anzusehen, vielleicht auch die Unruhe der letzten Tage. Er hielt inne, beugte sich vor und versuchte, sich genauer in die Augen zu sehen. Da entdeckte er im Hintergrund den Schatten eines Menschen, der ihn offensichtlich schon länger beobachtet hatte. Links vom Eingang, an der schmutziggrauen Wand stand die Person. Er wurde starr vor Schreck, Schweiß trat ihm auf die Stirn. Eine Zeit lang beobachteten sie sich, er den Schatten, die Schattenperson ihn. Jedenfalls glaubte er, dass sie das tat, denn er konnte die Augen des anderen nicht erkennen. Er fühlte nur den drohend auf sich gerichteten Blick.

Aus, dachte er, aus und vorbei. Wie soll ich hier je wieder rauskommen? Der Typ hat den Eingang versperrt. Wenn ich hier weg will, muss ich direkt auf ihn zulaufen, und dann … ja dann …

Wie hatte ihm der Fehler unterlaufen können, hierhin zu gehen, in diese Toilette mit nur einem Ausgang? Er war von selber in die Falle getappt, er hatte es ihnen einfach gemacht, lächerlich einfach.

Plötzlich begann er Hoffnung zu schöpfen, er wusste zuerst selbst nicht, warum. Die Situation dauerte lange, fiel ihm auf, viel zu lange. Worauf wartete der Typ, sie waren allein hier, es gab keinen Zeugen. Aber die Situation konnte sich ändern, jeden Moment konnte ein Dritter die Toilette betreten, und dann konnte er ihn nicht mehr ohne Zeugen erschlagen, so wie er Sebastian erschlagen hatte.

„Hey“, hörte er plötzlich eine krächzende Stimme, „wieso zuckst du zusammen, wenn du mich siehst? Hast du etwa Angst vor mir?“

Er brauchte noch einen Moment, bis er die Stimme zuordnen konnte, dann atmete er erleichtert auf.

„Ach Bernd, du bist das. Warum musst du mich so erschrecken?“

„Dich erschrecken, wodurch denn?“

„Indem du da plötzlich im Schatten stehst, ohne ein Wort zu sagen. Als hättest du wer weiß was vor.“

Ein krächzendes Gelächter ertönte und ging im nächsten Moment in einen Hustenanfall über. Dann kam die Gestalt näher, und er konnte deutlich das Gesicht seines Bekannten sehen.

„Du bist abgetaucht, verschwunden. Warum?“

„Verstehst du nicht.“

„Ist es wegen Sebastian?“

„Ich sagte doch, dass du das nicht verstehst. Sag mir lieber, ob du einen Platz kennst, wo ich die nächsten Tage pennen kann.“

„Klar kenne ich den.“ Wieder ertönte das krächzende Lachen, wieder ging es in einen Hustenanfall über. „Du willst also nicht zu deinem Zelt zurück?“

„Im Moment nicht.“

Der andere nickte. Dann beschrieb er ihm den Weg zu einem unbewohnten Haus in Eving. Die Eingangstür und die Fenster im Untergeschoss wären zugemauert, erklärte er, aber wenn man die Treppe zur Kellertür nehmen würde, von dort aus käme man rein.

„Alles klar!“ Er griff schnell zu seinem Rolli und beeilte

sich, zum Ausgang zu kommen. Erst dort bemerkte er, dass er sich nicht mal das Gesicht abgetrocknet hatte. Aber egal, der leichte Wind, der über die Mallinckrodtstraße wehte, würde das schon erledigen.

Nur weg von hier, dachte er, so schnell wie möglich, bevor der nächste Typ ihn ansprach. So schnell es ging lief er in Richtung Bornstraße.

15.

Das Haus von Wollitz in Oberaden lag tatsächlich in der Nähe eines kleinen Wäldchens.

„Weißt du, warum das Römerbergwald heißt?“, fragte Sibel, als sie auf das Haus zuliefen, ein Neubau, der höchstens ein paar Jahre alt war.

„Weil hier ein Römerlager war, deshalb.“ Anselm hatte davon in der Lokalzeitung gelesen, die er seit seinem Umzug nach Werne hielt.

Es war in der Mittagszeit. Hoffentlich ist Wollitz überhaupt da, dachte Anselm, sonst müssen wir wer weiß wohin zu seinem Arbeitsplatz fahren. Als ihnen ein Mann in Trainingsanzug öffnete, atmete er auf.

Sibel erklärte, weshalb sie gekommen waren, Wollitz wurde von einer Sekunde zur anderen kreidebleich. Nanu, hatte er noch nichts von Dreiers Tod gewusst?

„Sie wissen doch, was mit Ihrem Schwiegersohn passiert ist, oder?“, fragte ihn Anselm deshalb.

Wollitz nickte. „Ja, ich weiß, dass er tot ist.“

„Nicht tot. Ermordet.“

Wieder nickte er. „Jaja, das meine ich doch.“

Er bat sie ins Haus und ging ihnen voraus ins Wohnzimmer, das den Blick frei gab auf einen Garten, der nur wenig größer war als die Terrasse und auf der ein Grill stand.

Anselm merkte, dass Wollitz ein wenig o-beinig ging. Klar, alter Fußballer, dachte er, die haben doch alle die Knie kaputt. Er war ein mittelgroßer, schlanker Mann mit leicht ergrauten Haaren und einem Bauchansatz, der nichts von einer beachtlichen Fußballkarriere verriet. Aber gut, sie lag ja auch ein paar Jahre zurück. Eine schlanke Figur verliert sich, die kaputten Knie dagegen bleiben.

Wollitz bot ihnen einen Platz in den beiden Ledersesseln an und fragte, ob sie etwas zu trinken wünschten, was Sibel und Anselm aber verneinten. Irgendwie schien er immer noch befangen zu sein, denn er wich Anselms Blick aus. War es Betroffenheit oder schämte er sich noch immer, einen solchen Schwiegersohn gehabt zu haben? Anselm bemerkte Sibels fragenden Blick, die Wollitz´ merkwürdige Reaktion offensichtlich genauso zu denken gab.

„Ist ja gut, dass wir Sie überhaupt angetroffen haben", versuchte Anselm einen möglichst unbefangenen Einstieg. „Ich hatte schon die Befürchtung, dass Sie auf der Arbeit wären."

Wollitz versuchte ein Lächeln, seine Unsicherheit war ihm weiter anzusehen.

„Das wäre normalerweise auch so", antwortete er, „aber ich habe mir heute frei genommen. Ich muss noch Überstunden abfeiern."

„Und warum gerade heute? Hat das mit dem Tod Ihres Schwiegersohns zu tun?", fragte Sibel.

Wollitz schüttelte den Kopf. „Nein, damit nicht. Das ist eher Zufall."

„Sie haben sich nicht gut mit Ihrem Schwiegersohn vertragen, stimmt's", fuhr Sibel fort. „Im Gegenteil, Ihre Tochter hat uns gesagt, dass es öfter Streit gab."

„Das schon." Wollitz wischte sich den Schweiß von der Stirn. „Aber das heißt nicht, dass ich ihn völlig abgelehnt hätte. Sebastian war kein schlechter Kerl, nein, das war er wirklich nicht. Aber er kam einfach nicht klar mit dem Leben. Immer wieder hat er seinen Arbeitsplatz verloren, weil er nichts durchhalten konnte. Immer war er der erste, der entlassen wurde, wenn nicht genug Aufträge reinkamen."

Er schwieg einen Moment lang und sah sie beide an.

„Ich musste doch an meine Tochter denken. Wir hatten

schon genug Geld in ihre Familie gesteckt, mehr ging nicht. Meine Frau und ich müssen ja noch das Haus hier abbezahlen. Ja, dann habe ich ihn ein paar Mal angesprochen."

„Angesprochen?", hakte Sibel nach. „War das wirklich ein Ansprechen?"

„Naja, es ist auch laut geworden dabei. Das war mir ja selber unangenehm. Aber was sollte ich machen? Im Betrieb war er immer der Loser, der nichts auf die Reihe kriegte. Aber wenn ich mich mit ihm darüber unterhalten wollte, trat er plötzlich wie ein King auf. Als einer, der alles im Griff hat. Dabei hatte er nichts im Griff, gar nichts. Ich habe doch gesehen, wie alles schief lief. Sollte ich etwa tatenlos zusehen, wie er Meike und Sandra immer weiter runterzog? Mal war die Arbeit zu schwer, dann wurde er angeblich gemobbt worden, dann passte dies nicht, dann jenes. Nur eins blieb immer gleich. Schuldig waren immer die anderen, nie er selber."

„Versagen ist nicht mehr vorgesehen", sagte Anselm, mehr zu sich als zu Wollitz und blickte dabei aus dem Fenster in den kleinen Garten.

„Wie bitte?", fragte Wollitz.

„Ach nichts", antwortete Anselm und bemerkte jetzt auch Sibels fragenden Blick. „Ich habe nur laut nachgedacht."

„Ach so." Wollitz nickte verwirrt. „Jedenfalls wollte ich, dass er sich mal durchsetzt gegen Mobbing oder was immer da lief in den Firmen, bei denen er beschäftigt war."

„Wo waren Sie denn Sonntagabend", fragte Sibel, „so gegen 19 bis 21 Uhr?"

„Zu Hause", antwortete Wollitz ohne groß nachzudenken. „Da haben meine Frau und ich den Tatort geguckt. Mein Gott", sagte er dann und hielt für einen Moment die Hand vor den Mund, „wenn ich jetzt daran denke. Während wir den Krimi geguckt haben, den Mord an einer Schülerin, ist ein richtiger Mord … und dann noch …" Er schwieg.

„Wo ist denn Ihre Frau?“, fragte Sibel.

„Die arbeitet im Baumarkt an der Kasse. Ein 400-Euro-Job. Wenn Sie wollen, können wir hinfahren. Ist ein Baumarkt in Bergkamen-Mitte. Sie wird es Ihnen bestätigen.“

„Schon gut.“ Anselm winkte ab. Der Mann wirkte vertrauenswürdig. Sein Verhältnis zu seinem Schwiegersohn war zwar nicht gut gewesen, aber die Sorge um das Wohl seiner Tochter erklärte sein Verhalten. Und seine Nervosität, vor allem am Anfang ihres Gesprächs? Anselm schob es auf seine Betroffenheit. Vielleicht fühlte er so etwas wie eine Mitschuld, schließlich hatte er dazu beigetragen, dass die Ehe kaputt gegangen und sein Schwiegersohn auf der Straße gelandet war. Vielleicht war es ihm selbst gar nicht bewusst, aber in Gesprächen, in denen er nicht ausweichen konnte, brach das Gefühl in ihm aus.

Er sah Sibel an, die nickte. Also hatte sie keine weiteren Fragen. Dann konnte Anselm noch seine andere Frage stellen, die ihn an Wollitz interessierte.

„Haben Sie mal beim Lüner SV Fußball gespielt?“

Wollitz lächelte. „Ja, in der Zeit, als Lünen in der obersten Amateurklasse spielte.“ Man merkte ihm den Stolz an, der in dieser Aussage mitschwang. Konnte er auch, dachte Anselm, Lüner SV, das war etwas zu besten Zeiten.

„Hat da nicht der Vater von dem Nationalspieler Michael Zorc gespielt?“

Wollitz nickte. „Ja, der Dieter. Der war auch Nationalspieler, aber für die Amateure. Mit dem habe ich als ganz junger Spieler noch zusammen gespielt.“

„Und dann kenne ich noch den Liebig, der war doch auch Amateurnationalspieler …“

„Und der Meier und der Schulze und der Müller“, mischte sich Sibel ein, „was waren das noch mal für Spieler?“

Anselm sah sie zuerst entgeistert an, dann musste er grinsen.

„Ist ja gut", sagte er, „wir gehen sofort. Meiner Kollegin, müssen Sie wissen, ist dieser wichtige Kulturteil menschlichen Handelns leider verschlossen."

Jetzt war es Wollitz, der entgeistert guckte. Welcher Kulturteil, schien er fragen zu wollen, und was für ein menschliches Handeln?

„Na egal", sagte Anselm und stand auf, „der Lüner SV war jedenfalls mal gut. Und wenn Sie da gespielt haben …"

„Es ging", entgegnete Wollitz. „Ich war einer, der mitgespielt hat. Ich war keine von den tragenden Säulen, so gut war ich leider nicht."

Wieder fiel Anselm der o-beinige Gang von Wollitz auf, als sie zur Haustür gingen. Wenn er schon damals diese O-Beine gehabt haben sollte, überlegte er und musste dabei grinsen, wäre es gut gewesen, Wollitz bei Freistößen des Gegners nicht in die Mauer zu stellen. Er hätte sonst eine Lücke angeboten, die eine Freude für jeden Freistoßspezialisten gewesen wäre.

„Hör mal", sagte Anselm, als Sibel und er wieder im Auto saßen und grinste dabei, „was fällt dir ein. Du kannst mich doch bei meinen wirklich wichtigen Fragen nicht unterbrechen."

„Oh nein, das geht natürlich nicht, ich weiß", antwortete sie und nahm seinen ironischen Tonfall auf, „es war nur so, dass die Zeit drängt und wir diese wichtigen Fragen leider nicht zu Ende diskutieren konnten. Zu meinem tiefsten Bedauern natürlich."

„Du lernst es nie. Dabei sind die meisten Türken doch Fußballverrückte."

„In manchen Punkten unterscheide ich mich von anderen Türken", antwortete sie, „das müsstest du inzwischen gemerkt haben."

Oh Gott, jetzt bloß keinen Kulturkampf, dachte er, dazu fehlt uns nun wirklich die Zeit. Dann doch lieber die Fortsetzung des Gesprächs mit Wollitz. Aber bevor er in Versuchung kam, etwas darauf zu entgegnen, gab er schnell Gas und fuhr davon.

16.

Sie liefen durch das Neureichenviertel, klingelten an dieser oder jener Tür und merkten, dass ihnen mehrfach nicht geöffnet wurde, obwohl sich hinter den Gardinen Schatten bewegten.

„Komische Leute“, sagte Sibel. „Da haben sie Geld, es geht ihnen gut und sie verstecken sich trotzdem. Sogar vor der Polizei.“

„Das siehst du falsch“, antwortete Anselm. „Nur weil sie sich um nichts anderes als um ihren Vorteil kümmern, weil sie mit nichts anderem zu tun haben wollen, haben sie das Geld. Was interessiert sie da ein Obdachloser, noch dazu ein erschlagener?“

„Außer natürlich, wenn er sie zu Lebzeiten stört. Dann interessiert er sie sogar sehr. Das meinst du doch mit deiner Skepsis gegenüber Mönkmeyer, oder?“

Anselm nickte. „Genau das meine ich.“

„Fragt sich nur, wer da aus dir spricht. Der Polizist oder der alte Juso.“

Er überhörte ihren Einwand. Es war ein Fehler gewesen, dass er ihr mal von seiner Jusozeit erzählt hatte. Das alles sollte vergessen sein, es war keine ruhmreiche Zeit gewesen. Sein Idealismus war von der Parteiführung des Ortsvereins mit Füßen getreten worden, welche Vorschläge seine Jusogruppe auch immer gemacht hatte, zur Ganztagsschule, zur Verbesserung bei der Vergabe von Aufträgen, zu einer kritischen Kulturarbeit, sie waren abgeschmettert, mindestens bis zur Unkenntlichkeit verwässert worden. Die Parteiführung wollte niemand, der ihnen drein redete, schon gar keine kritischen Jusos. Anselm wollte das alles einfach nur noch verdrängen, es war ihm peinlich, wenn er an diese Zeit zurückdachte. Obwohl, fiel ihm dann ein, den anderen musste es längst genauso peinlich sein. Denn es gab doch kaum noch Jusos, sie hatten gar keinen Parteinachwuchs mehr, dessen Vorschläge sie ausbremsen konnten. Damals hatten sie genug, die haben sie aber vertrieben. Heute gab es keine mehr zum Vertreiben. Anselm nickte unmerklich. Geschah ihnen recht, dass es so war.

Bei einem der Häuser, schräg gegenüber von Mönkmeyers Prachtvilla, öffnete eine junge Frau, offensichtlich die Tochter der Familie. Sie hatte ein feines, sehr hübsches Gesicht und trug ihre dunkelblonden Haare lang und offen. Anselm atmete auf. Endlich würde ihnen mal jemand etwas anderes erzählen. Junge Leute waren aufgeschlossen, jedenfalls nicht so verbohrt wie Mönkmeyer und Konsorten. Aber was das Mädchen ihnen erzählte, ließ ihn erschaudern.

„Ich will nicht, dass diese Leute da sind“, sagte das Mädchen, das Anselm auf etwa achtzehn schätzte. „Ich will nicht, dass sie da drüben in ihren Zelten leben.“

„Ach, das wollen Sie nicht“, sagte Anselm. „Und warum nicht, wenn man fragen darf?“

„Weil sie mir nachstarren, wenn ich durch unsere Straße gehe. Einfach widerlich.“

„Und andere Leute starren Ihnen nicht nach, wenn sie über die Straße gehen?“

„Andere auch, aber bei denen stört es mich nicht.“

Anselm spürte, wie er zunehmend wütender wurde. Was erzählte diese Göre da, was bildete die sich ein?

„Und warum stören Sie die Blicke der Leute dort drüben, wenn sie doch nur gucken und ihnen nichts tun?“

„Weil sie im Dreck leben. Ich will nicht angestarrt werden von Leuten, die im Dreck leben.“

„Vielleicht gibt es ja Ursachen dafür, dass sie im Dreck leben. Schon mal darüber nachgedacht?“

„Nein, wozu?“ Ihr Ton wurde zunehmend schnippischer, Anselms Wut stieg in gleichem Maße.

„Weil sie vielleicht nicht durch eigene Schuld dorthin geraten sind. Jedenfalls nicht nur durch ihre alleinige Schuld.“

Sie blies verächtlich die Backen auf. „Was soll das?“, rief sie. „Es hat immer Gewinner und Verlierer gegeben …“

„… und Sie, Sie möchten …“

„Klar, ich möchte zu den Gewinnern gehören. Das ist doch wohl verständlich, oder?“

Anselm sah hilflos zu Sibel hinüber. Er wusste nicht, was er dazu sagen sollte. Sollte er mit so einer Göre diskutieren? Sollte er sich wirklich Mühe geben, sie mit Argumenten zu überzeugen oder sollte er ihr vielleicht ein paar hinter die Löffel geben? Er war so wütend, dass ihm der Gedanke wirklich kam. Jetzt, dachte er, jetzt könnte Sibel ihm noch mal ihre Frage von vorhin stellen, was er im Moment mehr ist. Der Polizist oder der alte Juso. Er entschied sich, der Polizist zu sein.

„Komm“, sagte er deshalb zu Sibel, „hier haben wir nichts zu suchen.“

Er ging, ohne sich umzudrehen, hörte aber noch, wie das Mädchen kicherte, bevor es die Tür schloss. Es müsste längst wieder Jusos geben, dachte er. Und sie müssten viel radikaler sein als wir es damals waren. Aber es gab sie nicht, ein Teil der Jugend dachte inzwischen wie dieses Mädchen und kam gar nicht auf die Idee, sich politisch zu engagieren.

„Immerhin haben wir jetzt einen Eindruck davon, wie groß der Ärger mancher Leute gegenüber den Zeltstadtleuten ist“, sagte Sibel, während sie auf das nächste Haus zusteuerten. „Und es sind weiß Gott nicht nur die Mönkmeyers, die so denken. Hattest du von jungen Leuten etwa was anderes erwartet?“ Ihre Frage sollte ein wenig tröstlich klingen, sie war es aber nicht.

„Ja, hatte ich, stell dir das mal vor. Ich hatte geglaubt, dass junge Leute noch nicht so festgefahren sind in den Konventionen und betroffen sind von der Not anderer Menschen.“ Er merkte selbst, wie aggressiv seine Stimme klang.

Sie lachte. „Was du für Vorstellungen hast, da kann ich nur staunen. So war schon meine Generation nicht mehr. Was erwartest du eigentlich? Überall muss um einen Platz in der Gesellschaft gekämpft werden, und da sollen ausgerechnet junge Leute anders als egoistisch sein?“

„Meine Generation war jedenfalls anders. Wir hatten noch Ziele für eine bessere Gesellschaft.“

„Deine Generation hatte es einfacher. Damals gab es noch Arbeit. Außerdem wart ihr es doch, die diese Jugendlichen herangezogen haben.“

„Willst du damit sagen, dass so eine wie die meine Tochter hätte sein können?“

Sie grinste. „Wäre doch möglich, oder?“

Er sah sie von der Seite an. Jetzt hatte er doch eine Juso-Diskussion, die er unbedingt vermeiden wollte. Jedenfalls eine halbe. Aber so eine Tochter haben? Er schüttelte den Kopf. Nein, niemals. Das kommt ja nun wirklich auf die Erziehung an. Aber darüber wollte er nicht reden, das Thema reichte ihm jetzt endgültig.

„Immerhin, wer so über die Zeltstadtleute redet, dem ist wer weiß was zuzutrauen. Vielleicht sogar ein …“

„Wer so redet, hat auf keinen Fall vorher einen Mord begangen. Der wäre ja schön blöd, wenn er seine Motive verraten würde.“

„War die etwa nicht blöd?“

„Nein, das war sie nicht. Sie ist nur eine verzogene und verwöhnte Zicke.“

Gut, dass sie das gesagt hat und nicht er, dachte Anselm. Ihm würde so was wieder als frauenfeindlich ausgelegt.

„Gut, dann war sie es eben nicht. Aber andere, die vorsichtiger formulieren, die dabei noch vornehm tun, denen wäre es zuzutrauen."

„Sag doch gleich Mönkmeyer."

Anselm antwortete nichts. Sie klingelten an einem Haus, an dem ihnen eine ältere Frau öffnete. Immerhin schimpfte sie nicht gleich los, als sie sie auf die Zeltstadt ansprachen. Aber an ihrer Ablehnung, dass die Leute dort alles verdrecken würden, ließ auch sie keinen Zweifel. Der Mönkmeyer hätte mit seiner Forderung ganz Recht, sagte sie.

Dann erlebten sie doch noch eine Überraschung. Ein gut fünfzigjähriger Mann öffnete ihnen die Tür, und er lehnte Mönkmeyers Kampf gegen die Zeltstadt tatsächlich ab.

„Wo sollen die Leute denn hin?", fragte er. „Irgendwo müssen sie doch bleiben. Und mir haben sie nichts getan."

Anselm wollte ihm schon freundlich zunicken, da ergänzte der Mann, dass sie das aber bitte für sich behalten sollten. Er wolle keinen Ärger mit Mönkmeyer haben.

Ob denn Mönkmeyer hier alle unter seiner Fuchtel hätte, wollte Anselm, deutlich verärgert, wissen.

„Das nicht", entgegnete der Mann, „aber er gilt als sehr integer. Er ist eine Art Vorbild im Viertel, nach dem sich viele richten."

Vorbild, dachte Anselm, was für ein Wort im Zusammenhang mit diesem Kerl. Worin sollte der denn vorbildlich sein? In seiner platten Denkweise etwa?

Er hatte endgültig genug von diesem Viertel. Von der Verachtung, die die Leute den Obdachlosen entgegen brachten, von ihrem Hass und ihrem Opportunismus. Anselms Ärger über Mönkmeyer wuchs, je mehr er über die Stimmung in diesem Viertel erfuhr. Fast tat es ihm gut, im Anschluss an ihren Rundgang die Leute von der Zeltstadt zu treffen. Ein neues Zelt war hinzugekommen, seit sie zum letzten Mal hier gewesen waren, stellte er fest, als sie den Platz betraten.

Zwei Obdachlose saßen auf Hockern vor einem der Zelte, jeder hatte eine Flasche Bier vor sich. Anselm kannte sie nicht, also waren sie bei ihrem ersten Besuch nicht da gewesen.

Ralf Sander sei nicht mehr aufgetaucht, erzählten sie auf Sibels Frage. Seit dem Tod von Sebastian hätte den niemand mehr gesehen.

Ein Anruf über Handy bei dem Bezirkspolizisten Stendel ergab, dass auch er keine Spur von Sander hatte. Er gehe nicht mehr in die Kneipe ´Am Ring´, erzählte Stendel, auch nicht mehr zum Essen bei der Diakonie, und selbst am Bahnhof sei er nicht mehr gesehen worden. Anselm bekam, während Sibel ihr Handy so hielt, dass er mithören konnte, plötzlich ein mulmiges Gefühl. Verdammt, was war da los? Wenn sie ihn doch endlich finden würden! Vielleicht wäre das ja sogar gut für ihn, für Sander. Er spürte plötzlich eine Gefahr.

Sanders Zelt war noch leer, aber das von Dreier war wieder bezogen worden. Ein knapp dreißigjähriger Mann mit verfilzten Haaren pennte darin. Er sah nicht mal auf, als Anselm den Reißverschluss am Eingang hochzog und hineinblickte. Anselm ärgerte das.

„Der Dreier ist nicht mal beerdigt, da hat sich einer schon sein Zelt unter den Nagel gerissen", rief er so laut, dass es alle auf dem Platz hören konnten. „Ist das etwa pietätvoll?"

Eine Frau kam auf ihn zu. Sie war klein und blass, Anselm schätzte sie auf etwa vierzig. Ihr graues Haar hatte sie unter einem Kopftuch verborgen.

„Pietätvoll", sagte sie und kam Anselm dabei so nahe, dass er ihren säuerlichen Atem riechen konnte, „das ist ein Wort, das es hier nicht gibt. Hier geht es darum, wo man essen und schlafen kann. Das allein zählt noch und nichts anderes." Sie nickte. Dann ging sie zurück zu ihrem Zelt und verschwand darin.

Anselm bemerkte Sibels spöttischen Blick. Darauf hättest du auch selber kommen können, hieß das.

Mit zwei anderen Männern, die sie danach ansprachen, ließ sich gut reden. Der eine war bestimmt über sechzig, sein Gebiss zeigte Lücken, aber seine Hautfarbe war nicht kränklich gelb, sondern braun und wettergegerbt. Der andere war ein junger Mann von Mitte zwanzig. Seine Kleidung, Jeanshose, dunkelblauer Pullover, dazu ein Anorak, war halbwegs sauber. Die beiden hatten ein Tischchen vor ihren Zelten aufgebaut und tranken Tee. Das Wasser hatten sie in einem Gaskocher warm gemacht.

Sie würden Sebastian vermissen, sagte der Ältere. Dreier, das wäre einer gewesen, der ihnen gezeigt hätte, dass sie sich wehren könnten und nicht der letzte Dreck wären. Er hätte das auf eine eher stille Weise gemacht, das laute Losbrüllen wäre nicht sein Ding gewesen. Aber er wäre dabei hartnäckig gewesen, was er gut gefunden hätte.

Man merkte dem Mann die Trauer an, während er das sagte.

„Auch wenn ihm das nicht alle gedankt haben", fügte der Jüngere hinzu.

„Ach, haben sie das nicht?", fragte Anselm. „Und wie hat sich das geäußert?"

„Indem nicht alle freundlich über ihn geredet haben", antwortete der Alte. „Einmal haben ihn auch ein paar in seinem Zelt aufgesucht und mit ihm gemeckert. Ich habe das gehört, als ich vorbeilief."

„Wissen Sie, wer das war?", fragte Sibel.

Die beiden schüttelten den Kopf.

„Dann gibt es hier also Leute, die gegen Dreiers Widerstand waren?", fragte Anselm. „Die sich nicht wehren wollten gegen die Bürgerinitiative aus dem Neureichenviertel?"

„Deshalb bestimmt nicht", antwortete der Alte. „Wieso sollten wir uns von denen alles gefallen lassen?"

„So, und warum dann?", wollte Sibel wissen.

Der Alte zuckte mit den Schultern. „Ich weiß es nicht.

Woher auch? Ich habe nicht verstanden, um was es da gegangen war. Wir beide halten uns raus. Wir machen unser eigenes Ding. Sie sehen ja." Er zeigte auf ihren Tee. „Deshalb kriegen wir nicht alles mit, was hier so läuft."

„Ist auch nicht nötig", fügte der Jüngere hinzu. „Wir kommen auch so klar."

Anselm glaubte ihnen. Sie wirkten anders als die meisten anderen. Noch nicht so … er suchte nach dem passenden Wort … nicht so hoffnungslos, entschied er dann. Das Wort kaputt wollte er auf jeden Fall vermeiden, selbst in Gedanken.

Trotzdem hätte er gern gewusst, weshalb Dreier nicht bei allen beliebt gewesen war. Wieder musste er an Sander denken. Wenn wir den finden würden, dachte er, dann würden wir es wissen. Dann würden wir auch noch ganz andere Dinge wissen. Aber wenn nicht, wenn wir ihn nicht kriegen, dann finden wir vielleicht nie raus, warum Dreier ermordet wurde.

„Komm", sagte Sibel, „lass uns gehen."

Anselm nickte. Er dankte den beiden für ihre Auskünfte und zeigte auf einen anderen Mann, der im Eingang seines Zeltes saß.

„Sollen wir den noch befragen?"

„Wozu?", antwortete sie. „Hast du das Gefühl, dass du hier viel erfahren kannst?"

„Von den beiden Teetrinkern haben wir schon etwas erfahren."

„Gut, das waren auch Ausnahmen. Aber die anderen?"

Anselm nickte. Sie hatte Recht. Viel hatten ihre bisherigen Befragungen wirklich nicht gebracht. Sie gingen zurück zu Anselms Golf, den er in der Neureichensiedlung geparkt hatte.

„Komm, lass uns einen Kaffee trinken", schlug Anselm vor, als sie eingestiegen waren.

„Und wo?“

„Na, in dieser Kneipe ´Am Ring´ natürlich. Wo denn sonst? Das könnte solange, bis wir den Fall gelöst haben, unser Stammlokal werden.“

„Oh nein, nicht dahin!“, rief sie. „Hast du jetzt plötzlich einen Drang zu diesen Leuten?“

Er grinste. „Du etwa nicht?“

Kurz darauf saßen sie in dem verqualmten Schankraum an einem Tisch in der Nähe der Tür. Alle anderen Tische waren schon belegt gewesen. Hermann, der Wirt, kam sofort zu ihnen herüber.

„Na, weitergekommen in Ihrem Fall?“, fragte er und lächelte. Etwas gekünstelt, wie Anselm fand.

„Auf jeden Fall“, antwortete Sibel.

Hermann nickte. Man sah ihm an, dass er fragen wollte, was sie denn rausgefunden hätten, aber er unterließ es. Hätte er ruhig, dachte Anselm. So freundlich er auch lächelte, so vertrauensvoll er auch wirkte, sie hätten ihm trotzdem nichts verraten.

„Zwei Kaffee“, orderte Anselm und spürte im selben Moment sein altes Unbehagen. Er war es zwar gewesen, der in der vagen Hoffnung, hier durch einen Zufall etwas raus zu finden, diese Kneipe vorgeschlagen hatte, aber jetzt war er sich nicht mehr sicher, ob das eine gute Überlegung gewesen war. Er gab sich einen Ruck und dachte an das Mädchen in der Neubausiedlung. Nein, so jemand wie die wollte er nicht werden. So mies wollte er niemals über andere Leute denken. Das Gesicht des Wirtes half ihm zusätzlich, sich zu beruhigen. Wer so treuherzig guckte, dem konnte man auch Hygiene abnehmen.

Einen Moment lang schwiegen sie, aber als sie den ersten Schluck von dem starken Kaffee getrunken hatten, tippte Sibel ihm plötzlich an den Arm.

„Wie geht es dir denn jetzt?“

Anselm begriff sofort, was sie meinte.

„Nichts Neues", sagte er. Einerseits wollte er nicht über Tanja reden, weil er nicht mal wusste, was los war. Andererseits freute er sich. Ihre Frage kam ihm wie Anteilnahme, nicht wie Neugier vor.

„Schade", sagte sie. „Ich hatte ein bisschen gehofft, dass sich alles wieder einrenkt."

„Ich weiß ja nicht mal, ob sich etwas ausgerenkt hat", antwortete er. „Ich weiß ehrlich gesagt gar nicht, was los ist."

„Komm, wird schon", sagte sie und griff nach seiner rechten Hand. „Frauen sind manchmal so, ganz unberechenbar."

„Das sagst ausgerechnet du …"

Sie lachte. „Stimmt, sonst bist du es immer, der so über Frauen urteilt."

„Scheint ja dann nicht ganz falsch zu sein, mein Urteil."

Sie schmunzelte. „Nicht immer, aber meistens."

„Und wie geht es dir?", fragte er und ahnte schon die Antwort.

„Gut", sagte sie, „wirklich gut. So wie es aussieht, wird es laufen."

„Ein Türke?", wollte er jetzt doch wissen.

„Nein, ein Deutscher."

„Vielleicht ist das ja die Lösung", sagte er und dachte dabei an ihren türkischen Freund, mit dem sie nie eine harmonische Beziehung gehabt hatte. Immer war sie ihm zu westlich, zu wenig muslimisch gewesen.

„Ja, vielleicht."

„Und deine Eltern?"

„Die wissen noch nichts davon. Denen werde ich es schon erklären, wenn es so weit ist."

Es war ein Gespräch, das Anselm gefiel. Es tat ihm gut, so offen über die private Situation reden zu können, in der sie beiden steckten. Komisch, dachte er, da arbeitet man Tag für Tag zusammen, ist man mit keinem anderen Menschen so oft und lange zusammen, aber so richtig Bescheid über ihn, welche Sorgen oder Ängste er hat, weiß man nicht. Sie sollten das viel öfter tun. Die Verbrecher oder Mörder liefen ihnen ja nicht weg.

Dann werteten sie ihre Recherchen aus. Die Obdachlosen brachten sie nicht weiter, darin waren sie sich einig. Nur den Hinweis, dass nicht alle mit Dreier einverstanden waren, sollten sie sich merken, beschlossen sie. Vielleicht steckte ja etwas dahinter, von dem sie bis jetzt keine Ahnung hatten.

Anselm schaute auf die Uhr. Es war schon kurz vor fünf. Zeit für Sibel, Feierabend zu machen. Zeit für ihn, noch einer besonderen Spur zu folgen. Aber welche das war, wollte er Sibel nicht verraten. Nein, die musste er alleine verfolgen. Sibel würde sowieso nicht richtig finden, was er sich vorgenommen hatte.

„Komm, ich bring dich zum Präsidium“, sagte er.

„Setzt mich in der Innenstadt ab“, antwortete sie. „Irgendwo in der Nähe der Reinoldikirche. Das reicht mir.“

Er schmunzelte. Es war ja klar, was sie vorhatte.

17.

Es war nicht schwierig, die Kanzlei von Mönkmeyer ausfindig zu machen. Ein Blick ins Telefonbuch reichte, um die Adresse in der Kaiserstraße rauszufinden. Anselm stellte fest, dass es eine große Kanzlei war. Noch fünf weitere Rechtsanwälte arbeiteten dort unter seiner Regie, Mönkmeyer war also eine große Nummer in seiner Branche.

Er fand das gelb gestrichene Bürohaus sehr schnell, es lag an einer Stelle, an der sich die Kaiserstraße zu einem kleinen Plätzchen erweiterte, ganz in der Nähe einer Realschule. Anselm parkte seinen Golf auf der anderen Straßenseite, ein paar Meter von dem Haus entfernt, so dass es niemand, der zufällig aus dem Fenster schaute, sofort entdekken konnte. Vor allem nicht Mönkmeyer, der nicht merken sollte, dass Anselm ihn beobachtete.

Er schaute auf die Uhr, es war halb sechs. Er hoffte, dass Mönkmeyer noch im Büro war. So einer, glaubte er, würde morgens lieber später anfangen und dafür abends länger arbeiten. Was er genau hier suchte, wusste er aber nicht. Er wollte einfach mehr über Mönkmeyer erfahren. Welche Leute zu ihm gingen, wie er sich benahm, wenn er das Büro verließ, irgendetwas, das ihm den Typen genauer erklärte.

Eine junge Frau kam aus dem Haus, sie blickte sich um, entdeckte ein Auto, das ein paar Meter vor Anselms Golf geparkt hatte, lief hinüber und stieg ein. Zur Begrüßung küsste sie den Fahrer, der im nächsten Moment losfuhr.

Anselm musste lächeln. Es war schön, Einverständnis unter Partnern zu beobachten. Aber bevor er jetzt Rückschlüsse auf sich selber zog, blickte er lieber schnell zu Mönkmeyers Kanzlei hinüber. Je nachdem, wie lange seine

Beobachtung hier dauerte, würde es sowieso zu spät sein, Tanja anzurufen.

Der Himmel war noch immer zugezogen, aber es regnete nicht. Die Passanten, die an der Kanzlei vorbeiliefen, beeilten sich, ein paar Kinder mit Sporttasche rannten hinüber zur Sporthalle der Schule.

Plötzlich sah Anselm, dass sich ein Tor rechts vom Gebäude automatisch öffnete, im nächsten Moment brauste ein silbergrauer Mercedes heraus. Anselm starrte hinüber und erkannte, dass Mönkmeyer hinter dem Steuer saß. In schnellem Tempo bog er in die Kaiserstraße ein und fuhr Richtung Innenstadt.

Was hat der denn vor? Anselm brauchte einen Moment, bevor er die Situation erfasste. Dann gab auch er Gas. Inzwischen hatten sich zwei Autos zwischen Mönkmeyers Mercedes und seinen Golf gesetzt. Anselm versuchte zu überholen, obwohl die Straße viel zu schmal dafür war und außerdem Gegenverkehr herrschte. Es gelang ihm trotzdem, er kam an einem der beiden Wagen vorbei, den zweiten schaffte er nicht mehr. Immerhin, jetzt sah er Mönkmeyers Wagen deutlich vor sich.

Irgendwas hat der vor, dachte Anselm. Weshalb sollte er sonst in hohem Tempo durch die Stadt brausen? Vielleicht wollte er die nächste Aktion gegen die Zeltstadt planen und dafür irgendwen treffen. Anselm wusste, dass er dran bleiben musste, irgendwas hatte der Typ zu verbergen.

Plötzlich wurde er selbst überholt von einem BMW Cabrio. Anselm glaubte nicht richtig zu sehen. Hier durfte man überhaupt nicht überholen, außer natürlich jemand wie er. Aber er war ja auch bei der Polizei. Als sie zum Ostwall kamen, bog Mönkmeyer nach rechts ab, der andere Wagen, der von Anfang an zwischen ihnen gewesen war, bog nach links ab, der BMW folgte Mönkmeyer. Anselm wurde unruhig. Es sah so aus, als würden die beiden etwas miteinander zu tun haben. Er schaute genauer hin und erkannte in dem Cabrio eine schlanke, dunkelhaarige Person hinterm Steuer. So nah wir möglich fuhr er auf. War das ein junger Mann oder eine Frau? Er konnte es nicht genau erkennen. Nur dass die Person schwarze, leicht glänzende Kleidung trug, konnte er beim Abbiegen auf den Ostwall feststellen. Ob es Lederklamotten waren?

Sie fuhren in die Bornstraße ein, der BMW dicht hinter dem Mercedes von Mönkmeyer. Noch bevor sie die Eisenbahnbrücke unterquerten, hielten sie auf dem Parkstreifen rechts am Straßenrand, direkt neben dem Fritz-Henßler-Haus. Was jetzt? Anselm konnte schlecht hinter den beiden Wagen halten ohne aufzufallen. Außerdem gab es nicht genügend Platz für gleich drei Autos auf dem Parkstreifen. Er rollte vorbei und glaubte aus den Augenwinkeln die femininen Züge des BMW-Fahrers zu entdecken. Also doch? Verdammt, wo konnte er hier halten? Er durfte die beiden nicht aus den Augen verlieren. Wer konnte wissen, welches Geheimnis sich hinter ihrer Begegnung verbarg? Er gab Gas, fuhr unter der Eisenbahnbrücke hindurch und bog rechts in die Jägerstraße ein. Dort drehte er sofort und fuhr zurück auf die Bornstraße, diesmal in die andere Richtung. Hinter der Eisenbahnbrücke, in Höhe des Lokals der Heilsarmee, fand er einen Parkplatz. Er stand dem Mercedes von Mönkmeyer und dem BMW fast direkt gegenüber. Er drückte sich in den Fahrersitz und vermied es, offen hinüberzublicken. Jede unvorsichtige Handlung konnte ihn verraten. Mönkmeyer war inzwischen ausgestiegen, überquerte die Bornstraße und kam fast in Höhe von Anselms Golf auf dieser Straßenseite an.

Jetzt muss er mich entdecken, dachte Anselm. Jetzt wird er sehen, dass ich ihm gefolgt bin, und dann wird er mir ein paar von seinen Rechtsverdreher-Paragraphen um die Ohren hauen und mich mit Klage bedrohen. Aber Mönkmeyer sah nicht auf. Er blickte vor sich auf den Boden, als würde er sich auf jeden seiner Schritte konzentrieren. Anselm atmete auf. Nicht weil er Angst gehabt hätte vor dem Rechtsanwaltsgewäsch, das bestimmt nicht. Aber er hatte Mönkmeyer von Anfang an nicht getraut und jetzt war klar, dass er ein Geheimnis hatte, denn auch der BMW-Fahrer war inzwischen ausgestiegen und hatte begonnen, die Bornstraße zu überqueren, allerdings ein Stückchen von ihm entfernt, so dass Anselm die Person noch immer nicht genau erkennen konnte. Jedenfalls stand fest, dass irgendetwas mit Mönkmeyer nicht stimmte, Anselms Instinkt hatte ihn also nicht getrogen.

Es war eine dunkelhaarige, schlanke Person mit deutlich femininem Gang, die Mönkmeyer folgte. Sie trug tatsächlich eng sitzende, schwarze Lederkluft, was Anselms Blick für einen Moment fesselte. Wenn das eine Frau war … Oder war der Kerl etwa …

Mönkmeyer war Richtung Reinoldikirche gegangen, die Person folgte ihm im Abstand von zwanzig, dreißig Metern. Anselm starrte auf die schlanke Figur und vor allem den knackigen Hintern, der sich in der Lederkluft deutlich abzeichnete. Wenn das eine normale Begegnung war, warum gingen die beiden dann nicht gemeinsam in die Stadt, dachte Anselm. Ganz klar, so sauber, wie er tat, war dieser Mönkmeyer nicht. Anselm wunderte sich nicht darüber. Immer wieder hatte er so etwas in seinem Beruf erlebt.

Mönkmeyer war plötzlich vom Bürgersteig verschwunden, ohne dass Anselm es bemerkt hatte. Verdammt, wohin war der Kerl gegangen, warum hatte sich Anselm mal wieder von einem knackigen Hintern ablenken lassen? Er durfte jetzt auf keinen Fall die Person in der Lederkluft aus den Augen verlieren, schoss es ihm durch den Kopf. Er sprang aus dem Wagen, die Person war jetzt weit genug entfernt, so dass er es ohne Gefahr riskieren konnte. Gerade als er ihr folgen wollte, sah er, dass die Person im Eingang eines Hauses verschwand, und Anselm erinnerte sich, dass sich dort ein Hotel befand.

Also war auch Mönkmeyer dorthin gegangen, also hatten die beiden eine Verabredung im Hotel. Fragte sich nur, was für eine. Lief da eine Sache zwischen den beiden oder wurde etwas geplant? Und wenn da etwas geplant wurde, was war es dann? Etwas, das die Zeltstadt betraf? Anselm überlegte, ob er auch ins Hotel gehen sollte. Er könnte sich nach der zweiten Person erkundigen, die mit Mönkmeyer aufs Zimmer gegangen war, unterließ es aber. Vermutlich hatte Mönkmeyer das Zimmer gemietet, die zweite Person würde ihm einfach gefolgt sein, ohne sich an der Rezeption zu melden. So etwas lief diskret ab, da waren die Hotels alle gleich. Besser wäre es zu warten, überlegte er. Dann könnte er der Person folgen, wenn sie zurückkäme. Und wenn er erst mal wüsste, wo sie wohnte …

Anselm setzte sich wieder hinters Steuer und sah auf die Uhr. Es war jetzt halb sieben. Das konnte ein langer Abend werden, dachte er, aber letztlich war es egal, wo er ihn verbrachte. Immerhin hatte er sich diesen Ablauf ja selber ausgesucht und außerdem wartete niemand auf ihn, außer seiner Mutter natürlich. Aber auf die und ihre Vorwürfe, die garantiert kommen würden, hatte er im Moment keine Lust.

Er legte eine CD von Buddy Holly ein, um sich auf andere Gedanken zu bringen. Bald waren es fünfzig Jahre her, dass Buddy mit dem Flugzeug abgestürzt war, fiel ihm ein. Anselm liebte ihn. I love you, Peggy Sue … Es kam ihm vor wie eine Stimme aus einer fernen Welt. Er trommelte den Rhythmus auf dem Lenkrad mit.

Plötzlich sah er, dass Sibel auf der anderen Straßenseite am Fritz-Henßler-Haus auftauchte. Sie hatte sich bei einem blonden Mann, den Anselm aus der Entfernung auf etwa Mitte zwanzig schätzte, eingehängt, unterhielt sich angeregt mit ihm und ging auf die Fußgängerampel zu, von wo aus man den Wall überqueren konnte, um in die Innenstadt zu gelangen. Das war er also, dachte Anselm, Sibels neuer Schwarm, von dem sie ihm vorhin ein wenig erzählt hatte. Er starrte ihnen nach und so sehr er Sibel auch ihr persönliches Glück gönnte, so sehr schmerzte ihn doch der Anblick. Sibel hatte jetzt einen schönen Abend vor sich, er hatte schon seit Tagen keinen mehr erlebt.

Yes, it does'nt matter any more … Doch, es machte etwas aus, Buddys Lied stimmte nicht. Und wie es ihm etwas ausmachte. Sein Trommeln auf das Lenkrad wurde immer heftiger, bis Sibel mit ihrem Partner hinter der Hochgarage verschwunden war. Dann lehnte er sich zurück und schloss einen Moment lang die Augen.

18.

Er war nur kurz die Bornstraße entlang gelaufen, dann war er in eine Seitenstraße eingetaucht und hatte sich auf Umwegen dem Stadtteil Eving genähert. Es war ihm sicherer erschienen, nicht über die Hauptstraße zu laufen, denn man konnte nie wissen, wer da zufällig vorbeifuhr und ihn womöglich entdeckte.

Es war ein großer Mist, dachte er, während er den Rolli hinter sich her zog. Sein Leben war doch schon vorher eingeengt gewesen. Immer mehr war ihm im Laufe der Jahre verwehrt geblieben, immer weniger von dem, was für andere selbstverständlich war, hatte er sich erlauben können. Ein Zuschauer des Lebens war er geworden, einer, der am Rand saß und zusehen konnte, wie es an ihm vorüber lief. Eines, das es nicht verdiente, Leben genannt zu werden. Schon darunter hatte er gelitten, denn das war es nicht gewesen, was er für sich in seinen Träumen vom Leben erhofft hatte. Aber nun war alles noch viel schlimmer geworden. Nun konnte er nicht einmal zu jenen gehen, denen es genauso dreckig ging wie ihm und mit denen zusammen zu sein ihm immerhin Trost brachte. So weit es Trost gab in seiner Situation.

Obwohl, dieser Gedanke war auch nicht richtig, überlegte er dann. Sein Leben war auch eines, es hatte auch seinen Wert. Sebastian war es gewesen, der ihn darauf hingewiesen hatte.

Gibt es uns etwa nicht, hatte er gerufen, sind wir etwa nicht da? Das wollen sie doch, dass wir von uns aus so tun, als gäbe es uns gar nicht. Aber unser Leben ist auch eines. Wir sind da, wir atmen dieselbe Luft wie sie, es ist dieselbe Sonne, die uns und sie erwärmt.

Ja, das hatte er wirklich gesagt, diese komische Formulierung mit der Sonne, die alle erwärmt. Wahrscheinlich waren es diese Worte gewesen, die ihm geholfen hatten, Sebastians Meinung nicht zu vergessen. Ansonsten hatte er viel in seinem Leben vergessen, zu vieles, wie er inzwischen gemerkt hatte. Ja, Sebastian hatte Recht gehabt, Sonne und Luft unterschieden nicht, für sie gab es nur Menschen, egal wie sie lebten und aussahen. Deshalb wollte er nicht, dass diese Typen, die Sebastian erwischt hatten, auch ihn beseitigten. Sebastian hatte ihm gezeigt, dass sein Leben einen Wert hatte, an einem untrüglichen Zeichen hatte er gemerkt, dass Sebastian ihn in diesem Punkt überzeugt hatte. Er hatte wieder Angst bekommen um sein Leben. Ja, die Angst hatte auch zu jenen Gefühlen gehört, die er zwischendurch vergessen hatte. Einer dumpfen Gleichgültigkeit war sie gewichen, die ihm immer nur eines gesagt hatte: Lass es laufen wie es läuft. Es ist sowieso alles egal.

Aber so dachte er längst nicht mehr. Gut, dass er Sebastian getroffen hatte. Und schade, nein schrecklich, dass er ihn nie wieder treffen würde.

Als er in Eving angekommen war, musste er nur noch eine Hauptstraße überqueren, musste danach an einem kleinen Wäldchen vorbei und dahinter sollte das unbewohnte Haus sein, in dem er in den nächsten Tagen pennen konnte. Solange jedenfalls, bis sich die Aufregung gelegt hatte und er zurück konnte zu seinem Zelt.

Er bemerkte das Haus schon von Ferne. Die Haustür und die Fenster im Erdgeschoss waren zugemauert, die Fenster im Obergeschoss fast alle eingeworfen. Er lief darum herum und entdeckte die Kellertreppe. Ob es stimmte, was ihm der Kumpel gesagt hatte? Er beeilte sich, die Treppe hinunter zu laufen und drückte die Klinke der Kellertür herunter. Tatsächlich, die Tür ließ sich öffnen. Der Typ hatte also nicht zu viel versprochen, immerhin gab es noch Leute, auf deren

Wort man sich verlassen konnte.

Muffiger Gestank schlug ihm entgegen. Dazwischen lag aber noch ein anderer Geruch. Er blieb stehen und schnüffelte. Es war eine Mischung aus kaltem Zigarettenqualm und Urin. Also waren schon vor ihm Leute hier gewesen, was ihn aber nicht wunderte. Eine Wohngelegenheit wie diese blieb nie lange unentdeckt. Allerdings war die Luft sehr abgestanden, folglich war seit Tagen niemand mehr hier gewesen. Er atmete auf. Es war ihm lieber so.

Er durchquerte den Kellerraum und öffnete eine Tür, die laut in den Scharnieren quietschte. Er hielt inne und lauschte. Irgendwo huschte eine Maus durch die Dunkelheit, sonst blieb es ruhig. Er ging weiter und stieß an eine Treppe, die ins Erdgeschoss führte. Es war jetzt stockfinster um ihn, aber er wusste, dass er es gar nicht erst zu versuchen brauchte, einen Lichtschalter zu finden. In diesen Häusern war der Strom schon lange abgeschaltet. Er tastete nach dem Geländer, dann ging er vorsichtig nach oben.

Im Erdgeschoss war es ebenfalls dunkel, allerdings nicht ganz so dunkel wie im Keller. Das Mauerwerk in den Fenstern hatte kleine Ritzen, durch die ein wenig Licht drang. Die Räume waren leer, nirgendwo gab es einen Stuhl oder gar ein Bett. In einer Ecke des zweiten Zimmers, das er betrat, befanden sich Müllreste. Verpackungstüten, auf die es kein Pfand gab, Papierreste, einen Bierdeckel, dessen Ränder hochgeklappt waren und der als Aschenbecher benutzt worden war. Also hatte es sich dort jemand bequem gemacht. Vermutlich schon vor ein paar Tagen, denn es roch nicht mehr nach Zigarettenqualm.

Er suchte weiter, stellte aber fest, dass die Ecke, die sein Vorgänger in diesem Haus gewählt hatte, der beste Ort war, um zu pennen. Man lag nicht im Durchzug, die kleine Ritzen in den zugemauerten Fenstern warfen ein schwaches Licht auf den Platz.

Mit dem Fuß schob er den Müll weg, dann holte er seinen Schlafsack aus dem Rolli und breitete ihn auf dem Fußboden aus. Die verfilzte Decke, die er mit sich führte, seit er auf der Straße gelandet war, rollte er zusammen und legte sie als Kopfkissen hin.

Er zog nur seine Jacke aus und hängte sie an einen Nagel, der aus der Wand ragte, dann kroch er in seinen Schlafsack.

Immerhin ein besserer Ort zum Pennen als der Fredenbaum, wo er die gestrige Nacht verbracht hatte, dachte er. Hier war es wenigstens nicht so kalt.

Er lag auf dem Rücken und starrte zur Decke, die er in der Dunkelheit mehr ahnen als sehen konnte. Im ersten Jahr auf der Straße hatte er noch ein kleines Kofferradio gehabt, damals konnte er vor dem Einschlafen noch etwas Musik hören. Aber dann hatte er es für ein paar Euro verkaufen müssen, weil er sich die Batterien nicht mehr leisten konnte. Manchmal abends, wenn er in seinem Schlafsack lag und nicht sofort einschlafen konnte, bedauerte er, dass er es nicht mehr hatte. Es war schön gewesen, von Musik umdudelt einzuschlafen.

Sein Magen knurrte, aber er hatte nichts mehr zu essen. Ins Gasthaus an der Mallinckrodtstraße konnte er in diesen Tagen natürlich nicht gehen, das wäre zu gefährlich. Wenn sie hinter ihm her waren, würden sie ihn dort zuerst vermuten. Deshalb hatte er seine letzten Euro dazu verwendet, sich ein paar Brötchen und ein Stück Fleischwurst zu kaufen. Die letzten Reste davon hatte er am späten Nachmittag gegessen, eine Suppe bei der Tafel hätte länger vorgehalten, stellte er fest. Morgen würde er zur Arge gehen und sich sein Tagesgeld Hartz IV abholen, dann könnte er sich wieder etwas leisten. Den Gedanken, nach einem Wasserhahn zu suchen, um wenigstens etwas zu trinken, erwog er erst gar nicht. In Häusern wie diesem war auch das Wasser abgestellt.

Plötzlich spürte er, dass etwas anders war. Dass sich etwas von einem Moment zum anderen verändert hatte, aber er wusste nicht, was es war. Er spürte es nur, konnte es aber nicht fassen. Ein großer Schreck fuhr ihm in die Glieder, Schweiß trat ihm auf die Stirn. Bewegungslos blieb er liegen und wagte kaum zu atmen. Verdammt, was war das, was hatte sich in Sekundenschnelle geändert?

Und dann wusste er es plötzlich, und ein tiefes Entsetzen erfasste ihn. Er war nicht mehr allein im Zimmer. Jemand war eingetreten, ohne dass er es gehört hatte. Er konnte nicht erklären, woher er das wusste, es war eben so. Er hob langsam den Kopf und starrte in die Dunkelheit, aber er konnte nichts erkennen. Da, irgendwo in der Dunkelheit vor ihm, stand jemand und es war klar, dass er ihn im Dämmerlicht, das durch die Ritzen einfiel, beobachtete. Verdammt, was wollte dieser Typ von ihm und wer war er überhaupt? Einen Moment lang hatte er die Hoffnung, dass es der Kumpel sein könnte, der ihm den Tipp mit diesem Haus gegeben hatte. Aber er wusste, dass dies eine falsche Hoffnung war. Sein Kumpel hätte sich längst gezeigt oder ihn mindestens angesprochen. Aber dieser, der da irgendwo stand, zeigte sich weder, noch gab er das geringste Geräusch von sich.

Er versuchte, leise seinen Rolli an sich heranzuziehen. Darin hatte er noch eine Kerze, und Streichhölzer hatte er immer in seiner Hosentasche. Ob er es schaffen konnte, aufzuspringen, rasch nach dem Kerzenstummel zu greifen und Licht zu machen? Wenn er ihn sehen könnte, den Typ, hätte er wenigstens eine Chance, mit ihm fertig zu werden. Aber er glaubte nicht ernsthaft daran, dass er es schaffen könnte. Der Typ würde merken, was er vorhatte, und dann, ja dann würde er reagieren, irgendwie. Aber wie er das tun würde, wollte er sich nicht vorstellen.

Herr im Himmel, hilf mir doch, dachte er. Gib mir eine Idee, wie ich mich aus dieser Situation retten kann! Aber ihm fiel keine andere ein als die, nach seiner verdammten Kerze zu suchen, um Licht zu machen. Und dann, ja was dann …? Abhauen, das war klar, konnte er nicht. Der Typ würde ihm rasch den Weg versperren. Und um eine Schlägerei zu gewinnen, war er viel zu schwach. Dazu waren alle, die lange auf der Straße unterwegs waren, zu schwach.

Da, hatte der Typ sich nicht gerade bewegt? Er hatte ein leichtes Geräusch gehört, als würden Stoffe aneinander reiben. Also stand er rechts neben der Tür, direkt an der Wand, wo es besonders dunkel war. Fast glaubte er, die auf ihn gerichteten Augen des anderen zu sehen. Aber das war bloße Einbildung, er wusste es.

Er gab jetzt den Versuch auf, unbemerkt von dem anderen die Kerze in seinem Rolli zu finden. Er zog den Rolli mit einem heftigen Ruck an sich und griff hinein. Da, unter seinem dreckigen Hemd fühlte er etwas Festes und zog es heraus. Gleichzeitig starrte er weiter ins Dunkle, um auf jede Handlung des anderen vorbereitet zu sein. Aber dort bewegte sich nichts, kein Geräusch drang zu ihm herüber.

Er zog die Kerze aus dem Rolli, hatte die Streichhölzer ertastet und wollte gerade eines anzünden, da merkte er, dass sich der andere bewegte. Er streckte ihm etwas entgegen, ein matter Lichtschimmer fiel darauf, so dass er es sehen konnte. Aber er konnte nicht erkennen. Der Typ hielt etwas in der Hand, er hielt es auf ihn gerichtet.

„Mein Gott, was hast du da in der Hand?“, schrie er. „Was willst du von mir? Nun zeig dich doch endlich!“

Im selben Moment spürte er einen Schlag gegen die Stirn, der ihn nach hinten riss. Den Knall, der gleichzeitig ertönte, hörte er schon wie von ganz weit weg. Er spürte nur noch das Erlöschen seiner Sinne und ein maßloses Erstaunen erfasste ihn.

Oh Gott, was ist mit mir, dachte er. Was war das für ein Schlag?

Dann war Stille im Raum, unglaubliche Stille und tiefschwarze Nacht.

19.

Anselm schreckte hoch. Jemand hatte gegen das Seitenfenster seines Autos geklopft. Er rieb sich die Augen, sein Herz pochte heftig vor Schreck. Mein Gott, jetzt war er tatsächlich eingedöst. Wie hatte das passieren können? Er lehnte sich zum Beifahrersitz hinüber, um zu sehen, wer da geklopft hatte. Als er merkte, dass es eine Politesse war, atmete er auf. Gott sei Dank nicht Mönkmeyer, dachte er, der ihn womöglich doch entdeckt und sich unbemerkt angeschlichen hatte. Er ließ die Scheibe am Beifahrersitz runter und hielt der Politesse seinen Dienstausweis entgegen.

„Oh, entschuldigen Sie", sagte sie, „das konnte ich nicht wissen. Hier ist eigentlich ein Kurzzeitparkplatz."

Anselm nickte. „Ich weiß. Ich bin auch gleich weg."

Sie tippte sich mit den Fingern an ihre Mütze und ging weiter.

Hoffentlich, dachte Anselm, hoffentlich bin ich bald weg hier. Ein Blick auf die Uhr verriet ihm, dass er nur ein paar Minuten lang gedöst haben konnte. Gott sei Dank, sonst hätten sich Mönkmeyer und die andere Person noch ungeschoren aus dem Staub machen können. Aber ein Blick auf die andere Straßenseite verriet Anselm, dass der Mercedes und der BMW noch dort standen.

Die CD von Buddy lief noch immer. That'll be the day, when you say goodbye ... Oh Gott, jetzt nicht so etwas. Auf keinen Fall wollte er während der langweiligen Wartezeit auch noch trübsinnig werden.

Er versuchte, sich auf das inzwischen hell erleuchtete Henßler-Haus zu konzentrieren. Dorthin gingen immer wieder Leute, junge Leute vor allem, während auf seiner Straßenseite kaum einmal jemand vorbeikam. Früher hatte er auch mal an Seminaren im Henßler-Haus teilgenommen. Einmal war es dabei um Literatur gegangen, um die Darstellung der Arbeitswelt in Erzählungen und Romanen. Max von der Grün, Dortmunds bekanntester Schriftsteller, war gekommen. Anselm wusste nicht mehr, weshalb er sich dafür angemeldet hatte, aber später hatten er und Birthe, seine langjährige Freundin, festgestellt, dass sie beide da gewesen waren. Sie hatten jedoch keine Kenntnis voneinander genommen.

Birthe, dachte er plötzlich. Was sie wohl machte? Ob sie einen Neuen hatte? Bestimmt hatte sie das. Immerhin waren fast zwei Jahre seit ihrer Trennung vergangen. Zwei Jahre, in denen er selbst die eine oder andere Affäre gehabt hatte, bis er Tanja getroffen hatte. Und schon stand sie wieder vor seinen Augen. Es geschah auch ohne traurige Liebeslieder, er konnte den Gedanken an sie einfach nicht verdrängen.

Im letzten Song von Buddy Holly hatte Peggy Sue geheiratet, Anselm hörte das Lied aber nicht zu Ende, sondern legte Django Reinhardt ein. Ein bisschen Jazz, ganz ohne Texte, wäre jetzt das Beste, glaubte er. Auch diese CD war schon halb abgelaufen, ohne dass etwas passiert war, da bemerkte er plötzlich, dass Mönkmeyer aus dem Hotel getreten war und direkt auf sein Auto zukam. Anselm rutschte tiefer in seinen Sitz und hielt sich eine Hand vors Gesicht. Ein hilfloser Versuch, er wusste es, aber die Hand vor dem Gesicht, dazu die Dunkelheit, beide zusammen gaben ihm wenigstens eine Chance, unentdeckt zu bleiben. Aber wieder kam Mönkmeyer nicht bis ganz nah zu seinem Auto, sondern überquerte die Bornstraße ein paar Meter vorher. Er konzentrierte sich dabei ganz auf den Verkehr, was sonst um ihn herum passierte, schien ihn nicht zu interessieren. Anselm war es Recht. Mönkmeyer beeilte sich, zu seinem

Mercedes zu gelangen, sprang hinein und fuhr Richtung Nordstadt davon. Anselm musste an sich halten, um ihm nicht zu folgen. Nein, nicht er war jetzt sein Mann. Anselm musste rauskriegen, wer diese andere Person war und was sie mit Mönkmeyer zu tun hatte. Wenn es neue Hinweise gab, dann bekam er sie nur über sie.

Er blickte in die Richtung zum Hotel, aber es kam ihm niemand entgegen. Der Bürgersteig war menschenleer. Verdammt, was machte diese andere Person denn noch da drin? Hatte sie sich vielleicht in die Hotelbar gesetzt, um gemütlich einen zu heben, womöglich, um eine lukrative Vereinbarung mit Mönkmeyer zu feiern? Einen Moment lang überlegte er, ob er nicht nachschauen sollte, aber was wäre, wenn sie ihm auf halbem Wege entgegenkäme, überlegte er dann. Dann müsste er schleunigst zurück zu seinem Auto laufen, um sie verfolgen zu können und würde ihr gerade dadurch auffallen. Nein, unter allen Umständen war es am besten, wenn er erst mal am Steuer sitzen blieb.

In diesem Moment sah er sie. An der knackigen Figur in der Lederkluft erkannte er sie sofort. Es war eine Frau, ganz sicher war sich Anselm jetzt, obwohl er ihr nicht genau ins Gesicht schauen konnte, denn sie überquerte die Bornstraße weiter von seinem Auto entfernt als Mönkmeyer es getan hatte. Nur das kurze schwarze Haar irritierte ihn noch. Der Haarschnitt wirkte eher männlich. Mitten auf der Straße musste die Person einen Moment warten, um den Gegenverkehr vorbei zu lassen, und Anselm hatte wieder Gelegenheit, auf den Hintern zu schielen.

In dem Moment, als sie mit dem BMW losfuhr, zog auch Anselm aus seiner Parklücke. Gott sei Dank war die Bornstraße gerade frei, so dass er schnell auf die andere Straßenseite wechseln konnte. Der BMW fuhr nur ein Stück die Bornstraße hinunter, dann bog er nach links ab, sie kamen über den Steinplatz, fuhren hinter der Post links hoch in

Richtung alter Union-Brauerei, die nun zu einem Kulturzentrum ausgebaut wurde, dann ging es ein Stück über den Wall und schließlich über die Hohe Straße Richtung Süden. Anselm blickte im richtigen Moment nach rechts und sah das Westfalenstadion. Er sollte mal wieder hingehen, dachte er. Seit Kloppo, wie der neue Trainer von allen genannt wurde, die Mannschaft übernommen hatte, wurde wieder spannender Fußball geboten.

Plötzlich merkte er, dass sich der BMW in schnellem Tempo entfernte. Verdammt, er sollte sich nicht ablenken lassen, dachte er, nicht mal durch Borussia. Anselm gab Gas, der BMW kam wieder näher. Je länger sie Richtung Süden fuhren, desto komischer fühlte Anselm sich dabei. Das sah ja gerade so aus, als wenn diese Person …

Anselm blieb jetzt dicht hinter dem BMW. Es war ihm egal, ob er bemerkt wurde oder nicht. Irgendwas stimmte an der ganzen Geschichte nicht, da war er sich jetzt sicher. Er wunderte sich nicht, dass sie sich immer mehr der Neureichensiedlung näherten und als der BMW am Ende sogar in Mönkmeyers Garageneinfahrt einfuhr, empfand er es als Bestätigung für den Verdacht, den er schon länger gehabt hatte. Er bremste in ein paar Metern Entfernung und blieb erst mal in seinem Wagen sitzen.

Was hatte das jetzt zu bedeuten? Hatte Mönkmeyers Frau auch was mit der Sache zu tun? Aber warum hatten sich die drei dann nicht gemeinsam in seinem Haus getroffen? Was sollte dieses merkwürdige Treffen im Hotel? Und warum fuhr nicht Mönkmeyer selbst nach der Begegnung sofort hierher, sondern diese fremde Person? Mönkmeyers Mercedes jedenfalls konnte Anselm nicht entdecken.

Je mehr er über seine Beobachtungen nachdachte, desto verworrener erschien ihm die Situation.

Die Person in der Lederkluft musste den BMW längst verlassen haben, Anselm konnte es aus seinem Blickwinkel nicht einsehen. Da sie nicht zur Haustür gegangen war, musste sie sich über den Garten dem Haus genähert haben.

Anselm stieg aus und ging eilig hinüber. Er drückte gleich zweimal den Klingelknopf. Deutlich hörte er den Gong, aber es kam niemand, der ihm öffnete. Anselm drückte wieder den Klingelknopf und klopfte zusätzlich an die Scheibe. Was geschah da jetzt in dem Haus? Er spürte, dass er nervös wurde. Es dauerte zwei, drei Minuten, Anselm wurde immer unruhiger und wusste hinterher nicht mehr, wie oft er geläutet hatte, als ihm endlich die Tür geöffnet wurde.

„Ja, ich komme doch schon. Was ist denn so eilig?“ Mönkmeyers Frau stand vor ihm, die blonden Haare ungekämmt, als hätte sie geschlafen und wäre gerade aufgestanden. Auch ihre weiße Bluse wirkte so, als hätte sie sie gerade erst angezogen. An ihrer rechten Hüfte schaute mehr Stoff aus der Jeans als an der linken. Braun gebrannt wie bei ihrer ersten Begegnung wirkte sie diesmal nicht, im Gegenteil, sie kam Anselm ein bisschen blass vor. Dafür fiel ihm umso stärker auf, dass sie deutlich jünger war als Mönkmeyer.

„Ach Sie sind es“, sagte die Frau, als sie Anselm erkannte. „Mein Mann ist aber noch nicht da.“

Sie lächelte. Offensichtlich hatte sie Anselms überraschten Gesichtsausdruck bemerkt, der selber spürte, dass er ziemlich geistlos dreinschaute.

„Deshalb bin ich auch nicht gekommen.“

„So, und warum dann?“

„Hier ist doch gerade ein schwarzhaariger, schlanker Ledertyp ins Haus gegangen, den will ich sprechen.“

„Ein schwarzhaariger Ledertyp?“ Sie lachte laut los.

Anselm verstand nicht, was das zu bedeuten hatte. Wollte die Frau ihn etwa auf den Arm nehmen?

„Na, dann kommen Sie mal rein“, sagte sie. „Dann zeige ich Ihnen diesen Ledertyp.“

Anselm folgte ihr, sie führte ihn ins Wohnzimmer, das er

schon kannte und dort lagen auf dem Sofa tatsächlich die Lederklamotten, einfach übereinander geworfen. Anselm starrte ungläubig darauf. Ja, und wo war jetzt der Typ?

„Ja, da staunen Sie", sagte die Frau und lachte noch immer. „Wo ist jetzt die Person, die das da getragen hat, das wollen Sie doch wissen, stimmt's?"

Anselm nickte mit offenem Mund.

Die Frau fischte aus dem Bündel eine schwarze Perücke hervor, setzte sie sich auf den Kopf, schob ihre blonden Haare darunter und lächelte Anselm an.

„Na, dämmert's Ihnen?"

„Sie", sagte Anselm ungläubig, „Sie waren das?"

Sie lächelte weiter, die kurzen schwarzen Haare standen ihr genauso gut wie ihre langen blonden.

„Wer sonst? Wenn Sie es wünschen, kann ich noch mal die Lederklamotten anziehen, aber ich hoffe, das kann ich mir ersparen."

Jetzt war es Anselm, der schmunzeln musste. „Warum eigentlich nicht", sagte er, „ich fand, die Kluft stand Ihnen gut. Sehr gut sogar."

„Oh, herzlichen Dank. Das sollte wohl ein Kompliment sein, oder?"

Jetzt reichte es Anselm. Er war nicht hergekommen, um mit Mönkmeyers Frau über ihr günstigstes Outfit zu diskutieren.

„Und warum dieser Mummenschanz?", fragte er und merkte selbst, dass seine Stimme einen leicht aggressiven Unterton bekommen hatte.

Die Frau hatte es auch bemerkt, sofort wurde sie ernster. „Ja, wie soll ich das erklären …" Sie sah ihn nachdenklich an. „Wissen Sie, mein Mann war vor unserer Ehe schon verheiratet", erklärte sie dann. „Eine unglückliche Ehe, zu der ich Ihnen aber nichts erzählen möchte. Wenn Sie dazu etwas wissen wollen, sollten sie ihn selber befragen. Jedenfalls haben wir uns irgendwann zufällig kennen gelernt. In einem Biergarten war das, an einem Sommertag. Ich fuhr damals leidenschaftlich gerne Motorrad und trug meine Haare kurz und schwarz gefärbt. Natürlich, weil das am besten zu meiner Motorradkluft passte. Naja, dann ist es eben passiert. Er war charmant, sehr freundlich. Wir haben uns in einem Hotel getroffen, ich habe zuerst geglaubt, es wäre für einmal. Warum ich das gemacht habe? Ich war damals ein wenig abenteuerlustig, müssen Sie wissen. Aber es blieb nicht dabei, er gefiel mir nämlich. Wir haben uns dann regelmäßig in einem Hotel getroffen und ich musste immer meine Motorradkluft tragen. Das hat er besonders gemocht. Irgendwann hat er sich scheiden lassen und wir haben geheiratet, aber unsere Begegnungen …"

„… die wollte er nicht missen. Verstehe."

„Warum auch", sagte die Frau, „das ist ja nicht verboten, oder?"

„Und warum fahren Sie nachher nicht gemeinsam zurück?"

Sie zögerte mit der Antwort. „Naja", sagte sie schließlich, „das gehört auch zum Spiel. Erst muss ich zu Hause sein, dann kommt er. Angeblich direkt von der Arbeit. Über unsere Hotelbegegnung sprechen wir dann nicht mehr. Das hat irgendwas mit seiner ersten Ehe zu tun, aber was, das weiß ich nicht. Ist mir auch egal. Heute kommt er ein paar Minuten später, weil er erst noch die Kinder von unseren Bekannten abholt."

„Nur das mit Motorrad haben Sie im Laufe der Jahre geändert", sagte Anselm.

„Ja, es ist meinem Mann zu gefährlich. Von Anfang an hat er mehr meine Motorradkluft als mein Motorrad geliebt. Und als die Kinder da waren, wollte er gar nicht mehr, dass ich damit fahre. Wir haben es verkauft, ich habe den BMW dafür bekommen. Kein schlechter Tausch, oder?“ Sie lächelte.

Anselm nickte. „Ist gut“, sagte er, „ich bitte um Entschuldigung, dass ich hier aufgetaucht bin. Das alles ist mir etwas …“ Er suchte nach dem passenden Wort.

„Das ist Ihnen verdächtig vorgekommen, wollen Sie sagen“, ergänzte Frau Mönkmeyer. „Einfach deshalb, weil Sie meinem Mann misstrauen und glauben, dass er für den Mord an diesem Obdachlosen verantwortlich ist.“ Sie sah ihn herausfordernd an. Keine Chance, ihr etwas vorzumachen.

„Wenn Sie wollen, müssen Sie Ihrem Mann nichts von meinem Erscheinen hier erzählen“, antwortete Anselm und hoffte, dass er so irgendwie rauskommen würde aus dieser peinlichen Situation. Peinlich allerdings für beide Seiten, fand er.

„Sie haben wohl ein schlechtes Gewissen, was?“ Die Frau lachte wieder, es stand ihr gut, weil sich dabei zwei Grübchen auf ihrer Wangen bildeten. „Und außerdem haben Sie Sorge, dass mein Mann Ihnen Schwierigkeiten bereiten könnte, weil Sie uns beschattet haben.“

„Das könnte ich aushalten“, widersprach Anselm.

„Könnten Sie. Aber unangenehm wäre es Ihnen trotzdem.“

Anselm staunte, wie genau die Frau den Punkt traf. Er glaubte schon zu hören, was Rautert und Sibel zu seinem Alleingang sagen würden: „Na, mal wieder einsamer Wolf gespielt, der alles allein erledigt und sich dabei verrannt hat?“ Anselm glaubte sogar, ihr Lachen dabei zu hören.

„Kann sein“, sagte er deshalb und hoffte, dass sie es damit genug sein lassen würde.

Sie sah ihn schräg von der Seite an.

„Ist gut, ich werde meinem Mann nichts von Ihrem Besuch hier erzählen, weil Sie so ehrlich waren. Es könnte ja auch ihm unangenehm sein, dass unsere Treffen nicht mehr geheim sind. Obwohl sie natürlich nicht …"

„… verboten sind", ergänzte Anselm, „ich weiß."

„Wenn es so laufen soll, müssen Sie sich aber jetzt beeilen", sagte die Frau, „denn mein Mann kann jeden Moment mit den Kindern kommen. Eigentlich müsste er schon da sein."

Anselm beeilte sich, das Haus zu verlassen. Während er auf sein Auto zulief, glaubte er den Blick der Frau in seinem Rücken zu spüren.

Egal, dachte er, alles egal. Für sie und vor allem für ihren Mann ist die fehlgeschlagene Observierung genauso peinlich wie für mich, obwohl sie nach Kräften versucht hat, sich nichts davon anmerken zu lassen. Im Gegenteil, zwischendurch hatte Anselm das Gefühl gehabt, dass sie es genoss, über die Hotelabenteuer mit ihrem Mann zu reden. War das vielleicht Distanzierung von ihrem Mann? Sie musste doch wissen, wie dümmlich dieses Verkleidungsspiel auf einen Fremden wirken musste. Oder war es Rache für ihre Abhängigkeit von einem älteren Mann, der es nicht mehr brachte? Mit dem sie mal ein nettes Abenteuer erlebt hatte und der nun zunehmend erschlaffte. So ein kleines bisschen Rache jedenfalls?

Er setzte sich in sein Auto, fuhr aber noch nicht los.

Ach was, dachte er dann, während er das Haus im Auge behielt, das alles war es nicht. Sie hatte gemerkt, welche Wirkung sie in ihrer Lederkluft auf Anselm gemacht hatte, das hatte ihr gefallen. Und genau aus diesem Grund würde sie ihrem Mann auch nichts von der Begegnung mit ihm erzählen. Er konnte die Geschichte abhaken. Für ihn selbst, musste er zugeben, war das auch besser so.

In diesem Moment fuhr Mönkmeyer mit seinem Mercedes vor. Zwei Kinder sprangen aus dem Wagen und rannten auf das Haus zu. Ein Junge und ein Mädchen, der Junge höchstens sieben Jahre alt, das Mädchen etwas jünger. Es war schön zu beobachten, mit welcher Freude sie nach Hause kamen und von ihrer Mutter an der Tür begrüßt wurden. Die Frau in Lederkluft hatte mit jener Frau, die ihre Kinder jetzt fröhlich umarmte, nichts mehr zu tun, dachte Anselm. Wahrscheinlich hatte sie die Lederklamotten inzwischen längst sorgfältig in einem Schrank versteckt. Wenn er es recht bedachte, war das unter allen Umständen besser so.

Anselm wartete, bis alle im Haus verschwunden waren, dann gab er Gas.

20.

Es war schon nach neun Uhr, als Anselm endlich in Werne ankam. Er war frustriert. Der Tag hatte nichts gebracht, sie waren nicht weiter gekommen in ihrem Fall, zum Schluss war er sogar noch in eine unangenehme Situation geraten, die aber immerhin, das war noch das Beste an der Sache, nicht weiter bekannt werden würde. Und was mit Tanja war, wusste er immer noch nicht.

Er parkte auf dem Seitenstreifen direkt vor seinem Haus und rieb sich die Stirn. Ob er rüber gehen sollte zu „Fränzer"? Zwei, drei Bier nach dem verlorenen Tag könnten nicht schaden, überlegte er. Da bemerkte er plötzlich einen Schatten vor seiner Haustür. Sofort wurde er misstrauisch. Wartete da jemand auf ihn? Und wenn ja, was hatte er dann mit ihm vor?

Er blickte angestrengt hinüber. Ganz ohne Zweifel, da stand eine Person, links von der Haustür auf den Platten, auf denen sein Vermieter die Fahrräder abstellte. Was hatte der da zu suchen? Dann löste sich der Schatten plötzlich von der Hauswand und kam auf ihn zu. Im selben Moment erkannte er sie. Tanja! Er sprang aus dem Wagen, ging auf sie zu und hatte Lust, sie zu umarmen, unterließ es aber. Er wusste ja nicht, was los war mit ihr und ob es ihr überhaupt recht war.

„Da bist du ja endlich", sagte sie.

„Hast du lange auf mich gewartet?"

„Oh, ganz wie man es nimmt. Wenn knapp zwei Stunden lange ist, dann habe ich eben lange auf dich gewartet."

Es war eine Aussage, die er mit gemischten Gefühlen zur Kenntnis nahm. Einerseits bedauerte er, dass sie zwei Stunden hier draußen gestanden hatte, andererseits musste es wichtig sein, wenn sie so lange hier ausharrte.

„Warum hast du dich nicht über Handy gemeldet?“

Sie zog ihn an sich und gab ihm einen Kuss. Wenn du schon nicht auf die Idee kommst, mich zärtlich zu begrüßen, dann tue ich es eben, schien sie ihm sagen zu wollen. Dann lachte sie. „Stell dir vor, ich habe es vergessen. Ich habe es Thomas geliehen und nicht mehr daran gedacht, es mir zurückgeben zu lassen. Aber sei mal ehrlich. Wenn ich dich angerufen hätte, wärst du dann wirklich früher gekommen? Ich kenne dich doch und deinen Beruf.“

Er musste schmunzeln. Ja, sie hatte Recht, so einfach wäre es nicht gewesen, seine Observation abzubrechen. Es sei denn, er hätte das Ergebnis im Voraus geahnt, dann hätte er gar nicht erst angefangen damit.

„Komm rein“, sagte er. „Wir könnten etwas essen. Ich habe noch zwei Pizzas im Kühlschrank, die könnten wir uns warm machen.“

„Vor allem wäre es gut, wenn ich selbst wieder warm würde“, entgegnete sie.

Kurz drauf saßen sie am Küchentisch, die Pizzas lagen im Backofen, Anselm hatte eine Flasche Rotwein geöffnet, und Tanja war tatsächlich bereit, auch einen Schluck davon zu trinken.

Er beruhigte sich langsam. Tanja war ja da, sie war zu ihm gekommen und vor allem war sie völlig unverändert. Sie machte Späßchen über ihn, wenn sie es konnte und schien guter Stimmung zu sein. Er zwang sich, sie nicht danach zu fragen, warum sie in den letzten Tagen nicht erreichbar gewesen war, warum er nicht kommen durfte und warum sie ihn nicht angerufen hatte. Sie würde es ihm erklären.

Als er die Pizzas aus dem Backofen holte, verbrannte er sich leicht die Finger. Sie schob ihn sanft zur Seite.

„Komm, lass mich das machen.“

Als sie anfingen zu essen, goss sie von sich aus Rotwein nach. So kannte er sie gar nicht. Wenn sie Auto fuhr, war sie immer zurückhaltend mit Alkohol.

„Mein Mann ist plötzlich aus London gekommen", sagte sie ganz unvermittelt und trank einen Schluck Wein.

„Dein Mann?"

„Ja, Wolfgang. Er hat dort für eine deutsche Presseagentur gearbeitet, die ihm aber gekündigt hat. In London gibt es keine Arbeit mehr für ihn, deshalb musste er zurück. Er hat keinen Anlaufpunkt hier in Deutschland außer uns. Ich war selbst überrascht, als er in der Tür stand."

„Das heißt, er wohnt jetzt wieder bei dir, und ihr fangt das abgebrochene Familienleben wieder an?" Ein Schreck fuhr ihm durch die Glieder.

Sie lachte. „Bist du vielleicht eifersüchtig? Das wäre ja mal was völlig Neues."

Ihre Entgegnung machte ihn sauer. Wie sollte Anselm denn anders darauf reagieren, dass ihr Ex-Mann wieder bei ihr eingezogen war? Sollte er sich etwa freuen? Tanja schien seine Gedanken zu erraten.

„Natürlich werden wir nicht wieder da anfangen, wo wir vor knapp zwei Jahren aufgehört haben. Er ist doch abgehauen, nicht ich. Er war es, der unsere Ehe beendet hat. Aber was sollte ich tun? Er weiß doch nicht, wo er unterkommen soll, und Thomas hat sich so gefreut, als er ihn sah. Er vermisst seinen Vater noch immer."

Dagegen konnte Anselm nichts einwenden. Nein, ein Vaterersatz war er für den Jungen bis jetzt nicht geworden. Dazu hatte er sich viel zu wenig um ihn gekümmert. Gut, Anselm hatte auch wenig Zeit dazu, aber eigentlich war es das nicht. Der Junge mit seiner Computersucht war ihm fremd, es fiel Anselm schwer, ihn auch nur ansatzweise zu verstehen. Vielleicht hätte er sich trotzdem mehr um ihn bemühen sollen, dachte er jetzt.

„Wolfgang wohnt nur so lange bei uns, bis er eine eigene Wohnung hat. Deshalb konnte ich dich auch nicht zu uns lassen. Oder wolltest du vielleicht meinen Ex-Mann kennenlernen?“

„Ne, das wirklich nicht.“ Anselm winkte ab. Das wäre es noch, Anselm mit Tanja im Bett des Schlafzimmers, während ihr Ex-Mann mit Thomas im Kinderzimmer Computer spielt oder Fernsehen guckt, dachte er.

„Und wie lange soll das dauern? Ich meine, so eine Wohnung zu finden ist nicht ganz einfach.“

„Ich weiß es nicht genau. Noch ein paar Tage, bis seine Möbel aus England kommen. Bis dahin will Wolfgang eine neue Wohnung gefunden haben. Wenn es länger dauern sollte, werde ich ihn drängen, in ein Hotel zu ziehen und die Möbel irgendwo einzulagern. Er verbreitet sowieso viel Hektik, das war schon früher so und ist es auch geblieben. Länger als unbedingt nötig soll er nicht bei uns bleiben.“

„Ein paar Tage noch …“

„Nun komm.“ Sie beugte sich zu ihm herüber und streichelte ihm über die Wange. „Damit du nicht zu lange warten musst oder mich womöglich sogar vergisst, bin ich doch gekommen.“

„Heißt das, du bleibst über Nacht?“

Sie lächelte. „Wenn du nett zu mir bist.“

Deshalb trank sie also den Rotwein, dachte er. Sie hatte gar nicht mehr vor, mit dem Auto zurück nach Münster zu fahren. Er freute sich. Ja, dann nahm der Tag ja doch noch eine Wendung, mit der er gar nicht mehr gerechnet hatte. Vor allem war er erleichtert, dass er endlich Bescheid wusste.

„Du hättest mir das auch am Telefon erklären können“, brummte er.

„Wie denn?“ Sie steckte sich ein großes Stück Pizza in den Mund, die gar nicht so schlecht schmeckte, wie Anselm fand, obwohl es eine tiefgekühlte war. „Wolfgang stand doch dauernd hinter mir. Sollte er alles mithören, was ich dir erzähle? Ich will nicht, dass er von meinem neuen Leben zu viel weiß. Er soll wieder Kontakt zu Thomas haben, wenn er in der Nähe bleibt, das ja, aber über mein Leben bestimme ich. Sogar, wie viel ich davon preisgebe."

Anselm nickte. Das klang einleuchtend. Trotzdem, wenn er bedachte, wie viel Sorgen er sich gemacht hatte, hätte er sich schon einen kleinen Hinweis von ihr gewünscht. Dann wären die letzten Tage viel ruhiger verlaufen. Aber gut, das war jetzt vorbei. Gott sei Dank war es das.

Kurze Zeit später lagen sie nebeneinander im Bett. Tanja war es gewesen, die ihn schließlich dazu gedrängt hatte, obwohl er noch Lust gehabt hätte, vorher die Flasche Wein auszutrinken. Sie hatte sich schnell ausgezogen, wartete schon unter der Bettdecke auf ihn, während er sich entkleidete und drängte sich sofort an ihn, als er sich neben sie legte. Er küsste ihren Hals, ihre Nase, ihre Augen, dann suchte ihr Mund den seinen. Sie küsste ihn so heftig wie schon lange nicht mehr, bis sie ihn auf den Rücken drängte und sich auf ihn setzte, während Anselm geschehen ließ, was sie mit ihm machte. Langsam bewegte sie sich auf ihm, dann immer schneller, während er eine immer stärkere Spannung spürte, die ihn wegtrug von all seinen Tagesgedanken, weit weg, bis sie sich schließlich entlud und danach, in Wellen, die er genoss, langsam abebbte.

Dann beugte sie sich über ihn, legte ihren Kopf an seine Wange, und er roch den Duft ihres Haares. Lange lagen sie so da, ohne sich zu bewegen, bis sie sich schließlich auf die Seite rollte.

Es war schon kurz nach elf Uhr, als sie, Tanjas Kopf in seinem Arm, nebeneinander lagen. Er hätte müde sein müssen nach diesem Tag, aber er war es nicht. Er war hellwach und freute sich, dass sie auch noch nicht einschlafen wollte.

Er überlegte, ob er ihr von Mönkmeyers merkwürdigen

Sexualpraktiken mit der eigenen Frau erzählen sollte, aber er unterließ es. Er wollte den schönen Abend mit Tanja nicht belasten durch Berichte aus seinem Beruf. So kam es, dass sie einen gemeinsamen Urlaub zu planen begannen, sie beide und Thomas natürlich. Um Neujahr herum könnten sie in den Schnee fahren, nahmen sie sich vor. Sie könnten in einer verschneiten Landschaft wandern und abends gemütlich zusammen sitzen.

In dieser Nacht träumte er tatsächlich von Schnee. Und von Tanja, die zusammen mit ihm in einer verschneiten Landschaft herumtollte. Er spürte, halb erwachend, halb schlafend, dass er noch einen anderen in seinen Traum einbinden müsste. Tatsächlich tauchte kurz darauf Thomas auf, als wäre der Fortlauf von Träumen wirklich vom Willen des Schlafenden abhängig. Erleichtert nahm er es zur Kenntnis und schlief danach tief und fest bis zum Morgen.

21.

Nach dem Aufstehen beschlossen sie, nicht sofort auseinander zu gehen, sondern noch gemeinsam zu frühstücken. Tanja musste erst gegen neun Uhr in Münster an der Unibibliothek sein, sie hatten also Zeit genug, gemütlich zusammen zu sitzen. Bei ihm in Werne hatten sie das erst einmal getan, sonst war es immer in Münster gewesen. Während Tanja das Frühstück zubereitete und Kaffee kochte, lief Anselm zur Bäckerei am Anfang der Fußgängerzone und kaufte ein paar Brötchen.

Zwischendurch rief er über Handy Sibel an und sagte ihr, dass er erst gegen neun Uhr im Präsidium sein würde.

„Einverstanden“, sagte sie, „dann komme ich auch erst später.“ Anselm spürte, dass sie noch zögerte, weil ihr offensichtlich noch etwas auf der Zunge lag.

„Alles in Ordnung bei dir?“, fragte sie dann.

„Ja, alles wieder in Ordnung.“ Bei dir ja auch, hätte er beinahe hinzugefügt, unterdrückte es aber im letzten Moment. Wenn sie gefragt hätte, woher er das wisse, hätte er ihr ja schlecht von seiner Beobachtung gestern Abend erzählen können, als er Sibel, während Mönkmeyer sich mit seiner Frau vergnügte, mit ihrem Freund gesehen hatte. Dann müsste er ihr auch von seiner Schlappe bei der Beobachtung erzählen und das wollte er auf keinen Fall.

„Bis gleich dann“, sagte er und drückte das Gespräch weg.

Als er zurückkam, war seine Wohnung von Kaffeeduft erfüllt.

Tanja erzählte, während sie sich die Brötchen schmecken ließen, dass es ihrem Mann schlecht gehe. Mit dem Verlust des Arbeitsplatzes sei ihm der Boden unter den Füßen entzogen worden. Richtig Tritt gefasst in London, meinte sie, hätte er wohl nicht, sonst wäre er woanders untergekommen, privat und beruflich. Sie sagte es sachlich, ohne Häme, was Anselm gefiel.

Jetzt würde er wohl gerne zu Thomas und ihr zurückkehren, vermutete sie, obwohl er nichts davon gesagt hätte. Aber die Art, wie er plötzlich mit Thomas spiele, vor allem aber die Zeit, die er sich plötzlich für ihn nehme, spräche Bände. So viel Geduld hätte er früher nie für Thomas aufgebracht.

Sie sah ihn an. „Es stört dich doch nicht, wenn ich diese Vermutung äußere, oder?"

Er schüttelte den Kopf. „Nein, überhaupt nicht. Wichtig ist nur, dass du ihn nicht aufnimmst."

Sie biss in ihr Käsebrötchen. „Da musst du dir keine Sorgen machen. Das habe ich wirklich nicht vor."

Er musste plötzlich lachen. „Weißt du, was mir gerade einfällt?"

„Ne, woher denn?"

„Dass ich jetzt wieder meine Mama anrufen kann."

„Konntest du das vorher nicht?"

Er winkte ab. „Wo denkst du hin? Wenn ich sie angerufen hätte, wäre mit Sicherheit die Frage nach dir gekommen. Und was hätte ich dann antworten sollen? Ich weiß es nicht? Dann hätte sie mir garantiert Vorwürfe gemacht, dass ich mich nicht genug um dich kümmere, dass ich dich vernachlässige, die ganze Litanei."

Sie lachte. „Da hat sie Recht. Du solltest wirklich mehr auf deine Mutter hören."

„Sie will doch so gerne, dass ich unter die Haube komme und dann …"

„Was dann?"

Dann will sie endlich Oma werden, hätte er jetzt antworten müssen, aber in diesem Moment klingelte zu Anselms

Erleichterung das Telefon. Von diesen Plänen seiner Mutter wollte er ihr besser nichts erzählen, das hätte gerade noch gefehlt.

Als er aber das Gespräch annahm, war er sich nicht mehr sicher, ob es nicht doch besser gewesen wäre, auf Tanjas Frage eine Antwort zu geben, und sei es eine an den Haaren herbei gezogene, denn es war Rauterts Stimme, die ihm aus dem Hörer entgegenschallte. Und ein Anruf von Rautert, das wusste er zur Genüge, konnte nichts Gutes bedeuten.

„Mensch, wo bleibst du denn?", rief Rautert. „Hier im Präsidium stapelt sich die Arbeit und du sitzt gemütlich beim Frühstück."

„Ja", antwortete Anselm, „stell dir mal vor, das tue ich. Ich nehme mir zum ersten Mal seit ein paar Tagen Zeit für mein Frühstück. Mein Fall läuft mir schon nicht weg. Daran kann ich auch noch ein paar Minuten später arbeiten."

„Ein Fall, was heißt hier ein Fall!", rief Rautert und Anselm bekam im selben Moment einen gehörigen Schrecken, „es sind längst zwei. Und wenn man die Diebesbande hinzurechnet, hinter der Wermann her ist, sind es sogar drei."

Also doch, dachte Anselm, er hatte es geahnt. Irgendwas war in den letzten Stunden passiert, und er wusste selbst nicht, woher es kam, dass er gleich einen schrecklichen Verdacht hatte.

„Ist jemand ermordet worden?"

„Ja, stell dir das mal vor."

„Ist es vielleicht …"

„Ja, ist es. Ein Obdachloser. Er ist erschossen worden."

„Also Ralf Sander."

„Vermutlich. Wir wissen es noch nicht genau. Jedenfalls sollst du sofort nach Eving kommen zu einer Ruine hinter dem Park. Dort ist er gefunden worden."

„Mist!" Anselm rief es so laut, dass Tanja am Küchentisch erschrak. Er winkte ihr zu, dass sie sich beruhigen sollte. Halb so schlimm, wollte er ihr sagen, er hatte nur mal Druck ablassen müssen.

„Ich hatte so sehr gehofft, dass wir ihn noch finden würden, bevor es passiert", erklärte er dann Rautert. „Ich habe nämlich geahnt, dass es so weit kommen könnte. Verdammt, warum hat sich der Kerl vor uns versteckt. Irgendwas zuzugeben und die Strafe in Kauf zu nehmen ist doch immer noch besser als tot zu sein."

Er hörte Rautert kichern. „Da hast du Recht", sagte er.

Anselm ärgerte sich. Rautert hätte sich seine ironische Bemerkung ersparen können, Sander war ihre beste Spur gewesen. Wenn sie ihn erwischt hätten, wären sie entscheidend weiter gekommen in ihren Fall. Davon war er überzeugt. Und jetzt? Jetzt wusste er absolut nicht, wo sie noch ansetzen sollten. Darüber noch Witzchen zu machen war wirklich nicht angemessen. Aber Anselm unterdrückte seinen Ärger. Die letzten Stunden waren viel zu schön gewesen, warum sollte er sich die Stimmung mehr als nötig kaputt machen?

„Ist gut, ich fahre sofort los", sagte er und ließ sich von Rautert die genaue Adresse geben.

Tanja winkte ab, als er zu ihr zurückkehrte.

„Du musst mir nichts erklären, ich weiß schon. Irgendwas ist wieder passiert, wahrscheinlich eine neue Leiche." Sie schaute auf die Uhr. „Mach dir nichts draus, ich muss sowieso jetzt los." Sie stand auf, zog ihn an sich wie sie es schon gestern zur Begrüßung getan hatte und gab ihm einen Kuss.

„Und wann sehen wir uns wieder?", fragte er dann.

„Sobald Wolfgang ausgezogen ist. Versteh doch, ich will nicht, dass ihr euch trefft."

Er nickte. „Ich will das auch nicht. Aber mach ihm Beine, dass er schnell geht."

Sie lachte. „Ist ja schön, dass du so viel Sehnsucht nach

mir hast. Manchmal hatte ich schon das Gefühl gehabt, dass meine zu dir größer wäre als deine zu mir."

„Das täuscht", sagte er und wich ihrem Blick aus, weil er nicht wollte, dass sie seine Verlegenheit bemerkte. „Es fällt mir halt manchmal schwer, meine Gefühle zu zeigen." Er zog sie an sich, drückte sie fest und genoss es, ihren Körper zu spüren.

Sie verabschiedeten sich vor der Tür voneinander, dann fuhr er nach Eving.

Als er am Tatort ankam, fand er zuerst nicht den Eingang in die Ruine. An allen Seiten waren Türen und Fenster zugemauert. Er wunderte sich, dass so eine Bruchbude überhaupt noch stand und nicht längst abgerissen war. Sie war ein Schandfleck, eine Zumutung für alle, die in der Nähe wohnten.

Verdammt, wie kam er bloß da rein? Er lief um das Haus herum. Irgendwo musste es doch einen Eingang geben, denn die anderen waren schon drin. Anselm hatte an der Straße die Autos von Wermann und dem Dok entdeckt. Schließlich kam er auf die Idee, es an der Kellertür zu probieren. Tatsächlich, sie war offen. Dann hatte Sander, vorausgesetzt natürlich er war es, auch diesen Weg genommen, überlegte er. Ob er durch Ausprobieren rausgefunden, wie man hier rein kam oder ob er einen Tipp bekommen hatte? Wenn es ein Tipp gewesen war, könnte ihn jemand in die Falle gelockt haben, vermutete Anselm. Dann hatte er ihn entweder selber umgebracht oder an den Mörder verraten.

Es war duster in dem Haus, Anselm tastete sich vorsichtig vorwärts. Als er plötzlich mit dem Fuß gegen die unterste Stufe einer Treppe stieß, wäre er beinahe gestürzt. Der Lärm, der dadurch entstand, bewirkte, dass oben eine Tür aufgerissen wurde.

„Wer ist da?" Es war Wermanns Stimme.

„Reg dich ab, ich bin es."

„Na endlich.“

Durch die geöffnete Tür fiel Licht auf die Treppe, so dass Anselm keine Mühe hatte, raufzulaufen.

Das Erdgeschoss war mit zwei großen Lampen beleuchtet, wie man sie auf Neubauten verwendete, die noch keinen Stromanschluss hatten. Die Kabel waren durch ein aufgestemmtes Loch in einem der zugemauerten Fenster gezogen worden, offensichtlich wurde der Strom aus einem Nachbarhaus bezogen. Der Dok kümmerte sich gerade um die Leiche, er schaute nicht einmal auf, als Anselm den kahlen Raum betrat. Wermann sicherte die Spuren. Auf einem wackligen Stuhl in der Ecke saß ein Mann in zerlumpter Kleidung und starrte vor sich auf den Boden. Ein Obdachloser, Anselm sah es sofort. Vermutlich der, der den Toten gefunden hatte.

Der Tote selbst lag in einem Schlafsack. Anselm konnte schon von Ferne das kleine Einschussloch in seiner Stirn sehen, aus dem ein wenig Blut ausgetreten war. Im Schlaf erschossen, dachte er.

Im selben Moment hörten sie, dass jemand gegen die Kellertreppe gestolpert war und kurz danach einen lauten Fluch ausstieß. Sibel!

Wermann grinste Anselm an. „Ihr werdet euch immer ähnlicher“, sagte er. „Pass auf, dass die Übereinstimmung nicht zu groß wird. Dann wirst du am Ende noch zur Frau.“

„Sehr witzig.“

Der Doktor ging sofort darauf ein. „Lass ihn doch“, sagte er, „dann erhöht er das Frauenkontingent bei den Spielen von Borussia.“

Als Sibel den Raum betrat, beendeten die beiden abrupt ihre Witzeleien.

„Ist was?“, fragte sie.

„Nichts“, brummte Wermann, „außer einer neuen Leiche.“

„Ist es Ralf Sander?“, fragte Anselm.

Wermann nickte. „Ich habe zwar keine Papiere bei ihm gefunden, aber er hatte einen Hartz IV-Bescheid in der Tasche. Darauf stand sein Name."

Also doch. Jetzt hatte Anselm Lust, einen Fluch auszustoßen, unterdrückte es aber. Warum war der Kerl nicht zu ihnen gekommen, es wäre besser gewesen. Und zwar für beide Seiten.

Dann fiel ihm ein, dass auch Dreier keine Papiere mehr gehabt hatte. Verdammt, was hatte das zu bedeuten? Hatten sie ihre Papiere verloren oder hatte der Mörder sie mitgehen lassen? Aber wenn ja, warum? Was wollte er damit? Anselm fand keine Antwort. Er wusste nur, dass er sich den Tatbestand merken musste.

Anselm winkte Sibel zu sich heran. Solange der Doktor mit der Leiche beschäftigt war, konnten sie beide sich mit dem Obdachlosen beschäftigen, der Sander gefunden hatte. Sibel sollte zuhören, während er ihn befragte.

„Erzählen Sie uns, wie Sie Sander gefunden haben", sagte Anselm. „Waren Sie hier zusammen mit ihm im Haus?"

„Mit wem?", fragte der Mann und starrte weiter vor sich auf den Boden.

„Na, mit Sander. Kennen Sie ihn etwa nicht?"

Der Mann schüttelte den Kopf.

„Du musst ihn fragen, was er hier im Haus machen wollte", mischte sich Wermann ein, „alles andere kannst du dir schenken."

„Na und", drängte Anselm ihn, „was wollten Sie hier im Haus?"

„Das ist eine Lüge!", rief der Mann plötzlich und guckte jetzt doch auf. „Eine dreckige Lüge."

„Was ist eine Lüge?" Anselm verstand nicht, was der Mann meinte.

„Dass er sich heimlich an schlafende Penner heranschleicht, um sie zu filzen", rief Wermann. „Das ist es, was er abstreitet."

„Ach, dann wollten Sie Sander also heimlich beklauen. Haben Sie dabei gemerkt, dass der Mann gar nicht schläft, sondern tot ist?“

Der Mann blitzte Anselm aus braunen Augen böse an. Eben hatte er noch völlig lethargisch gewirkt, jetzt hatte Anselm den Eindruck, als müsse er vor ihm auf der Hut sein.

„Wenn ich klauen wollte, hätte ich ja die Polizei nicht informiert“, sagte er. „Dann hätte ich den Streifenwagen, der hier zufällig vorbeikam, weiterfahren lassen. Aber das habe ich nicht. Ich habe gesagt, dass hier ein Toter liegt.“

Anselm nickte. Immerhin, es war gut, dass er es getan hatte. Wenigstens hatten sie Sanders Leiche schnell gefunden und nicht Tage oder Wochen später.

„Es geht uns auch nicht um Diebstahl“, sagte er deshalb versöhnlich, „wir suchen den Mörder, das allein interessiert uns. Erzählen Sie, wie Sie ihn gefunden haben.“

Der Mann starrte Anselm noch einen Moment an, dann senkte er den Blick.

„Ich habe in diesem Haus schon ein paar Mal gepennt“, sagte er dann. „Heute Morgen wollte ich wieder hierher kommen, weil ich ein Quartier für die nächsten Nächte brauche.“ Er unterbrach sich und schaute Anselm an, als wollte er überprüfen, ob er ihm die Aussage abnahm.

„Weiter“, drängte Anselm.

„Da bin ich hier ins Zimmer gekommen. Hier kann man nämlich am besten schlafen. Ja, und da …“ Er zeigte auf den Toten.

„Da haben Sie gemerkt, dass er tot war. Haben Sie die Leiche angefasst?“

Der Mann schüttelte den Kopf. „Nein, ich habe doch gleich das Loch in der Stirn gesehen. Da habe ich gemerkt, was los war.“

„Haben Sie jemanden gesehen? Hier im Haus oder draußen? Vielleicht jemanden, der hier rum geschlichen ist?“

Der Mann schüttelte den Kopf. „Nein, niemanden. Ich war ganz allein hier.“

Anselm fiel auf, dass er noch gar nicht nach seinem Namen gefragt hatte. Ulrich Scheele hieße er, erklärte der Mann.

„War hier im Haus etwas anders als Sie es in Erinnerung haben? Fehlen vielleicht irgendwelche Gegenstände?“

Wieder schüttelte der Mann mit dem Kopf. „Ich weiß nicht mehr, wie es hier aussah.“

„Lass es“, mischte sich Wermann wieder ein. „Ich sagte dir doch, der ist hierher gekommen, um ein Opfer zu filzen. Aber da war ihm jemand zuvorgekommen und hatte Sander zu einem ganz anderen Opfer gemacht. Ich habe ihn auch schon kontrolliert, er hat nichts von Sander an sich genommen. Ist nicht das erste Mal, dass ich ihn kontrolliert habe.“

Anselm brauchte noch einen Moment, bevor er sich von dem Obdachlosen abwendete. So weit konnte man also absacken, wenn man schon weit unten stand, dachte er. Dann beklaute man auch noch die, die genauso wenig oder noch weniger hatten als man selber. Er erinnerte sich an den Fall, der Dreier bei ihnen aktenkundig gemacht hatte. Da hatte jemand Dreier unterstellt, ihm die Armbanduhr geklaut zu haben, ein Trick, um an dessen Uhr heran zu kommen. Vielleicht war das ja dieser Mann gewesen, vielleicht gab es auch noch mehr von seiner Sorte. Anselm spürte keine Verachtung, sondern ein ohnmächtiges Gefühl der Hilflosigkeit.

Der Doktor hatte sich die ganze Zeit über nicht um Anselm und Sibel gekümmert. Er hatte die Leiche untersucht, zuerst den Kopf, danach den Körper. Jetzt drehte er sich um und sah Anselm an.

„Der ist schon seit mehr als zwölf Stunden tot“, sagte er. „Tatzeit wahrscheinlich gestern Abend gegen neun Uhr. So ungefähr jedenfalls. Genaues kann ich aber erst nach der Obduktion sagen.“

„Das ist schon gut“, sagte Sibel.

„Kaliber neun Millimeter, schätze ich. Eine normale Pistole also, wie es sie überall gibt."

Anselm trat näher an die Leiche heran. Er sah, dass Sander wirklich ein pickliges Gesicht hatte, so wie es ihnen die beiden vom Zeltplatz beschrieben hatten. Anselm musste einen Moment lang nachdenken, bevor ihm die Namen wieder einfielen. Konitz und Birkner hießen sie.

„Dann hat der Mörder ihn also im Schlaf erschossen?"

„Das glaube ich nicht. Der Mann lag etwas verdreht in seinem Schlafsack, und mit den Armen hat er in seinen Rolli gegriffen." Der Doktor zeigte auf den Rolli, der ein Stückchen entfernt von der Leiche stand. „Es sah so aus, als hätte er den Mörder im letzten Moment entdeckt und wollte noch schnell etwas aus dem Rolli holen. Sind aber nur dreckige Klamotten darin, eine Wasserflasche und ein Kerzenstummel. Was er da rausholen wollte, darüber müsst ihr euch Gedanken machen."

„Du meinst, er hat seinen Mörder noch gesehen?", fragte Sibel.

„So weit das möglich war in der Dunkelheit", antwortete der Dok. „Irgendwo in der Nähe der Tür muss er gestanden haben. Die Haltung der Leiche und der Einschusswinkel sprechen dafür."

„Wahrscheinlich hier rechts", sagte Wermann. „Hier gibt es Spuren von frischer Erde, die jemand unter seinen Schuhsohlen gehabt haben muss. Es sei denn, der da drüben wäre hier rumgelaufen."

Scheele merkte, dass er angesprochen war. „In der Ecke da war ich nicht", sagte er. „Ich bin nur kurz in das Zimmer gegangen, bis ich die Leiche entdeckt habe." Dann war es gut, dass sie ihn noch nicht weggeschickt hatten, dachte Anselm. Wenigstens zur Aufklärung dieses Punkts konnte er beitragen. Aber jetzt wollte Anselm ihn loswerden. Der Kerl musste ja nicht alles mithören, was sie zu besprechen hatten. Scheele schien erleichtert, dass er gehen konnte. Er gab an, dass man ihn abends am Bahnhof treffen könnte, am Nordausgang in der Nähe des Kinos, falls sie noch Fragen hätten. Anselm war damit zufrieden. Eine genauere Ortsangabe, um sich mit ihm zu verabreden, konnte er sowieso nicht erwarten.

Zusammen mit Sibel trat er jetzt nahe an die Leiche heran. Plötzlich fiel ihm etwas auf. Das kranke, fahle Gesicht … In Anselm begann es fieberhaft zu arbeiten. Ja, tatsächlich, der Mann kam ihm bekannt vor. Er bückte sich, um sich das Gesicht genauer anzusehen. Auch Sibel bückte sich, vielleicht hatte sie denselben Gedanken.

„Mensch, den habe ich schon mal gesehen", sagte Anselm.

Sibel schüttelte den Kopf. „Kann mich nicht erinnern."

„Wenn ich nur wüsste, wo das gewesen war, vielleicht könntest du es dann auch." Er rieb sich das Kinn und spürte die Bartstoppeln. Wegen des Frühstücks mit Tanja und Rauterts plötzlichem Anruf hatte er ganz vergessen, sich zu rasieren. Er wusste, dass ihm ein Zweitagebart nicht stand. Sein Kinn wirkte dann noch ausgeprägter.

Plötzlich fiel es ihm ein. „Genau", rief er, „du warst auch dabei. Es war in der Gaststätte ‚Am Ring', bei diesem Hermann, dem dicken Wirt, da haben wir ihn gesehen. Erinnerst du dich nicht?"

Wieder schüttelte sie den Kopf. „Ne, mit dem habe ich garantiert kein Wort gewechselt."

„Ich habe auch nicht gesagt, dass wir mit ihm geredet haben. Aber als wir in die Kneipe kamen und uns umsahen, ist einer aufgestanden und zur Toilette gegangen. Der ist mir deshalb im Gedächtnis geblieben, weil er von dort nicht mehr zurückgekommen ist. Das war er, das war Sander. Er muss geahnt haben, dass wir von der Polizei sind und ist deshalb über die Toilette abgehauen. Der wollte uns nicht sagen, was er wusste."

„Dann wären wir ihm ganz nahe gewesen", sagte Sibel.

„Mensch, wenn wir das gewusst hätten …"

„Und er uns. Wenn er uns doch bloß gesagt hätte, was er wusste. Er muss den Mörder von Dreier gekannt haben und hat deshalb jeden Kontakt mit uns vermieden, um nicht das nächste Opfer zu werden. Und gerade deshalb ist er es geworden."

„Und jetzt? Was machen wir mit dieser Information?"

Anselm sah Sibel an. „Also, der Mörder von Dreier war er nicht, so viel steht fest. Aber das haben wir auch vorher nicht wirklich geglaubt. Die Spur zum Mörder muss aus der Szene selber kommen, da bin ich mir jetzt sicher."

„Also nicht mehr Mönkmeyer?"

Er sah sie aus den Augenwinkeln an. Sie hatte das ironisch gesagt, aber die Ironie konnte sich nur auf ihre gemeinsame Recherche bei Mönkmeyer und seine Verbissenheit dabei beziehen, nicht auf seinen Alleingang gestern Abend. Woher sollte sie davon wissen?

„Nein, nicht mehr Mönkmeyer. Sander hat ja auch den Kontakt zu den anderen Obdachlosen gemieden. Irgendwie muss der für ihn gefährlich gewesen sein, wenigstens mit einigen von denen."

„Und wo fangen wir in der Szene an? In der Zeltstadt vielleicht?"

Anselm überlegte einen Moment lang. „Nein, in der Kneipe ‚Am Ring' natürlich. Dort, wo wir den Faden zu Sander verloren haben. Wenn überhaupt, dann können wir ihn da wieder finden."

Sibel nickte. „Hab ich mir schon gedacht. Irgendwie hat es dir die Kneipe angetan."

Anselm ging nicht darauf ein, denn es stimmte nicht. „Fränzer" war ihm lieber, hundert Mal lieber sogar. Er blickte Wermann an, aber der schüttelte den Kopf. „Nein, wir brauchen euch hier nicht mehr. Wenn wir was finden, rufen wir euch an."

Bevor er losfuhr, machte er noch schnell mit seinem Handy ein Foto von dem Toten. Man konnte nie wissen, ob er es mal brauchen würde.

22.

Sie fuhren mit seinem Golf, Anselm beeilte sich, in den Dortmunder Süden zu kommen. Was er sich genau von dem Kneipenbesuch erhoffte, wusste er selber nicht genau. Irgendeinen Tipp, irgendeinen Hinweis, und sei er noch so unbedeutend, der sie wenigstens ein Stückchen weiterbrachte, darauf hoffte er. Aber was das für ein Hinweis sein könnte und von wem er ihn sich erhoffte, hätte er niemandem erklären können. Er schielte zu Sibel hinüber, sie ließ sich nichts anmerken.

Es war jetzt elf Uhr. Bestimmt würde die Kneipe schon gut besucht sein. Die Leute hatten ja nichts zu tun, wo sollten sie auch hin? In der Kneipe konnten sie wenigstens sicher sein, auf ihresgleichen zu treffen. Richtig sauer, dass sie in ihrem Fall bis jetzt einfach nicht weitergekommen waren, war er aber nicht. Dafür war die Nacht mit Tanja zu schön gewesen, dafür war er viel zu sehr erleichtert, dass keine Verstimmung oder sonst etwas hinter ihrem Schweigen gesteckt hatte. Gut, der Junge tat ihm Leid, dieser Ralf Sander. Sein Tod war völlig überflüssig, sogar sinnlos gewesen. Aber ansonsten wunderte er sich über sich selbst. So ruhig gestimmt wie heute war er lange nicht mehr gewesen. Irgendwie war er doch nicht der einsame Wolf, der ganz allein zurecht kam, wie er das mal eine Zeit lang geglaubt hatte.

Auch Sibel schien seine ausgeglichene Stimmung zu spüren. „Du kommst mir heute so merkwürdig vor“, sagte sie.

„So? Wie denn?“

„Na so, als ob du mir jeden Moment eine Geschichte von deiner geliebten Borussia erzählen könntest.“

„Von Borussia? Wie kommst du denn darauf?"

„Weil es dir immer, wenn du über Borussia erzählst, gut geht."

Er musste lachen. Tatsächlich, sie kannte ihn schon ganz gut.

„Im Fußball sind die interessantesten Nachrichten immer noch die schlechten", antwortete er, „aber davon gibt es bei Borussia im Moment keine. Mit dem BVB geht es aufwärts, unser neuer Trainer schaukelt die Sache prima."

„Klar", antwortete sie, „das weiß ich doch. Hatte der alte Trainer das nicht auch schon getan?"

Anselm konnte sich ein Grinsen nicht verkneifen.

Endlich kamen sie an. Anselm bog auf den kleinen Parkplatz ein und hielt ein Stückchen von dem Haus entfernt. Er wusste selbst nicht, warum er das tat, er machte es rein aus dem Gefühl heraus. Als das Auto stand, wollte Sibel sofort aussteigen, aber Anselm hielt sie am Arm fest.

„Warte noch einen Augenblick."

Überrascht sah sie ihn an. „Warum? Ich denke, du weißt, was du hier willst."

„Weiß ich ja auch, aber trotzdem …" Er wusste es nicht. Er wusste nicht, ob er zuerst Jördens ansprechen sollte, den Wirt, oder zuerst die Obdachlosen befragen sollte. Und wenn er sie ansprechen würde, was er dann überhaupt für Fragen stellen sollte. Verdammt, irgendeine Spur führte zu dieser Kneipe, so viel schien ihm sicher zu sein, aber welche war das? Und vor allem, wie konnte er ihr auf die Schliche kommen? Nervös trommelte er auf das Armaturenbrett. Sibel saß still neben ihm und sagte nichts.

Zwei Obdachlose kamen aus der Kneipe, liefen zu einem Gebüsch hinüber und zogen jeder eine Plastiktüte daraus hervor. Dann machten sie sich auf den Weg Richtung Stadt.

„Guck mal", sagte Sibel, „die scheinen sich alle untereinander nicht über den Weg zu trauen. Was man hat, versteckt man am besten."

Anselm nickte. Immerhin scheinen sich die beiden untereinander zu vertrauen. Das ist ja auch schon was."

Plötzlich fuhr ein Passat vor. Er hielt auf der anderen Straßenseite, ein Mann saß am Steuer, aber sie konnten sein Gesicht nicht erkennen. Einen Moment lang schien es so, als würde der Mann den Eingang zur Kneipe beobachten. Irgendetwas hatte er dabei in der Hand, vielleicht war es ein Handy. Anselm merkte, dass auch Sibel gebannt hinüberschaute. Verdammt, was war das für ein Mann? Nach einem Stammgast dieser Kneipe sah er nicht aus, jedenfalls fuhr keiner von denen mit so einem Auto durch die Gegend. Gerade in dem Moment, als Anselm aussteigen und zu dem Passat hinübergehen wollte, stieg der Mann aus und überquerte die Straße. Anselm war wie elektrisiert. Mensch, den Gang kannte er doch, den Mann hatte er schon mal gesehen! Auch Sibel starrte gebannt hinüber.

Es war ein etwas eiriger Gang, in dem der Mann die Straße überquerte, so als wären seine Knie kaputt oder als hätte er einen Hüftschaden. Außerdem hatte er O-Beine. Wie bei einem alten Fußballer, dachte er.

„Aber das ist doch …" Ihm fiel noch immer nicht ein, woher er den Mann kannte und hatte den Satz nur deshalb angefangen, um seiner Erinnerung auf die Sprünge zu helfen.

„Wollitz ist das", ergänzte Sibel ganz ruhig, „erkennst du ihn denn nicht? Der Schwiegervater von Sebastian Dreier."

Genau, jetzt sah es Anselm. Der alte Fußballer vom Lüner SV, sein Eindruck hatte ihn nicht getrogen, es war ein Fußballer. Nur auf Wollitz war er nicht gekommen, wahrscheinlich, weil er ihn längst innerlich abgehakt hatte. Dass er auch nur entfernt etwas mit der Sache zu tun haben könnte, hätte er nicht im Traum gedacht.

„Was macht der denn hier?“, fragte Anselm, „ausgerechnet in der Szene, die er seinem Schwiegersohn vorgeworfen hat. Will der noch etwas wegen Dreier klären?“

„Wir werden‘s ja sehen.“ Sibel war viel ruhiger als Anselm. Offensichtlich war sie weniger überrascht. Hatte sie das Gespräch mit Wollitz anders in Erinnerung? Hatte sich Anselm zu sehr von dem Eindruck blenden lassen, einem guten Fußballer gegenüber zu stehen? Egal, jetzt mussten sie rausfinden, was Wollitz hier zu suchen hatte, alles andere zählte nicht mehr.

Als Wollitz die Straße überquert hatte, ging er nicht auf die Kneipentür zu, sondern betrat den Parkplatz. Anselm und Sibel duckten sich im Auto. Jetzt war es doch gut, dass er den Wagen ein Stückchen vom Haus entfernt geparkt hatte. Vorsichtig schielte er über das Armaturenbrett hinweg und bemerkte, dass Wollitz keine Notiz von ihrem Auto nahm. Er ging um das Gebäude herum, lief an der Hofmauer entlang, öffnete dort eine Tür und verschwand.

„Los jetzt“, sagte Anselm, „wir müssen wissen, was der da zu suchen hat.“

Sie stiegen aus und schlossen die Wagentüren vorsichtig, so dass sie keinen Lärm verursachten. Dann liefen die hinüber zum Hof. Dort hielten sie erst einmal inne und lauschten. Tatsächlich, im Hof waren Stimmen zu hören. Es waren männliche Stimmen, die aber so leise sprachen, dass es unmöglich war, irgendein Wort zu verstehen. Anselm stieß Sibel an.

„Bleib in Deckung“, flüsterte er, „ich guck mal nach.“

Vorsichtig zog er sich an der Mauer hoch. Wenn jetzt einer der Männer in seine Richtung blickte, war es unvermeidlich, dass er ihn entdeckte und der Vorteil, sie heimlich beobachten zu können, wäre weg. Andererseits musste Anselm es riskieren, wenn er rausfinden wollte, was im Hof geschah. Ganz langsam, Zentimeter für Zentimeter, schob er seinen

Kopf über die Mauerkante, bis er so gerade eben in den Hof blicken konnte. Dann sah er sie. Wollitz unterhielt sich mit Jördens, dem dicken Wirt. Sie standen dicht voreinander, keiner von den beiden blickte zur Mauer hinüber. Anselm konnte erst einmal aufatmen. Er sah, dass es vor allem Wollitz war, der redete. Jördens hörte zu. Ab und an nickte er zu den Worten von Wollitz, dann schien er eine Frage zu stellen. So sehr Anselm sich auch bemühte, von dem, was sie da besprachen, konnte er kein Wort verstehen, denn Wollitz flüsterte. Also wollten sie auf keinen Fall einen Zeugen ihrer Unterredung haben, was Anselms Misstrauen weiter steigerte. Jedenfalls wirkte es nicht so, als wollte Wollitz etwas über seinen Schwiegersohn erfahren. Wollitz gab Anweisungen, Jördens war der, der sie befolgen sollte. Irgendwas lief da, irgendwas hatten die beiden vor.

Jördens nickte jetzt noch einmal wie zur Bestätigung, Wollitz fügte noch ein paar Worte hinzu und Anselm begriff plötzlich, dass das Gespräch jeden Moment zu Ende sein konnte. Weg hier, dachte er, so schnell wie abtauchen, um nicht endeckt zu werden!

Vorsichtig ließ er sich an der Mauer hinuntergleiten, vorsichtig setzte er den Fuß auf, um nur ja kein Geräusch zu verursachen. Dann winkte er Sibel, dass sie ihm so schnell wie möglich folgen sollte. Sie rannten über den kleinen Parkplatz zu ihrem Auto, schafften es aber nicht mehr, ins Auto zu steigen, denn gerade als sie es erreichten, hörten sie, dass hinter ihnen das Hoftor geöffnet wurde. Mit einem Sprung verschwanden sie im letzten Moment hinter Anselms Golf, Sibel stolperte dabei und landete auf dem Rücken. Besorgt sah Anselm sie an, aber sie schüttelte den Kopf. Nein, nichts passiert hieß das. Um keine weiteren Geräusche zu verursachen, blieb sie erst einmal liegen. Anselm musste grinsen. Nein, durchgängig zickig war sie nicht. Im Gegenteil, manchmal war sie sogar ausgesprochen handfest.

Er hob den Kopf und sah durch die Scheiben des Wagens hinüber zum Hof. Wollitz hatte den Parkplatz betreten, er zog die Hoftür hinter sich zu, dann ging er hinüber zu seinem Wagen. Gott sei Dank schaute er auch diesmal nicht auf, zu sehr schien er mit seinen Gedanken beschäftigt zu sein, als dass ihn das ein paar Meter entfernte Auto interessierte. Wieder fiel Anselm der eirige Gang auf. Mensch, wenn der Kerl nicht seine alte Fußballverletzung hätte, wären sie vielleicht gar nicht darauf gekommen, dass er es war.

Wollitz überquerte die Straße, stieg in seinen Wagen und startete im nächsten Moment den Motor.

„Los, wir müssen hinterher!"

Sibel erhob sich mühsam und klopfte sich den Staub aus der Kleidung.

„Beeil dich, wir haben keine Zeit zu verlieren."

Als sie endlich im Auto saßen, war Wollitz schon losgefahren. Anselms trat aufs Gaspedal und bog, ohne auf den Verkehr zu achten, auf die Straße ein. Dabei nahm er einem Bus die Vorfahrt. Wütend hupte der Fahrer, Anselm störte sich nicht daran. Wozu auch, den hatte er sowieso bald abgehängt. Wollitz hatte einen kleinen Vorsprung, den Anselm ein Stückchen verkürzte, dann fuhr er im selben Tempo wie er.

Wollitz fuhr Richtung Innenstadt, bog dann aber auf die B1 und fuhr in Richtung Bochum.

„Nach Hause fährt der nicht", sagte Anselm.

„Ne, dann hätte er jetzt die andere Richtung nehmen müssen."

Anselm ließ zwei Autos zwischen seinem und Wollitz' Wagen fahren. Eine reine Vorsichtsmaßnahme. Seinen Golf konnte er eigentlich nicht kennen.

„Irgendwas dämmert mir noch im Zusammenhang mit Wollitz", sagte Sibel plötzlich. „Mensch, wenn ich bloß wüsste, was das ist."

„Etwas aus unserem Gespräch bei ihm?", versuchte Anselm ihr auf die Sprünge zu helfen.

„Ne, etwas ganz anderes, das gerade nicht mit unserem Besuch bei ihm zu tun hat." Sie rieb sich nervös die Hände, dann schüttelte sie den Kopf. „Keine Chance, es will mir nicht einfallen."

In Dorstfeld verließ Wollitz die B1. Anselm sah Sibel an. Hatte sie dieselbe Vermutung wie er? Hatte sie daran die ganze Zeit gedacht? Die Unigebäude wurden in der Ferne sichtbar, ein Stück fuhren sie noch die Hauptstraße entlang, dann bog Wollitz in einen Seitenweg ein.

„Also doch!" Anselm rief es laut.

Am Ende der Straße tauchten Wohn- und Bürohaus von Rollmann auf.

„Weißt du jetzt, was dir gedämmert hat?"

„Ja!", rief sie so laut, dass Anselm unwillkürlich zusammenzuckte, „jetzt weiß ich es. Kannst du dich erinnern, als wir das erste Mal hier waren?"

„Bei Rollmann? Klar kann ich das."

„Ich meine nicht Rollmann, sondern den Hof von seinem Betrieb. Erinnerst du dich, dass da gerade jemand den Hof überquert hat, als wir ankamen?"

Anselm schüttelte den Kopf. „Ne, warum sollte ich mich ausgerechnet daran erinnern?"

„Weil der Mann auch so einen eirigen Gang gehabt hat, so als hätte er kaputte Knie."

„Du meinst …"

„Genau das meine ich. Das war auch Wollitz gewesen. Mensch, wir hatten den schon gesehen, noch bevor wir ihn besucht haben."

Wollitz fuhr in diesem Moment auf den Hof von Rollmann. Er parkte dort auf dem hinteren Teil, so dass sein Wagen von der Straße aus nicht mehr zu sehen war. Anselm parkte in gebührendem Abstand vom Haus entfernt. Sie sahen durch das geöffnete Tor, wie Wollitz den Hof überquerte und im Bürogebäude verschwand.

Anselm sah Sibel an. „Verstehst du das?"

„Nicht genau", antwortete sie. „Ich verstehe nur, dass da etwas läuft. Etwas, das sich zwischen Jördens, Wollitz und Rollmann abspielt."

„Zwischen Jördens und Rollmann", verbesserte Anselm sie. „Wollitz scheint nur der Bote zu sein."

„Von mir aus auch zwischen den beiden. Aber ob das was mit unserem Fall zu tun hat?" Sie zuckte mit den Schultern. „Ich weiß nicht."

„Wie willst du den Mord an Sander anders erklären? Die Szene muss was damit zu tun haben. Zumindest müssen manche von den Obdachlosen mehr darüber wissen, als sie uns bisher verraten haben. Ne, ne, jetzt will ich wissen, was da läuft. Und wenn ich mich verrechnet habe, dann …"

Dann geht es mir noch mal so wie mit Mönkmeyer, als ich völlig daneben lag, wollte er sagen, unterdrückte es aber im letzten Moment.

„Jedenfalls müssen wir sie beobachten", fuhr er stattdessen fort.

„Auch nachts?"

„Auch nachts. Ich jedenfalls habe Zeit. Du etwa nicht?" Er wusste, dass es gemein war, sie das zu fragen. Ihm konnte eine Nachtschicht egal sein, Tanja hatte sowieso keine Zeit für ihn, aber Sibel? Das Bild von gestern kam ihm wieder in den Sinn, sie eingehakt bei ihrem Typen in der Nähe vom Henßler-Haus. Er konnte sich vorstellen, dass sie lieber nach Hause gehen würde als sich eine Nacht im Auto um die Ohren zu schlagen. Trotzdem, darauf konnte er jetzt keine Rücksicht nehmen.

Er griff nach seinem Handy, wählte Rauterts Nummer und erklärte ihm, dass sie eine Überwachung vornehmen müssten, an zwei Stellen gleichzeitig. Rautert zögerte, Anselm wusste warum. Sie hatten kaum noch Leute für solche aufwändigen Aktionen, aus ihrer Abteilung schoben alle einen Berg an Überstunden vor sich her. Außerdem waren überall Stellen abgebaut worden.

„Ist gut", sagte Rautert schließlich. „Ich komme auch mit. Dann gucke ich mal, wen ich sonst noch alles loseisen kann."

„Versuch auch, den Mike Stendel zu kriegen", sagte Anselm, „den Bezirkspolizisten aus der Südstadt. Mir wäre lieb, wenn er dabei wäre."

Rautert atmete hörbar auf. „Von mir aus auch den", sagte er.

23.

Anselm spürte, wie die Kälte der Nacht langsam an seinen Beinen hoch kroch, während er vom Auto aus Rollmanns Gelände beobachtete. Immer wieder rieb er sich Unter- und Oberschenkel, um die Durchblutung zu fördern, aber es half nichts. Er fror. Die Nächte waren längst bitter kalt. Sibel auf dem Beifahrersitz tat es ihm von Zeit zu Zeit gleich. An ihrer genervten Stimme, mit der sie schließlich vorschlug, die Standheizung anzustellen, merkte er, dass auch sie inzwischen kalte Beine hatte.

Aber Anselm wollte die Heizung nicht andrehen und schüttelte den Kopf. Auch wenn es noch so unwahrscheinlich war, er wollte die geringste Möglichkeit ausschließen, auf dem Rollmann-Gelände gehört zu werden. Alles musste still vonstatten gehen, wenn sie eine Chance haben wollten. Falls das mit ihrer Aktion überhaupt zu schaffen war, denn eine richtige Spur war die Observierung von Rollmann und Jördens nicht. Merkwürdig, ja, das war der Zusammenhang zwischen den beiden und es wäre gut zu wissen, worin er bestand, aber ob das dann weiterhalf? Egal. Anselm beugte sich vor und starrte hinüber auf den dunklen Hof. Dort war alles ruhig, Wollitz' Auto stand noch in der Nähe des Bürohauses, in den Büroräumen brannte Licht.

Anselm und Sibel waren, kurz nachdem Wollitz hier eingetroffen war, zu einer Dönerbude gefahren. So ganz ohne Essen, und das womöglich die halbe Nacht hindurch, konnte es Anselm nicht durchhalten.

„Wie wär's mit einem türkischen Nationalgericht?", hatte er Sibel deshalb gefragt und sich über ihre böse funkelnden Augen gefreut. Immer wieder fiel sie auf seine blöden

Anspielungen rein, obwohl sie seine Absicht, sie zu necken, durchaus durchschaut hatte. Wohl deshalb verzichtete sie auf ihren üblichen Vortrag, dass der Döner kein typisch türkisches Essen sei, und beschränkte sich auf ihren vernichtenden Blick. Die nächste Dönerbude lag ein Stückchen stadteinwärts. Sie hatten sich sogar Zeit genommen, den Döner an Ort und Stelle zu essen. So schnell, glaubte Anselm, würde schon nichts passieren bei Rollmann. Tatsächlich lag sein Gelände bei ihrer Rückkehr unverändert vor ihnen.

Sibel griff zu ihrem Handy, Anselm wusste, was sie vorhatte. Sie wollte Rautert und Wermann anrufen, die Jördens Kneipe beobachteten, um zu erfahren, ob sich dort inzwischen etwas tat. Vor allem wollten sie wissen, ob Bezirkspolizist Stendel inzwischen eingetroffen war. Es war ihnen wichtig, dass er dabei war, denn Stendel kannte die Obdachlosenszene am besten. Als Sibel zur Antwort von Rautert nickte, war Anselm zufrieden. Stendel war also eingetroffen.

„Und die Besatzungen der beiden Streifenwagen?", fragte Anselm. „Was ist mit denen?"

„Die stehen auf Abruf bereit."

Anselm nickte. „Dann ist es ja gut."

Eine Zeit lang saßen sie stumm nebeneinander, jeder mit seinen Gedanken beschäftigt.

„Ich meine, in deiner Beziehung ist wieder alles in Ordnung", sagte Sibel plötzlich. „Wieso stört es dich dann nicht, hier die halbe Nacht rumzuhängen?" Sie rieb sich, während sie das sagte, wieder die Oberschenkel.

War das jetzt die Rache für seinen blöden Dönerwitz? Hatte sie gespürt, dass bei Tanja noch nicht alles in Ordnung war und wollte ihn jetzt ebenfalls ärgern? Misstrauisch sah er sie an, aber ihr Blick verriet keine Hintergedanken. Offensichtlich war ihre Frage ernst gemeint, aber er konnte nicht ehrlich darauf antworten. Von seinen Problemen mit der Rückkehr von Tanjas Mann wollte er ihr auf keinen Fall etwas erzählen, das ging niemand etwas an. Wie würde er denn dastehen, wenn das bekannt würde? Bei Anselms Geliebter ist der Ex-Mann eingezogen, jetzt muss Anselm erst mal bei sich zu Hause bleiben. Er konnte sich das Lachen seiner Kollegen vorstellen.

„Dienst geht vor", wich er aus, „daran lässt sich nichts ändern. Das müsstest du doch wissen."

„Ja natürlich", antwortete sie, und er spürte deutlich ihren ironischen Unterton, „ich weiß das vor allem, weil du ja dauernd davon redest."

Er konnte ein Schmunzeln nicht unterdrücken. Nicht schlecht gekontert, dachte er.

„Tut mir Leid, ich wollte nicht neugierig sein", fuhr sie dann fort und lächelte.

„Schon gut."

Stumm saßen sie nebeneinander, den Blick geradeaus gerichtet auf Haus und Hof von Rollmann, die in der Dunkelheit kaum noch zu sehen waren. Endlos langsam schritt der Sekundenzeiger voran. Es wurde halb zehn, halb elf …

Plötzlich glaubte Anselm, dass sich ein Schatten auf dem Hof bewegt hatte. Angestrengt schaute er hinüber.

„Hast du auch etwas gesehen?", fragte er Sibel.

„Ne, was denn?"

Anselm sah jetzt auch nichts mehr und glaubte schon, dass er sich getäuscht hätte, da vernahm er ein Motorengeräusch, leise zuerst, dann immer lauter. Im nächsten Moment brauste ein Lastwagen an ihnen vorbei, hielt vor Rollmanns Hof, eine Person löste sich aus dem Schatten, stieg auf den Beifahrersitz, der Lastwagen wendete und brauste wieder an ihnen vorbei zur Hauptstraße zurück.

„Hinterher", rief Sibel, „jetzt geht es los."

Im selben Moment klingelte ihr Handy, und Anselm

ahnte, dass es Rautert war, der anrief. Während er den Motor startete, seinen Golf wendete und den Lastwagen verfolgte, nahm Sibel das Gespräch an.

„Jördens ist gerade losgefahren“, sagte sie. „Die drei verfolgen ihn bereits.“

„Alarmiere die beiden Streifenwagen!“

„Schon dabei.“

Die Straßen waren leer, Anselm hielt deshalb einen großen Abstand zu dem Lastwagen, um nicht aufzufallen. Die Ladeklappe war schwarzgelb gestrichen, Farben, die Anselm gefielen, ansonsten erzeugte der Laster ein flaues Gefühl in seinem Magen. Anselm wusste nicht, woher es kam. Etwas tief im Unterbewusstsein begann ihn zu irritieren.

„Was glaubst du, wer da gerade bei Rollmann zugestiegen ist?“, fragte er.

„Ich vermute, dass es Wollitz war.“

„Nicht Rollmann selber?“

Sie zuckte mit den Schultern. „Möglicherweise auch der. Aber ich glaube eher, dass es Wollitz war.“

„Ich auch.“

Der Laster fuhr Richtung B1, Anselm wunderte sich nicht darüber. Von dort aus konnte man am schnellsten zu einem verabredeten Ziel gelangen. Umso mehr erstaunte ihn jedoch, dass der Wagen gar nicht auffuhr, sondern unter der B1 hindurch Richtung Südstadt brauste. Aus seinem irritierenden Gefühl erwuchs langsam ein Verdacht. Der Hinkende, den Anselm beim Baustellenüberfall in Wambel verfolgt hatte und der ihm im letzten Moment entwischt war, war das vielleicht …? War es möglich, dass sie gerade dabei waren, nicht nur zwei Morde aufzuklären, sondern auch noch ein anderes Verbrechen?

Er schüttelte den Kopf. Richtig glauben konnte er es nicht. Aber das Gefühl verstärkte sich, je weiter sie in die Südstadt vordrangen. Er wurde es einfach nicht los, so sehr er auch dagegen ankämpfte.

Sibel stieß ihn an. "Denkst du auch, was ich denke?"

Er musste nicht weiter nachfragen, was sie dachte.

„Ich glaube ja."

Sie griff wieder zum Hörer, wählte Wermanns Nummer und fragte, wo sie sich befänden. Anselm hörte angestrengt zu in der Hoffnung, Wermanns Stimme zu hören. Aber das Fahrtgeräusch war dafür zu laut.

„Sie haben die gleiche Richtung", sagte Sibel im nächsten Moment. „Sie sind direkt auf dem Wege zur …"

„Also doch." Anselm ließ den Abstand zwischen sich und dem Laster noch größer werden. Jetzt, wo sie das Fahrtziel kannten, konnten sie noch vorsichtiger zu Werke gehen.

Tatsächlich kamen sie kurze Zeit später in der Nähe der Zeltstadt an. Anselm hielt in weitem Abstand hinter dem Lastwagen. Er musste aufpassen, nicht nur von den beiden dort entdeckt zu werden, sondern auch von Jördens, der sich hier irgendwo aufhalten musste.

„Jördens steht in seinem Wagen da vorne im Schatten zwischen zwei Laternen", erklärte Sibel, die über Handy Kontakt zu Wermann und Rautert hielt.

Anselm schaute angestrengt nach vorne und glaubte, die Umrisse des Wagens von Jördens zu erkennen. Dann musste irgendwo dahinter, in gebührendem Abstand, der Wagen stehen, in dem Rautert, Wermann und Stendel saßen.

Eine Zeit lang geschah nichts, dann blendete der Laster auf und im selben Moment stand drüben ein Mann auf der Straße, den Anselm im Dämmerlicht einer Laterne deutlich erkennen konnte.

„Jördens", zischte er. „Jetzt ist er ausgestiegen." Er blickte hinüber zum Waldrand nach rechts, wo sich in völliger Dunkelheit auf der Wiese die Zeltstadt befand.

Jetzt geht es los, dachte Anselm und vermutete, dass Jördens hinübergehen würde zu den Zelten, aber er blieb weiter vor seinem Auto auf der Straße stehen. Stattdessen ertönte plötzlich ein schriller Pfiff. Was jetzt geschah, kam Anselm vor wie die Szene aus einem Gruselfilm. Aus der Dunkelheit der Wiese lösten sich plötzlich Schatten und kamen langsam näher, einer hinter dem anderen. Anselm hatte einen Moment lang Mühe zu erkennen, was das für Schatten waren, dann sah er es. Es war eine Reihe vermummter Gestalten, die sich da über die Wiese in Richtung Straße schleppte. Es war nicht zu erkennen, ob es nur Männer waren oder ob sich vielleicht auch Frauen darunter befanden, alle Gesichter verschwanden unter einer Kapuze.

Anselm begann, sie zu zählen, sieben, acht, neun, zehn. Zehn Personen waren es, die aus dem Dunkel der Nacht auftauchten und aus der Ferne aussahen wie ein Marsch von Vermummten. Im selben Moment sprang jemand aus dem Lastwagen, lief mit eirigem Gang zur Heckklappe und öffnete sie. Also doch! Die Vermummten näherten sich, einer nach dem anderen kletterte auf den Laster und verschwand im Dunkel des Laderaums. Alles ging lautlos vonstatten, niemand sprach ein Wort. So unwirklich erschien ihnen die Situation, dass auch Sibel und Anselm kein Wort über die Lippen brachten. Wie gebannt starrten sie auf die Szenerie, die sich vor ihnen abspielte.

Gleichzeitig spürte Anselm eine unglaubliche Wut. Was hier geschah mit den Ärmsten der Armen, wie aus ihnen noch das Letzte rausgeholt wurde, das war eine unglaubliche Sauerei. Es war die Ausbeutung derer, die eigentlich schon fertig waren. Denen, die das zu verantworten hatten, würde er es zeigen, da konnten sie sicher sein. Die würde er sich vornehmen!

Als der letzte Vermummte auf die Ladefläche geklettert war, schloss Wollitz die Klappe, lief nach vorn und verschwand im Führerhaus. Noch einmal blendete der Lastwagen auf, dann sprang Jördens in seinen Wagen und brauste im nächsten Moment in hohem Tempo an ihnen vorbei.

Der hat seinen Auftrag erledigt, dachte Anselm. Der fährt jetzt nach Hause und tut so, als hätte er mit all dem, was gleich passieren würde, nichts zu tun. Na warte, dich kriegen wir auch noch, dachte Anselm.

Hoffentlich hatten das auch Rautert und Wermann bemerkt und versuchten jetzt nicht, ihm zu folgen. Der lief ihnen ja nicht weg, sie wussten ja, wo sie ihn finden würden. Rautert, Wermann und Stendel wurden hier gebraucht, bei den Leuten im Lastwagen. Tatsächlich folgten sie nicht Jördens Wagen, dessen Bremslichter sich, wie Anselm im Rückspiegel sah, in der Dunkelheit der Nacht verloren.

Im nächsten Moment fuhr der Lastwagen an, Anselm zögerte noch einen Augenblick, bevor er ihm folgte. Sie fuhren die Straße hoch Richtung Hombruch, im Schatten eines Baumes am Wegrand entdeckte Anselm Rauterts Auto. Die drei hatten sich offensichtlich, als der Lastwagen an ihnen vorbeifuhr, geduckt. Jetzt tauchten ihre Köpfe hinter den Scheiben auf. Anselm wies mit dem Finger auf den Lastwagen, um ihnen zu zeigen, dass sie folgen sollten. Rautert nickte und runzelte gleichzeitig die Stirn.

Was soll dein Hinweis, schien er sagen wollen, meinst du, darauf wären wir nicht von selber gekommen? Sibel telefonierte wieder, sie beschrieb den beiden Streifenwagenbesatzungen, wohin sie fahren sollten. Anselm sah im Rückspiegel, wie Rautert den Wagen wendete, kurz drauf war er ein paar Meter hinter ihnen.

Sibel behielt das Handy am Ohr, um den Kollegen jede neue Richtungsänderung mitzuteilen. Das war gut so, denn es war wichtig, möglichst gleichzeitig am Zielort anzukommen. Wer konnte wissen, wie viel Zeit ihnen für einen Zugriff bleiben würde. Was das für ein Ziel war, darüber war sich Anselm völlig im Klaren, er hatte schon früh den richtigen Riecher gehabt. Hoffentlich hatte das inzwischen auch

Wermann kapiert, dachte er. Sie waren dabei, seinen Fall zu lösen, das musste ihn doch erfreuen. Ob sie auch dabei waren, ihren eigenen zu lösen, da war sich Anselm immer noch nicht sicher, aber er erhoffte es sich.

Sie fuhren über Seitenstraßen, kamen durch eine Allee, fuhren aber nicht Richtung Innenstadt, sondern näherten sich langsam Hörde.

„Gibt es da eine Großbaustelle?", fragte Anselm.

Sibel zuckte mit den Schultern. „Woher soll ich das wissen? Großbaustellen gibt es doch überall."

Der Laster fuhr nicht auf den Stadtkern von Hörde zu, sondern blieb im Randbereich, und plötzlich bemerkte Anselm in der Ferne die Baustelle. An einem Kran hing eine Lampe, die das Gelände erleuchtete, aber nur in einem Kernbereich, die Ränder lagen im Dunkeln. Es war ein größeres Gebäude, das hier entstand. Die Fundamente ragten aus der Baugrube, einige Mauern des ersten Stockwerks standen schon.

„Da ist es!", rief Anselm. „Sag den Kollegen, sie sollen herkommen. Aber sie sollen sich im Hintergrund halten bis wir das Zeichen geben."

„Sie sind schon hinter uns", antwortete Sibel. „Und sie halten sich auch im Hintergrund, sonst hättest du sie schon gesehen." Anselm ahnte, dass sie dabei grinste, sehen konnte er es in der Dunkelheit nicht.

Sie parkten am Straßenrand, gut hundert Meter vom Lastwagen entfernt. Rautert fuhr an ihnen vorbei und bog in die nächste Seitenstraße ein, die um die Baustelle herum führte. Eine gute Idee, fand Anselm. Wenn er auf der anderen Seite der Baustelle parkte, konnten sie der Truppe beim Einsatz den Fluchtweg abschneiden.

Beim Blick in den Rückspiegel sah er ein paar Meter hinter ihnen die beiden Streifenwagen. Er nickte. Wenn es nach ihnen ging, konnte es jetzt losgehen. Aber erst einmal geschah nichts. Klar, die Typen im Führerhäuschen sondierten das Gelände. Sie wollten feststellen, ob die Luft rein war. Dann geschah wieder alles blitzschnell. Wollitz humpelte nach hinten, öffnete die Heckklappe und die Vermummten sprangen heraus. Wie nach einem genau abgesprochenen Plan begannen sie sich auf der Baustelle zu verteilen. Eine Baubude wurde geknackt, einer kletterte den Kran hoch, um irgendetwas von dort oben runterzuholen. Anselm beobachtete, wie Wollitz vom Rande der Baustelle aus den Einsatz dirigierte. Anselm staunte, wie reibungslos alles ablief und wie schnell die Bande das Diebesgut zusammenkriegte, auf das sie es abgesehen hatte. Schon begannen die ersten, die erbeuteten Stücke zum Laster zu schleppen, Werkzeuge, Geräte aus der Baubude, teure Baumaterialien wie Kupfer und so weiter, genau wie in Wambel. Irgendwie musste das, was da vor seinen Augen ablief, doch mit den Morden zu tun haben, dachte er. Aber wie, das war es, was er erst noch rausfinden musste.

Einer der Vermummten kletterte auf die Ladefläche, nahm das Diebesgut an und schleppte es ins Wageninnere. Wollitz fuchtelte mit dem rechten Arm in der Luft herum, um sie anzutreiben, was Anselm aber nicht nötig zu sein schien. Die Typen arbeiteten so schnell wie er das nicht für möglich gehalten hatte.

Anselm blickte sich um. Die Kollegen in den Streifenwagen saßen zum Einsatz bereit, sie warteten nur noch auf sein Zeichen.

Sibel stieß ihn an, sie hatte noch immer das Handy am Ohr.

„Rautert meint, es reiche“, sagte sie. „Wir sollten jetzt zuschlagen.“

Anselm nickte. Das sah er genauso. Er winkte den Kollegen zu. „Los jetzt“, rief er, als könnten sie ihn hören. „Lass uns vor allem den Wollitz packen, der ist der Wichtigste.“

Den zweiten Satz hatte er an Sibel gerichtet.

Leise öffneten sie die Wagentüren, Anselm blickte sich um und sah, dass die Streifenpolizisten es ihnen gleich getan hatten. Dann stießen sie fast gleichzeitig die Türen auf, sprangen auf die Straße und rannten los. Ihre ersten Schritte blieben noch unbemerkt, dann aber stutzte Wollitz und blickte sich um. Als er sie erkannte, war Anselm schon bis auf sechzig, siebzig Meter an ihn heran gekommen. Wollitz schrie seinen Leuten etwas zu und winkte dabei, dass sie in die andere Richtung entkommen sollten, dann wandte er sich um und rannte zurück zum Lastwagen, der im selben Moment angelassen wurde.

Um Gottes Willen, dachte Anselm, wenn der ihnen jetzt doch noch entkam. Wenn der den Laster vor Anselm erreichte, aufsprang und davonbrauste, dann hatten sie die Chance vermasselt, den Kopf der Truppe auf frischer Tat zu ertappen. Anselm versuchte, schneller zu laufen, er machte längere Schritte und kam Wollitz, der über die Straße humpelte, immer näher. Hinter sich hörte er den keuchenden Atem der anderen, den von Sibel und den der anderen Kollegen. Mit einem Blick sah er, dass Rautert, Wermann und Stendel schon auf der Baustelle waren und die Vermummten vor sich hertrieben. Ein paar von denen würden sie sich bestimmt krallen, aber Wollitz, der war der Wichtigste. Jetzt waren es noch dreißig Meter, während Wollitz schon fast den Laster erreicht hatte. Anselm hatte das Gefühl, dass der Wagen schon leicht rollte. Der Fahrer wartete also nur noch darauf, dass Wollitz aufsprang, dann würde er Gas geben und sie wären weg. Wenn das passierte, könnten sie nur noch versuchen, zu ihren Autos zurückzulaufen, die Verfolgung aufzunehmen und eine Ringfahndung auszulösen. Verdammt, so weit durfte es nicht kommen, das musste unbedingt verhindert werden. Wer konnte ahnen, wie die Sache dann ausgehen würde. Wenn Anselm zwei Schritte machte, schaffte Wollitz gerade einen, die Beobachtung machte ihm Mut, aber jetzt war Wollitz schon an der Beifahrertür, während Anselm noch immer zehn Meter von ihm entfernt war. Da, jetzt griff Wollitz zur Klinke, wollte sich hochziehen, aber mit dem rechten Bein verfehlte er plötzlich das Trittbrett und kam für einen Moment ins Stolpern. Weil der Laster dabei weiterrollte, hielt er sich mit beiden Händen am Türgriff fest und musste zwei-, dreimal mit dem linken Bein auf dem Pflaster hüpfen, bevor er sich wieder hochziehen konnte. Zeit genug für Anselm, um ihn zu erreichen. Mit einem heftigen Stoß rammte er ihn von der Tür weg, so dass Wollitz das Gleichgewicht verlor und rücklings in den Graben stürzte. Anselm grinste. Na also, das wäre geschafft. Im nächsten Moment stand ein Kollege aus den Streifenwagen neben ihm.

„Zieh ihn da raus", sagte Anselm, „und bring ihn zum Streifenwagen. Bleib bei ihm, den brauchen wir unbedingt."

Der Polizist nickte und zog Wollitz, der ihm schon die Arme entgegen streckte, aus dem Graben.

Der Lastwagenfahrer hatte zur Überraschung von Anselm gar nicht erst den Versuch unternommen, Gas zu geben und abzuhauen. Wenn Wollitz gepackt worden war, schien er zu denken, lohnte eine Flucht nicht mehr. Wie apathisch saß er hinter dem Steuer. Anselm sah sich genau sein Gesicht an, aber der Mann war ihm fremd. Nein, den hatte er noch nirgendwo gesehen. Ein Mitarbeiter von Rollmann vermutlich. Sibel riss die Fahrertür auf und forderte ihn auf, sofort auszusteigen. Der Mann folgte ihrer Anweisung. Das lief prima, Anselm nickte zufrieden. Jetzt hatte er Zeit, Rautert, Wermann und Stendel zu unterstützen und auf der Baustelle die Vermummten zu jagen. Von denen brauchten sie mindestens einige, am besten alle, um genügend Zeugen zu haben.

Als er dort ankam, standen schon drei von den Vermummten mit hängenden Köpfen nebeneinander, die Wermann in Schach hielt. Einen von ihnen kannte er. Es war Manfred Birkner, den sie bei ihrem ersten Besuch in der Zeltstadt kennen gelernt hatten. Auch er schien Anselm erkannt zu haben. Betreten schaute er zu Boden.

Wermann lachte.

„Ist das nicht toll", rief er, „wir suchen nach einem Mörder und lösen meine Diebstahlserie."

„Ich habe dir ja versprochen, dass ich dir dabei helfe", grinste Anselm.

Seine Zustimmung war aber nur halbherzig. Wermanns Fall war ihm, wenn er ehrlich war, egal. Ihm war einzig wichtig, hier eine Spur zum Mörder zu finden. Aber wie, davon hatte er noch immer keine klare Vorstellung. Egal, jetzt galt es erst mal, die Vermummten einzukassieren. Er sah, dass Rautert ein Stückchen abseits vom Baugelände gerade einen von ihnen gepackt hatte. Anselm staunte, wie schnell Rautert gelaufen war. So eine sportliche Leistung hätte er ihm nicht zugetraut.

Anselm blickte sich um. Drüben führten zwei Polizisten gerade jeder einen Vermummten ab, dazu den von Rautert, die drei, die Wermann bewachte, fehlten also noch vier. Stendel verfolgte gerade einen davon auf der Straße hinter der Baustelle. Anselm bemerkte, wie leichtfüßig er dem Vermummten näher kam. Nicht wie ein normaler Jogger, sondern wie ein gut trainierter Langstreckenläufer kam er Anselm vor. Kein Zweifel, Stendel hatte es drauf. Nur noch ein paar Schritte, dann hatte er ihn. Das wären dann sieben von zehn, eigentlich sollte das reichen, dachte Anselm.

Er ging ein paar Schritte über die Baustelle, kam zu einem kleinen Mauervorsprung, der fürs Erdgeschoss hochgezogen worden war und glaubte seinen Augen nicht trauen. Dahinter lag tatsächlich einer der Vermummten, eingerollt wie eine Katze, den Kopf völlig unter der Kapuze versteckt. Der tat gerade so, als hätte er mit all dem nichts zu tun, dachte Anselm und musste lachen.

„He!“, rief er, „was ist das für ein Spiel? Ist das Verstecken? Dann hab ich dich jetzt gefunden.“

Der Mann schob die Kapuze aus seinem Gesicht, er kam Anselm sofort bekannt vor. Er brauchte aber noch einen Moment, bis ihm einfiel, woher er ihn kannte. Genau, das war dieser Klaus, der Typ aus Jördens Kneipe, der Sibel den Tipp mit Rollmann gegeben hatte. Anselm konnte es nicht glauben. Weshalb hatte er ihnen das erzählt? Er hatte sich mit seinem Tipp doch selbst ans Messer geliefert. Ob er besoffen gewesen war? Oder wütend auf Rollmann, weil der ihn ebenfalls um ein paar Euro betrogen hatte? Oder wollte der sich einfach nur wichtig tun, vor allem vor Sibel? Wahrscheinlich das letztere, dachte Anselm. So wie der aussah, mit faltigem Gesicht und struppigen Haaren, kam er an keine Frau mehr ran. Da hatte er eben die Chance genutzt, sich vor Sibel mit einer Information aufzuspielen. Vielleicht, dachte Anselm, war er sogar der Typ gewesen, der Wermann anonym den Tipp mit dem Baustellenüberfall gegeben hatte. Komischer Kerl. Aber so, wie er da vor Anselm lag, tat er ihm fast Leid.

„Was willst du?“, fragte der Mann Anselm schließlich, weil ihn dessen Schweigen offensichtlich irritierte, „ich bin doch schon unten. Willst du mich ganz unter Wasser drücken?“

Anselm begann, sich unwohl zu fühlen. Der Typ vor ihm im Dreck liegend wie ein winselnder Hund, er selbst hoch über ihm in einer Haltung uneingeschränkter Macht, nein, so wollte er sich vor keinem Menschen aufspielen. Er sah sich um. Sieben Vermummte standen am Rande der Baustelle, von Wermann und zwei anderen Polizisten bewacht. Zeugen genug, dachte Anselm.

„Hau ab, Klaus“, sagte er deshalb, „mach dich aber so aus dem Staub, dass du meinen Kollegen nicht auffällst. Ich bleib solange hier stehen, bis du weg bist.“

Klaus erhob sich schnell.

„Danke Meister“, sagte er.

„Du musst dich nicht bedanken. Es ist mein Dank für deinen Tipp mit Rollmann. Der hat uns geholfen.“

Der Mann grinste. „Wusste ich doch. Also dann …“ Er tippte sich an die Kapuze. „Nichts für ungut, Meister.“

„Moment, vielleicht brauche ich noch Ihre Aussage.“ Es fiel ihm selbst auf, dass er den Mann plötzlich wieder siezte. Jetzt, wo er nicht mehr hilflos vor ihm lag, war das ganz automatisch gekommen.

„Sie wissen ja, wo Sie mich treffen können.“

„Ne, eben nicht. Ihr müsst euch eine neue Stammkneipe suchen. Die alte wird erst mal dicht gemacht.“

„Schade eigentlich. Zur Not können Sie zum Bahnhof gehen. Fragen Sie einfach nach Klaus, das wird reichen.“

„Okay.“ Anselm nickte. Der Mann machte sich schnell aus dem Staub.

Als Anselm zurück zu den anderen ging, kam auch Sibel gerade humpelnd angelaufen.

„Was ist los?“

„Bin gestolpert, als ich hinter einem Typen, der sich versteckt hatte, hergelaufen bin. Über so ein blödes Verschalungsbrett.“ Sie rieb sich über den Oberschenkel.

„Blutest du etwa?“

„Nein, das nicht. Tut aber trotzdem weh. Wahrscheinlich eine Zerrung.“

Dann könntest du beim nächsten Spiel des BVB nicht auflaufen, wollte Anselm sagen, unterließ es aber. Witzchen schienen ihm angesichts ihrer Schmerzen nicht passend zu sein.

„Wir bringen dich nach Hause“, sagte er stattdessen.

„Zu freundlich", antwortete sie.

Ein Mannschaftswagen fuhr vor. Die Polizisten begannen, die Vermummten darin zu verfrachten, um sie zum Präsidium zu bringen. Rautert kam auf Anselm zu.

„Gut gemacht", lobte er. „Die Überfallserie haben wir geklärt. Nur die Morde, da sehe ich noch keinen …"

„Das kommt schon noch", unterbrach ihn Anselm, „lass uns Zeit."

„Du hoffst auf die Vernehmung der beiden Verantwortlichen, stimmt's?", fragte er, „auf die des Lastwagenfahrers und seines Begleiters, der an der Zeltstadt gepfiffen hat."

„Wollitz heißt der. Das ist der Schwiegervater von Dreier. Ja, den wollen wir unbedingt vernehmen, aber vorher müssen wir uns noch einen anderen packen."

Er winkte Stendel zu sich heran.

„Ich brauche noch mal Ihre Hilfe", sagte er. „Sie sehen ja, meine Kollegin ist verletzt."

„Kein Problem. Jetzt, wo ich ohnehin schon da bin, kann ich auch weitermachen."

Anselm freute sich. So unkompliziert wie mit Stendel lief es nicht mit jedem. Er ging zu Sibel hinüber.

„Sorg noch dafür, dass Jördens verhaftet wird und Wollitz und der Fahrer ins Präsidium kommen", sagte er. „Und lass dich danach nach Hause bringen."

Sie nickte. „Wermann wird sich den Jördens packen, hat er gesagt. Und was machst du?"

„Du weißt doch, wer uns dann noch fehlt."

Sie nickte. „Dann sind die Zellen im Präsidium aber voll."

Anselm schmunzelte. „Ein paar von denen können wir morgen nach der Vernehmung nach Hause schicken."

„Klingt ein bisschen komisch, dieses ‚nach Hause'."

„Wieso komisch? Zelte sind das für manche inzwischen. So weit sind wir gekommen."

24.

Obwohl es schon weit nach Mitternacht war, brannte in Rollmanns Büro noch Licht. Klar, worauf er wartete. Erst mit einer Nachricht von Wollitz würde er seinen Arbeitstag beenden, ahnte Anselm.

Als er zusammen mit Stendel zu seinem Wagen gegangen war, hatte er schlagartig eine tiefe Müdigkeit gespürt. Er hatte deshalb dem Bezirkspolizisten seinen Autoschlüssel gegeben, hatte ihm die Adresse genannt und ihn gebeten zu fahren. Während der Fahrt hatte er den Kopf zurückgelegt und gedöst. Erst als sich ihr Wagen dem Grundstück von Rollmann näherte, war er aufgeschreckt.

„Soll ich auf der Straße parken oder auf den Hof fahren?“, fragte Stendel.

„Auf den Hof natürlich. Wir müssen uns nicht mehr anschleichen.“

Stendel fuhr nicht einfach nur auf den Hof, sondern direkt vor den Eingang von Rollmanns Büro. Gut so, dachte Anselm, sollte Rollmann doch gleich sehen, wer da zu ihm kam. Tatsächlich tauchte sein Gesicht im nächsten Moment hinter dem Fenster auf. Angestrengt blickte er in die Dunkelheit, um zu erkennen, wer da gekommen war. Als er bemerkte, dass es ein fremdes Auto war, tauchte er sofort ab.

„Aufpassen, der will abhauen!“, rief Anselm.

Stendel drehte ihm das Gesicht zu und grinste. „Ich glaub, der kennt mich noch nicht. Naja, kein Wunder. Ich bin ja auch meistens bei der Zeltstadt.“

Auch Anselm musste grinsen. Er hatte ja eben bewundern dürfen, was Stendel läuferisch drauf hatte. Deshalb stieg er betont langsam aus dem Auto, während Stendel sich beeilte. Im selben Moment, in dem Stendel den Wagen verlassen hatte, kam Rollmann aus seinem Bürogebäude gerannt. Er lief zum hinteren Teil des Platzes hinüber, der in tiefer Dunkelheit lag, Stendel rannte hinterher. Anselm blieb beim Wagen stehen und lehnte sich lässig gegen die Beifahrertür. Einerseits war er sich sicher, wie der Wettkampf, der da gerade entbrannt war, ausgehen würde. Andererseits musste es jemand geben, der das Hoftor bewachte. Sicher war sicher, denn rauskommen aus seinem eigenen Gelände sollte Rollmann nicht. Man konnte nie wissen, was dann passieren würde.

Er konnte die beiden in der Dunkelheit nicht mehr sehen, nur noch ihre gedämpften Schritte auf dem Lehmboden hören. Irgendwo fiel etwas um, ein Eimer oder eine Schaufel. Es war ein schepperndes Geräusch. Dann kam Rollmann plötzlich aus der Dunkelheit direkt auf Anselm zugerannt. Er schien tatsächlich geglaubt zu haben, dass Stendel alleine gekommen war, um ihn zu holen und wollte vermutlich mit dessen Auto fliehen. Anselm schüttelte seelenruhig den Kopf, Rollmann sah es mit entsetztem Blick und bog ihm letzten Moment, bevor Anselm hätte zupacken können, ab, hinüber zur anderen Hofseite. Stendel war im nächsten Moment hinter ihm.

Anselm hatte Spaß an dem Wettrennen. Ja, das war der beste Abschluss ihres anstrengenden Tages. Ein kleiner Wettkampf, direkt für Anselm veranstaltet. Und für den Verfolgten war es schon Teil seiner Strafe, die er sich weiß Gott verdient hatte. Sollte er sich ruhig noch ein bisschen anstrengen, bevor er gepackt würde, sollte er ruhig noch ein wenig Hoffnung haben, entwischen zu können. Umso größer würde seine Enttäuschung über die Festnahme sein, die Anselm ihm von Herzen gönnte. Ja, möglichst groß sollte die Enttäuschung sogar sein, dass er mit seinen Machenschaften zur Rechenschaft gezogen wurde.

Rollmann tauchte jetzt wieder aus der Dunkelheit auf und versuchte, durch das Tor zu entkommen. Ne, das war jetzt gegen die Spielregeln. Anselm schnitt ihm mit ein paar Schritten den Weg ab und schüttelte wieder den Kopf, so dass Rollmann, dicht gefolgt von Stendel, nur noch die Flucht zurück ins Bürogebäude blieb. Auch nicht schlecht, dachte Anselm. Von außen zu sehen, wie die beiden durch das hell erleuchtete Bürogebäude hetzten, hatte auf jeden Fall seinen Reiz. So langsam kam zu seinem Ärger über Rollmann ein gewisser Respekt hinzu. Nein, so eine sportliche Leistung hatte er ihm nicht zugetraut. Allerdings hatte er seit Stendels letztem Vorbeilaufen das Gefühl, dass der Kollege Anselms Freude bemerkt hatte und sich etwas zurückhielt, um ihm das Späßchen noch ein paar Augenblicke lang zu gönnen.

Tatsächlich schaffte es Rollmann noch einmal, jetzt aber schon deutlich außer Puste, aus dem Bürogebäude zu entkommen und auf den Hof zu laufen, Stendel dicht im Nacken.

„Gib nicht auf, Rollmann!", rief Anselm. „Ich will noch was sehen. Ein bisschen Schaulaufen hab ich mir verdient!"

Der Zwischenruf ließ Rollmanns Hoffnung endgültig zusammenbrechen, augenblicklich später blieb er stehen. Stendel packte ihn am Kragen.

„Mensch Rollmann", rief Anselm, „was machst du denn da? Ich hab doch gesagt, dass du dich anstrengen sollst. Da kannst du doch nicht einfach aufgeben. An meinen Spaß denkst du wohl gar nicht."

Rollmann ließ den Kopf hängen und keuchte. Erst nach ein paar Atemzügen fand er wieder die Kraft zu sprechen.

„Halt's Maul!", rief er. „Das wird euch teuer zu stehen kommen. Ich werde meinen Anwalt einschalten, dann werdet ihr sehen, was passiert."

„Natürlich, die Anwälte, mit denen müssen wir immer

rechnen.“ Anselm genoss es, Rollmann fertig machen zu können. „Aber behaupte nicht, dass wir dich gezwungen haben zu laufen. Gerannt bist du ganz freiwillig. Und wie gut, Mensch, das hätte ich dir gar nicht zugetraut.“

Stendel stand hinter Rollmann und grinste. „Wenn die Kripo mich mal wieder braucht für Spezialeinsätze, komme ich gerne wieder“, sagte er. „Joggingtraining bei Nacht, das hat was.“

Rollmann spuckte vor ihnen aus. „Arschlöcher!“, schrie er.

„Nana, wer wird denn gleich böse werden. Und wer von uns dreien ein Arschloch ist, das werden wir morgen feststellen.“

Er griff Rollmanns Arm und packte so fest zu, so dass der aufschrie.

„Aua, Mensch. Passen Sie doch auf.“

„Oh, Entschuldigung. Tut mir Leid, wenn ich Ihnen wehgetan habe.“ Anselm schlug von einem Moment zum anderen wieder einen dienstlichen Ton an. Trotzdem lockerte er seinen Griff erst, als Rollmann im Wagen saß.

25.

Anselm hatte nur fünf Stunden lang geschlafen, tief und fest allerdings, dann war er schon wieder auf den Beinen. Er guckte gar nicht erst in den Spiegel, um sich nicht zu erschrecken, duschte mit kaltem Wasser, um wach zu werden und rasierte sich sorgfältig. Während er das tat, blickte er hinunter auf die Straße. Dort unten gingen die Grundschüler zur Schule. Es war sein Lieblingsausblick. So oft es ging schaute er den Kleinen aus der Grundschule zu. Es war ein Bild, das ihn beruhigte und das etwas von einer Unschuld ausstrahlte, die er in seinem Beruf nicht vorfand. Gleichzeitig wusste er, dass das Bild täuschte. Sein Freund Burkhard hatte ihm oft genug erzählt, was an den Schulen los war, wie viel Aggressivität selbst unter Grundschülern vorkam. Trotzdem, der Blick von hier oben verriet nichts davon, und in schwachen Stunden wollte sich Anselm auch einmal etwas vormachen lassen.

Es war Freitag, fiel ihm dann ein. Wenn alles gut lief, könnten sie ihren Fall heute abschließen. Anselm war sich zwar nicht sicher, wie die Spur von Rollmann und Jördens zu den Mordopfern führte, aber er hoffte, dass er den Zusammenhang finden und vor allem beweisen könnte. Wenn er das geschafft hätte, läge ein freies Wochenende vor ihm, und wenn Tanja bis dahin die Sache mit ihrem Ex-Mann geklärt hatte, ja dann … Anselm wollte nicht weiterdenken. Nur nichts beschreien, dachte er, dann klappte es sowieso nicht.

Während er nach Dortmund fuhr, dachte er angestrengt über die Zusammenhänge nach, die sich aus den Festnahmen in der Nacht ergaben. Die Beziehung zwischen Jördens

Kneipe und Rollmanns Zeitarbeiterfirma war nun klar. Eine ungeheure Sauerei war das, weil die Typen nicht davor zurück schreckten, aus den Ärmsten der Armen auch noch das Letzte rauszupressen. Es war die Ausbeutung derer, die schon längst am Boden lagen.

Die beiden Mordopfer stammten aus ihren Reihen und von ihnen aus gab es nur eine Brücke, die zu Jördens und Rollmann führte, nämlich Wollitz, den Schwiegervater des ersten Opfers. Bei Wollitz musste er ansetzen, ihn galt es zu knacken. Anselm versuchte, seine Wut auf ihn zu lenken. Wenn es ihm gelang, würde er das schaffen. Anselm vertraute auf seine innere Stimme.

Als er im Präsidium ankam, saßen die drei schon in seinem Zimmer, Jördens, Rolllmann und Wollnitz. Wermann saß auf einem Stuhl am Fenster und hatte begonnen, sie zu befragen, während Sibel am Tisch an der Tür saß und alles auf Tonband aufnahm. Offensichtlich wollte Wermann seine Einbruchsserie jetzt so schnell wie möglich aufklären. Blödsinn war das, ärgerte sich Anselm. Jetzt war nicht die Zeit für Alleingänge, jetzt galt es, aufeinander abgestimmt vorzugehen. Aus den Antworten des einen konnten die beiden anderen prima ihre Schlüsse ziehen und sich gemeinsam rausreden. So gut es ging jedenfalls. Das wusste Wermann auch, aber wenn er trotzdem so handelte wie er es tat, zeigte er, wie sehr ihn die wochenlange Suche nach der Diebesbande mitgenommen hatte. Noch länger auf die Aufklärung warten zu müssen, konnte er offensichtlich nicht durchhalten.

Die drei schienen schon die richtigen Schlussfolgerungen daraus gezogen zu haben. Mit finsteren und entschlossenen Mienen schauten sie Anselm an, als er den Raum betrat. Die kalte Wut, die er eben schon gespürt hatte, steigerte sich noch weiter.

„Ich weiß schon“, sagte er, während er sich an seinen

Schreibtisch setzte, „Sie sind alle unschuldig. Das sehe ich Ihnen an.“ Dazu grinste er breit. Die drei verloren augenblicklich ihr zur Schau getragenes Selbstbewusstsein. Verwirrt schauten sie ihn an. Na also, die Überraschung hatte geklappt. Das machte die Vorteile, die sie aus Wermanns Ungeduld gezogen hatten, wenigstens teilweise wieder wett.

„Sie müssen sich nur noch ein kleines bisschen gedulden, dann dürfen Sie sofort nach Hause.“

Jetzt schaute nicht nur Rollmann fragend auf Wollitz, auch Wermann blickte Anselm erstaunt an. Gott sei Dank sagte er aber nichts.

„Ich weiß, dass der nächtliche Raubzug gestern einzig aus bester Absicht geschehen ist, stimmt’s?“ Anselm grinste dazu.

Wollitz blickte ihn jetzt so geistlos an, wie er selten einen Menschen geistlos hatte blicken sehen. Wieso aus bester Absicht, schien er fragen zu wollen.

„Alles geschah doch nur darum, den Obdachlosen einen kleinen Zusatzverdienst zukommen zu lassen“, half Anselm ihm auf die Sprünge, „das sehen wir doch richtig, oder? Die armen Menschen kann man doch nicht im Stich lassen. Da muss man doch helfen.“

„Hören Sie“, rief Rollmann, „wenn Sie uns hier verarschen wollen, dann will ich jetzt wirklich nach Hause. Das muss ich mir nicht bieten lassen.“

Anselm grinste weiter. Na also, das klappte doch. Ein bisschen locken und schon wurden sie unruhig. So könnte es weitergehen.

„Wieso denn verarschen?“, fragte Anselm. „War das gestern denn keine Hilfsaktion für die Zeltstadtleute? So eine Art Sponsering auf Kosten anderer?“

„Wir wissen genau, dass das, was wir gestern gemacht haben, nicht in Ordnung war“, erklärte Rollmann, der sich durch seine Erklärungen immer mehr zum Chef der drei aufschwang. Genauso hatte es Anselm vermutet.

„Wir waren klamm, wir drei“, sagte Rollmann, „da sind wir auf die dumme Idee gekommen. Ein Fehler, der sich sofort gerächt hat.“

Daher wehte der Wind. Zugeben, was nicht zu leugnen war und den Rest abstreiten. Wermanns Diebstahlserie und die beiden Morde sowieso. Nicht schlecht kalkuliert, dachte Anselm. Fragte sich nur, ob sie diese Taktik durchhalten würden, vor allem dann, wenn sie allein vernommen würden. Und dazu, fand Anselm, war jetzt der richtige Zeitpunkt.

Er winkte Wermann nach draußen auf den Flur.

„Rollmann ist die härteste Nuss, die wir knacken müssen“, sagte er. „Hast du es gemerkt?“

Wermann nickte. „Hab schon verstanden, was du mit deinen merkwürdigen Bemerkungen vorhattest. Du wolltest sie aus der Ruhe bringen. Also sollten wir Rollmann jetzt erst mal wegschließen, stimmt's?“

„Genau. Und dann nimmst du dir Jördens vor, und ich rede mit Wollitz. Von dem verspreche ich mir am meisten.“

„Für deine Morde meinst du.“

Anselm nickte. „Wenn die geklärt sind, ist das andere kein Problem mehr.“

Kurz drauf saß er mit Sibel und Wollitz in seinem Zimmer. Sibel bediente wieder das Tonband.

Wollitz blieb bei der Strategie, die Rollmann vorgegeben hatte. Nur einen einzigen Raubzug hätten sie unternommen, eine dumme Idee, die auch gleich aufgefallen sei. Sie hätten dabei an sich gedacht, das stimme, aber auch ein bisschen an die Obdachlosen. Die armen Hunde hätten doch nichts.

„Als Sie über Ihren Schwiegersohn sprachen, klang das aber nicht nach Mitleid“, wandte Anselm ein. „Im Gegenteil, da waren Sie sauer auf jemanden, der auf der Straße gelandet ist.“

„Das ist ja auch was anderes!“, rief Wollitz. „Von dem Ehemann meiner Tochter kann ich ja wohl verlangen, dass er seine Familie ernähren kann."

„Und die anderen Obdachlosen müssen das nicht können?"

„Die anderen kenne ich nicht. Was weiß ich, weshalb die auf der Straße gelandet sind."

„Hätten Sie Ihren Schwiegersohn denn auch mitmachen lassen gestern Nacht, wenn er noch gelebt hätte?"

Wollitz schwieg.

„Natürlich hätten Sie das nicht", beantwortete Anselm seine eigene Frage. „Das wäre ja auch schlecht gegangen, dem Schwiegersohn Versagen vorwerfen und selber Raubzüge mit Obdachlosen organisieren. Was glauben Sie, was Dreier dazu gesagt hätte?"

Wollitz schwieg.

Anselm bekam plötzlich eine Idee. „Meine Frage gerade war falsch gestellt", sagte er, „haben Sie das gemerkt?"

Wollitz schüttelte den Kopf. „Nein, wieso?"

„Weil ich gefragt habe, was Sie glauben, welchen Kommentar Dreier dazu abgegeben hätte. Tatsächlich glauben Sie gar nichts, sondern wissen es."

„Was soll ich wissen? Nichts weiß ich." Wollitz' Augen flackerten vor Unruhe, nicht eine Sekunde lang konnte er Anselm ansehen, sondern wich seinem Blick immer wieder aus.

„Sie wissen, was Dreier dazu gesagt hat. Und ich kann es mir auch denken, denn Dreier war gegen solche Raubzüge. Der wollte, dass man die Leute in der Zeltstadt in Ruhe ließ. Dass man aufhörte, sie vertreiben zu wollen. Alles, was er tat, war darauf ausgerichtet. Wenn Mönkmeyer und seine Leute rausgefunden hätten, dass die Obdachlosen nachts auf Diebestour gehen, wäre das ein gefundenes Fressen für sie gewesen. Das wäre genau der Grund dafür gewesen, die Leute endlich loszuwerden." Klar, das war es. Anselm nickte zu seinen eigenen Ausführungen.

„Ich weiß nicht, was Sie meinen."

„Das wollen Sie nicht wissen? Tun Sie nicht so." Anselm beugte sich vor und sah ihm genau in die Augen.

„Passen Sie auf, wir werden den Betrieb von Rollmann auseinander nehmen. Wir werden da jedes Steinchen umdrehen, bis wir nachweisen können, dass diese Diebestouren mit den Obdachlosen schon seit langem laufen. Und dann werden wir nachweisen, dass Dreier das Spiel durchschaut, und dass er vor allem Sie dabei entdeckt hat. Und aus Angst davor, dass alles auffliegt, haben Sie ihn …"

Anselm zögerte einen Moment, bevor er fortfuhr.

„ … da haben Sie ihn beseitigt. Sie hatten das stärkste Motiv dafür, denn er hatte Sie erkannt. Bin mal gespannt, wie Ihre Enkeltochter darauf reagiert, dass der Opa den eigenen Vater umgebracht hat. Was sie wohl dazu sagen wird."

Anselm ahnte, dass das nicht die ganze Wahrheit war. Aber er musste jetzt einfach auf den Busch klopfen und versuchen, Wollitz aus der Reserve zu locken. Anders ging es nicht, denn ob es ihm mit Rollmann gelingen würde, die Wahrheit rauszufinden, da war er sich nicht sicher. Nein, Wollitz war der richtige Mann. Und die Drohung mit der Enkeltochter war genau der richtige Hebel dafür.

Wollitz' Kopf sank plötzlich kraftlos nach vorn. Seine Schultern zuckten, aber er weinte nicht, wie Anselm im ersten Moment geglaubt hatte, sondern er zuckte vor Erregung. Anselm sah, dass Sibel nickte. Pass auf, gleich hast du ihn, sollte das heißen.

„Wenn die Enkeltochter nichts mehr mit dem Opa zu tun haben will, das stelle ich mir …"

„Nein, so war es nicht", rief Wollitz plötzlich. „Ich habe ihn nicht ermordet, nein, das habe ich nicht getan."

„Und wie war es dann?" Anselm bemühte sich um einen sachlichen Ton.

Eine Pause trat ein, lange, sehr lange, und Anselm

glaubte schon, Wollitz würde sie dazu benutzen, sich wieder zu fangen, aber dann begann er doch zu erzählen.

„Ja, es stimmt, dass Sebastian rausgekriegt hat, was lief. Eines Nachts muss er gehört haben, wie ich gepfiffen habe. Dann hat er beobachtet, dass einige von den Obdachlosen aus ihren Zelten gekrochen und über die Wiese verschwunden sind. Danach hat er sich wohl auf die Lauer gelegt, hat aufgepasst, was genau passierte und muss mich beim nächsten Mal erkannt haben. Ich habe doch nicht gewusst, dass Sebastian unter den Leuten ist, die da in den Zelten wohnen. Wenn ich das gewusst hätte, dann hätte ich doch sofort …"

Er unterbrach sich und schüttelte mit dem Kopf. Anselm ließ ihm Zeit.

„Jedenfalls stand er eines Tages vor meiner Haustür, zusammen mit diesem anderen, diesem …"

Anselm griff zu seinem Handy, suchte das Foto vom toten Sander und zeigte es Wollitz. Der nickte.

„Ja, mit dem ist er gekommen. Und dann hat er angefangen, mich wüst zu beschimpfen. So laut, dass ich Angst hatte, die Nachbarn könnten es hören. Gott sei Dank war ich allein zu Hause.

So einer bist du also. Anderen Leuten vorwerfen, dass sie nichts zustande kriegen, dass sie Versager wären und dabei selber vom Klauen leben. Anderen Leuten vorschreiben, wie sie arbeiten sollen, und dass es nur so oder so geht und dann selber während der Nächte Diebeszüge unternehmen. Versuch erst gar nicht, dich rauszureden, ich habe dich gesehen. Ich habe euch alle dabei beobachtet, wie ihr mit dem Lastwagen vorgefahren seid, wie du gepfiffen hast und meine Kollegen aus den Zelten gekommen sind, einzig damit ihr sie noch weiter ausbeuten könnt. Und wie Jördens in seinem Mercedes auf der anderen Straßenseite gewartet hat, das habe ich auch gesehen. Ich habe diesem Typen von Anfang an misstraut, von wegen, der Freund der Armen, der sie bei sich in der Kneipe aufwärmen lässt, weil er ein weiches Herz hat. Ja, ihr passt gut zusammen, du, der Erfolgreiche im Fußball und im Beruf und er, der Gutmensch, der immer zuerst an die anderen denkt. Von wegen, Heuchler seid ihr! Nichts als verlogene Verbrecher.

Was ist eigentlich, wenn ich das deiner Tochter erzähle? Meiner Frau, für die ich ja nicht gut genug war. Hast du doch immer gesagt. Ob ein verbrecherischer Vater für sie gut genug ist? Da wäre ich gespannt auf ihre Antwort. Und erst mal deine Enkeltochter, meine Sandra. Mit mir darf sie ja nicht mehr sprechen. Ich bin ja kein passender Umgang für sie, mit so einem Vater wie mir müsste sie sich ja schämen. Aber du, du bist der richtige Opa. An dir kann man sich wunderbar ein Beispiel nehmen. Nachts klauen und dazu noch die Ärmsten der Armen missbrauchen, das ist der richtige Umgang für die beiden.

Ich habe zuerst alles abgestritten, aber er hat mir nicht geglaubt. Dann habe ich versucht, ihn zu beruhigen und ihn gebeten, nichts davon Meike und Sandra zu erzählen. Es seien doch noch immer seine Frau und seine Tochter, er solle die Familie nicht vollständig kaputt machen."

„Und dann haben Sie ihm angeboten, dass er bei ihnen mitmachen soll, stimmt's?", warf Sibel ein.

Wollitz nickte. „Ja, aber das hat er nicht gewollt. Ich habe auch nicht ernsthaft geglaubt, dass er es tun würde. Er hatte ja immer seinen eigenen Kopf und hat die Möglichkeiten, die sich ihm boten, immer ausgeschlagen."

„Nachts auf Diebestour zu gehen, wollen Sie das wirklich als gute Möglichkeit für ihn bezeichnen?", ereiferte sich Anselm.

„Als gute Möglichkeit habe ich das nicht bezeichnet, aber es ist doch immer noch besser als ein Pennerleben im Zelt."

Anselm hatte keine Lust, sich auf diese Logik einzulassen. „Weiter“, drängte er, „was geschah dann?“

„Ich musste ihm versprechen, mit den Diebestouren aufzuhören. Auf jeden Fall sollte keiner aus der Zeltstadt mehr daran teilnehmen. Das war ihm das Wichtigste an allem.“

Anselm verstand. Klar, er wollte Mönkmeyer keinen Vorwand dafür liefern, dass er sie vertreiben konnte.

„Aber das konnten Sie natürlich nicht“, sagte er, „dafür steckten Sie schon viel zu tief drin.“

„Nicht ich, sondern Rollmann. Ich bin dann zu Rollmann gegangen und habe ihm die Begegnung geschildert. Ich habe ihm meine ganze Familiengeschichte erzählt und gesagt, dass ich nicht mehr mitmachen könnte. Ich wollte doch nicht meine Tochter und meine Enkeltochter verlieren. Und meine Frau, die weiß auch nichts davon. Obwohl ich nicht sicher bin, ob sie nicht etwas ahnt. Ich bin ja manchmal die ganze Nacht unterwegs. Aber sie fragt nicht. Sie nimmt es hin, dass ich erst morgens nach Hause komme und verlangt keine Erklärungen. Aber Rollmann hat davon nichts wissen wollen.

Beruhige dich, das kriegen wir schon hin. Von so einem lassen wir uns doch nicht aufhalten. Doch nicht Leute wie wir. Ich weiß, wie wir das regeln. Oder willst du etwa vielleicht auf einen Penner hören?

Nein, auf einen Penner wollte ich nicht hören. Jedenfalls nicht auf Sebastian, der immer die falschen Entscheidungen getroffen hat im Leben. Gerade auf den nicht. Aber bei dem Gedanken, dass ich mir von Sebastian nicht dreinreden lasse, habe ich nicht aufgepasst. Ich habe ja nicht ahnen können, was Rollmann mit seiner Bemerkung, dass er das schon hinkriege, gemeint hat. Nein, mit Mord will ich nichts zu tun haben, und schon gar nicht mit Mord an meinem Schwiegersohn, egal, was aus ihm geworden ist. Immerhin ist er der Vater meiner einzigen Enkeltochter. Mein Gott, wenn die das erfährt …"

Er hielt sich die Hand vor den Mund. So wie er da vor ihnen saß, kam er Anselm glaubwürdig vor. Er blickte Sibel an, sie nickte. Die Erleichterung war ihr ins Gesicht geschrieben. Fall gelöst, sollte das heißen. Jedenfalls so gut wie. Sie schaltete das Tonband ab, Anselm rieb sich die Stirn. Von einem Augenblick zum anderen spürte er eine tiefe Müdigkeit. Kein Wunder nach der Anstrengung des gestrigen Tages und den wenigen Stunden Schlaf.

26.

Rollmann und Jördens saßen still und bewegungslos vor ihnen, während das Tonband mit der Aufnahme von Wollitz lief. Hörten sie überhaupt zu? Anselm war sich zwischendurch nicht ganz sicher. Aber genau in dem Moment, in dem Wollitz von seinem Gespräch mit Rollmann berichtete, zuckten dessen Mundwinkel. Na also, so cool wie er tun wollte, war er doch nicht.

Sibel schaltete das Tonband aus, Anselm wartete, auch Sibel sagte nichts. Wermann hatte sich auf einen Stuhl am Fenster gesetzt, wie er das gerne machte und beobachtete von dort aus das Geschehen.

Jördens und Rollmann wichen ihren Blicken aus und starrten vor sich hin. Jördens wirkte auf Anselm völlig verändert im Vergleich zu ihren bisherigen Begegnungen. In seiner Kneipe hatte er mit der Schürze vor dem dicken Bauch und dem kurz geschnittenen Bart gemütlich gewirkt, davon war jetzt nichts mehr zu spüren. Starr und gefühlskalt kam er Anselm vor, der sich fragte, welches der beiden Gesichter das echte war. Das in der Kneipe oder das hier vor ihnen.

„Gut“, sagte Anselm schließlich, „die Aussage von Wollitz reicht uns. Das langt für eine Mordanklage gegen Sie, Herr Rollmann. Und weil der zweite Mord unabweisbar mit dem ersten zusammenhängt, sind es zwei Mordanklagen.“

Langsam, dann immer heftiger begann Rollmann den Kopf zu schütteln.

„Nein“, sagte er, „Mörder sind wir nicht. Diebe, das ja, das streiten wir auch nicht mehr ab. Aber die beiden Obdachlosen haben wir nicht umgebracht.“

„Ach, dann waren das wohl die großen Unbekannten", lästerte Anselm. „Die kennen wir. Die werden immer als letzte Möglichkeit ins Gespräch gebracht."

„Wenn Sie es nicht waren", mischte Wermann sich jetzt ein, „wer dann? Dann erzählen Sie uns doch mal Ihre Geschichte."

Rollmann sah Jördens an, der erwiderte seinen Blick aber nicht, sondern starrte weiter vor sich hin.

„Alles fing damit an, dass ich die meisten meiner Mitarbeiter entlassen musste. Bei Schwierigkeiten in den Betrieben sind es zuerst immer die Zeitarbeiter, die rausfliegen. Die Wirtschaftskrise begann ja schon lange vor der Finanzkrise, das haben bloß nicht alle gemerkt. Wir waren die ersten. Und ich, ich war schon so gut wie …"

„Pleite?", fragte Sibel.

Rollmann nickte. „Ich hatte mit meiner Frau schon darüber geredet, ob wir Insolvenz anmelden müssten oder ob wir sie noch vermeiden könnten. Wir wollten das aber nicht, unser Haus war nicht abbezahlt, wir wollten es behalten. Wir hatten es als unseren Ort gedacht, an dem wir alt werden könnten. Aber wir hatten keinen Ausweg gesehen. Wir wussten einfach nicht, wie wir wieder an Aufträge kommen sollten. Im Gegenteil, immer mehr Betriebe bauten Stellen ab. Da kam plötzlich ein Mann zu mir, der sehr genau Bescheid wusste über meine Situation. Abends war das, nach Arbeitsschluss. Ich war allein in meinem Büro, die Sekretärin war schon nach Hause gegangen. Der musste durch einen unserer Entlassenen informiert worden sein. Wir könnten auch für ihn arbeiten, hat er mir erklärt. Eine sichere Sache, die er mir da anbieten könnte, mir und einigen meiner Zeitarbeiter. Wir könnten Baustellen und Lagerhallen leer räumen, er würde uns die Sachen abkaufen, und Geld gäbe es sofort cash auf die Hand. Keine Spuren, kein Diebesgut, das zurückbleibt. Eine sichere Sache."

Rollmann blickte Anselm an, als wollte er sich versichern, ob er ihm die Geschichte abnahm.

„Weiter", drängte Anselm.

„Was sollte ich machen? Insolvenz oder das Angebot annehmen? Ich wollte die Firma unbedingt behalten, also habe ich eine Tour mit Wollitz unternommen. Anderen Leuten konnte ich ja nicht vertrauen. Eine Tour, habe ich gedacht. Vielleicht bin ich dadurch schon ein bisschen saniert. Es war ganz einfach, wir haben gestaunt, was auf den Baustellen so alles rum lag. Mit dem Diebesgut sind wir nicht mal zu uns auf meinen Hof gefahren, sondern zu einem kleinen Parkplatz direkt in der Nähe der Autobahn, wo wir die Geräte umgeladen haben. Es lief ganz unkompliziert ab. Das Geld haben wir uns geteilt, es war erst mal genug für ein, zwei Monate. Danach habe ich das nicht mehr machen wollen, ich habe gehofft, dass die Auftragslage besser würde. Es war mir einfach zu riskant, obwohl alles so glatt gelaufen war. Aber ich hatte trotzdem ein ungutes Gefühl. Dann kam das nächste Angebot. Einfach so, über Fax. Wie eine Bestellung wirkte es, Mischmaschine, Computer, Kupferkabel. Ich habe das Fax sofort verschwinden lassen, aber nicht weggeworfen. Dann bin ich zu Hermann gegangen, in seine Kneipe, die damals eine ganz normale Kneipe war. Ich habe ein paar Bier getrunken und ihm dann von der Sache erzählt. Ich konnte das, wir hatten Vertrauen zueinander."

Jetzt endlich rührte sich Jördens. „Ja, es stimmt, ich habe ihn überredet, das Angebot anzunehmen. Warum auch nicht, es war doch eine sichere Sache. Ich war es auch, der ihm die Sache mit den Obdachlosen vorgeschlagen hat. Da waren doch Leute, die man einfach nur rufen musste. Es war so, als würden sie nur darauf warten, dass man sie ansprach. Die haben auch davon profitiert, es gibt ihnen ja sonst niemand was. Mit den Leuten, habe ich ihm gesagt, lässt sich das doch prima durchführen."

„Vor allen Dingen waren sie billig. Die waren doch schon mit ein bisschen Geld für Alkohol zufrieden, das Jördens ihnen dann in seiner Kneipe wieder abnahm. So was nennt man dann wohl doppelt verdienen, oder?“ Anselm merkte selbst seiner Stimme die unterdrückte Wut an. Hart und rau klang sie, als wäre er heiser.

Jördens sah ihn mit müdem Blick an. Zu einem Widerspruch war er nicht mehr in der Lage, wozu auch. Die Fakten lagen klar auf dem Tisch.

„Sie haben die Obdachlosen dann bewusst in Ihre Kneipe gelockt, stimmt's“, sagte Wermann. „Sie wollten rausfinden, wen sie gebrauchen konnten für Ihre nächtlichen Touren und wer auch dafür längst zu kaputt war.“

Jördens schwieg weiter.

Wermann beugte sich vor. „Seit fast einem halben Jahr läuft das jetzt so. Vierzehn Überfälle, wenn wir richtig gezählt haben. Vermutlich immer mit denselben Leuten.“

Mit funkelnden Augen sah Wermann die beiden an und wirkte dabei so, als hätten sie das ausschließlich deshalb gemacht, um ihn, Wermann, zu ärgern. Die beiden wichen seinem Blick aus.

Wahrscheinlich waren die Diebe jene Leute, die Probleme mit Dreier gehabt hatten, dachte Anselm. Die beiden Teetrinker von der Zeltstadt hatten ihnen davon erzählt. Dreier hatte gewusst, wer beteiligt war und er musste versucht haben, sie davon abzubringen. Daher der Streit, dessen Inhalt die beiden nicht mitbekommen hatten.

„Haben Sie immer auf demselben Parkplatz an der Autobahn die Waren umgeladen?“, wollte Anselm wissen.

„Nein“, antwortete Rollmann. „Das geschah ab dem zweiten Überfall weiter weg. Zuerst in der Nähe von Bielefeld, dann sind wir immer bis hinter Hannover gefahren.“

„Und warum so weit?“

„Unsere Auftraggeber wollten das so. Die Waren sind

zwei-, dreimal nach Polen, später nur noch nach Rumänien gegangen."

„Und da hat Dreier ihr erfolgreiches Geschäft gestört und musste beseitigt werden", sagte Sibel.

Rollmann atmete tief durch. „Normalerweise ist Wollitz immer mitgefahren zum Umschlagplatz", erklärte er. „Er hat die Waren abgeliefert und das Geld kassiert."

„Wieviel?", unterbrach ihn Wermann.

„So zehn- bis fünfzehntausend Euro. Das haben wir dann geteilt, erst unter uns dreien, den Rest für die Leute aus der Zeltstadt." Er atmete wieder tief durch. Offensichtlich fiel es ihm schwer, das alles zu erzählen, aber er verfolgte damit eine bestimmte Absicht, Anselm merkte es.

„Einmal, vor gut einer Woche, bin ich aber mitgefahren. Da habe ich Wollitz gesagt, dass ich es diesmal übernehmen würde. Ich habe ihm erklärt, dass er nicht so oft nachts wegbleiben dürfe, weil sonst vielleicht seine Frau misstrauisch würde. Er hat mir das geglaubt. Ich habe beim Umladen dem Mann, der dabei das Kommando hatte und mir das Geld gab, dann von Dreier erzählt. Ich habe ihm gesagt, dass uns jemand entdeckt hätte, der uns verpfeifen wolle. Er hat ganz ruhig darauf reagiert, hat gefragt, wie er heiße und wo er wohne. Ich habe ihm dann alles genau beschrieben, so gut es ging, auch über den Freund von Dreier. Ist gut, hat der Mann schließlich geantwortet, machen Sie sich keine Sorgen. Wir erledigen das. Ich hab gedacht, dass er sie bedrohen oder unter Druck setzen würde, aber doch nicht damit, dass sie die beiden gleich umbringen würden. Einen Denkzettel, das ja. Aber doch nicht so was."

Noch einmal atmete er tief durch.

„Jedenfalls sind wir keine Mörder. Mit dem Tod der beiden haben wir nichts zu tun, dafür haben unsere Auftraggeber einen aus Rumänien geschickt."

„Nein", rief Anselm bitter, „die Mörder von Dreier und

Sander sind sie nicht. Sie haben die beiden nur ans Messer geliefert, abgeschlachtet haben sie die anderen. Das ist natürlich etwas völlig anderes. Und wer das genau ist, Namen und Adressen, wissen Sie natürlich nicht."

Jördens und Rollmann schüttelten den Kopf. Anselm hatte nichts anderes erwartet und es war komisch, er glaubte es ihnen sogar. Irgendeine rumänische Mafia steckte hinter all dem. Und wie wenig Wert die einem Menschenleben beimaßen, das hatte er schon vor Eintritt des Landes in die EU gehört.

„Glauben Sie nicht, dass wir Ihre Auftraggeber nicht ausfindig machen können", rief Wermann plötzlich drohend. „Die Absender der Faxe kriegen wir auf jeden Fall raus und vielleicht kommt ja noch eins, während wir hier sitzen. Dann könnten wir beim nächsten Termin, wenn die darauf warten, dass wieder umgeladen werden soll, sogar dabei sein."

Anselm nickte. Ja, das wäre die beste Perspektive, die Mafiosi auf frischer Tat zu ertappen. Er wusste, dass er sich darum nicht kümmern musste, die Spuren rauszufinden, die zu ihnen führten. Wermanns Ärger war groß genug, sich in diese Aufgabe zu verbeißen.

Er griff nach dem Hörer seines Telefons und rief nach zwei Beamten.

„Abführen", sagte er, als sie das Zimmer betraten.

Danach war es ein paar Minuten ganz still in seinem Zimmer.

„Glaubst du ihnen die Erklärung, dass sie nicht die Mörder waren?", fragte Wermann schließlich.

Anselm nickte. „Für einen Auftragmörder spricht, dass bei beiden Opfern die Papiere fehlten. Dass wir nicht rauskriegen sollten, um wen es sich handelt, konnte der Täter nicht ernsthaft annehmen."

„Hat er auch nicht", ergänzte Sibel, „sonst hätte er den

Hartz-IV-Bescheid von Sander mitgehen lassen. Den hat er aber stecken lassen."

„Genau. Der Täter brauchte nur die Ausweispapiere, nämlich als Beweis für seinen Auftraggeber, dass er die Tat ausgeführt hat. Und der hat sie vermutlich sofort verschwinden lassen. Oder als Grundlage für eine Fälschung verwendet, was weiß ich."

„Könnte sein", sagte Wermann.

„Außerdem haben wir keine Spuren an den Tatorten gefunden", fuhr Anselm fort, „was darauf hindeutet, dass ein Profi am Werk war. Einer, der sich auskennt in dem Geschäft."

„Wir werden es ja rauskriegen, wenn wir das Büro von Rollmann filzen", sagte Wermann. „Den Computer kontrollieren, die Geschäftsakten und so weiter. Dann werden wir sehen, woher die Aufträge zu den Diebestouren kamen."

Er seufzte laut auf, Anselm ahnte warum. Gleich, wenn Sibel und er nach Hause gegangen waren, müsste Wermann noch den Einsatz bei Rollmann leiten. Alles sichern, bevor es jemand vernichten konnte.

Anselm blickte zur Uhr.

Viertel nach zwölf, Mittagszeit.

„Kommt", sagte er, „ich gebe euch heute ein Mittagessen aus. Das haben wir uns alle verdient."

„Du?", fragte Wermann. „Hast du im Lotto gewonnen?"

„Das nicht", grinste Anselm, „aber ihr seid es mir wert, dass ich mich in Unkosten stürze."

27.

Sie saßen im „Gasthaus" der Diakonie an der Mallinckrodtstraße, auch Rautert war mitgekommen. Wenn Anselm mal einen ausgeben wollte, könne er sich das nicht entgehen lassen, hatte er gegrinst. Als sie jedoch das Lokal betraten, hatten Wermann und Rautert die Mundwinkel verzogen. Nur Sibel hatte gelacht.

„Ich hatte gleich geahnt, was du vorhast", hatte sie ihm zugeflüstert. Sie humpelte immer noch wegen der Verletzung, die sie sich bei der Aktion in der vergangenen Nacht zugezogen hatte.

An den Tischen saß das Strandgut der Nordstadt und aß schweigsam. Rautert und Wermann sahen es mit deutlichem Widerwillen, aber als Anselm ihnen die Schüsseln mit der würzig duftenden Gemüsesuppe hinstellte, die er sich von Siegfried Bäumer hatte geben lassen, hellten sich ihre Mienen auf.

Nachdem sie ein wenig gegessen hatten, nickten beide anerkennend.

„Schmeckt prima", sagte Rautert, „das hätte ich nicht gedacht."

„Nun musst du deshalb nicht deine Wohnung aufgeben und auf der Straße leben", antwortete Anselm. „Eigentlich kriegt man das Essen nur mit Hartz-IV-Bescheinigung, aber der Siegfried Bäumer hinter der Theke macht für uns schon mal eine Ausnahme. Ich finde, das haben wir uns auch verdient. Immerhin haben wir die Gangster entlarvt, die nicht nur diese Leute hier ausgebeutet, sondern zwei von ihnen sogar ans Messer geliefert haben. So was muss sich doch auszahlen."

Rautert nickte. „Keine schlechte Arbeit, die ihr da geleistet habt, wirklich nicht. Und dazu gibt es als Abschluss ein gutes Essen, wenn auch in ungewohnter Umgebung." Dabei blickte er sich im Schankraum um. „Wir wollen nicht klagen."

Er schob sich wieder einen Löffel voll Suppe in den Mund.

„Trotzdem", fuhr er dann fort, „wenn Anselm einen ausgibt, dann muss die Sache einen Haken haben, das habe ich gleich vermutet."

„Deshalb bist du ja auch mitgekommen, stimmt's?", grinste Anselm.

„Klar, ich wollte doch sehen, in welche Unkosten du dich stürzt."

„Anselm muss sparsam sein", lachte jetzt auch Wermann, „der braucht sein Geld für die Eintrittskarten bei Borussia."

Anselm gefiel die Stimmung. Er merkte, wie erleichtert alle waren, dass sie die Fälle gelöst hatten. Drei auf einen Streich, so was hatten sie noch nicht erlebt.

Trotzdem, wie in ihren Fällen mit den Ärmsten der Armen umgegangen worden war, wie das wahrscheinlich an anderer Stelle genauso weiterlief, das machte ihn traurig und zornig zugleich. Immerhin, hier bekamen die Leute wenigstens etwas zu essen, gekocht von Freiwilligen, denen das Schicksal der Obdachlosen nicht gleichgültig war. Ansonsten wurden sie wie Müll behandelt, den man einfach wegwarf. Möglichst weit weg sogar, damit ihr Anblick auf keinen Fall Leute wie Mönkmeyer und Konsorten störte. Aber auch das war noch nicht das Schlimmste. Zusätzlich kamen dann noch einige, sortierten den menschlichen Müll und machten mit denen, die sie für geeignet hielten, auch noch Geschäfte, um sie auszupressen bis zum Letzten. Elend war das, elend und abscheulich.

In diesem Moment klingelte sein Handy. Er griff danach und entdeckte Tanjas Nummer auf dem Display.

„Du kannst kommen“, sagte sie, als er sich meldete. „Die Luft ist rein, mein Mann ist weg. Selbst Thomas ist froh, dass wir wieder alleine sind. Nach zwei, drei Tagen fing Wolfgang schon wieder an zu nerven. Er kommt mit sich selbst nicht klar und mit uns zusammen schon gar nicht. Thomas hat sogar nach dir gefragt. Ob du am Wochenende kommen würdest, hat er wissen wollen.“

„Und du“, fragte Anselm, „willst du das auch wissen?“

„Ich natürlich auch“, lachte sie. „Also was ist? Kommst du?“

Anselm hatte das Gespräch gerade weggedrückt, da war er schon aufgesprungen.

„Ich muss los“, sagte er. „Es ist Freitag, früher Nachmittag. Längst Zeit, Feierabend zu machen. Also dann, bis Montag.“

Mit offenem Mund sahen ihn die drei anderen an, so dass Anselm sich ein Schmunzeln nicht verkneifen konnte.

„Schade, dass ich jetzt kein Foto von euch machen kann“, sagte er. „Ihr müsstet mal sehen, wie ihr jetzt ausseht. Ein Bild für die Götter.“

„Und du erst mal“, entgegnete Rautert. „Du müsstest dich mal sehen. Wie nach einem haushohen Sieg von Borussia, so schaust du jetzt drein. Mensch, muss Liebe schön sein.“

Anselm hörte Sibels und Rauterts Lachen noch, als er die Gaststätte schon verlassen hatte. Nur Wermann hörte er nicht. Für den begann gleich sein Einsatz bei Rollmann. Dort musste er noch das ganze Büro auf den Kopf stellen. Nein, Wermann hatte keinen Grund zum Lachen.